货币密战

杨军 著

陕西新华出版 陕西人民出版社

图书在版编目(CIP)数据

货币密战 / 杨军著. -- 西安：陕西人民出版社，2025. -- ISBN 978-7-224-15838-0

Ⅰ. I247.5

中国国家版本馆 CIP 数据核字第 202529EV30 号

责任编辑：杨志群　许晓光
整体设计：白明娟

货币密战
HUOBI MIZHAN

作　　者	杨　军
出版发行	陕西人民出版社
	（西安市北大街 147 号　邮编：710003）
印　　刷	陕西金和印务有限公司
开　　本	880 毫米×1230 毫米　1/32
印　　张	10.75
字　　数	220 千字
版　　次	2025 年 8 月第 1 版
印　　次	2025 年 8 月第 1 次印刷
书　　号	ISBN 978-7-224-15838-0
定　　价	86.00 元

战争从来不是简单的武器比拼,

而是整个体系的较量。

——题记

(代序)谍战小说的新叙事

谁能握住钱袋子，谁就能握住经济和革命的命脉。在历史的暗潮汹涌中，有一个我们不易窥见的、惊心动魄的战场，那就是金融斗争的战场。杨军的小说《货币密战》，有别于传统的谍战、反特等小说。作者立足于自身数十年的金融工作经验，聚焦在传统文学罕有涉及的金融密战领域，融合了历史、政治、影视等多种元素，为我们讲述了一个悬念重重、跌宕起伏又惊险刺激的抗战时期谍战故事。

这部小说选题独特，从历史出发，再现峥嵘岁月，用生动的讲述、丰富的细节和真实的情感，向读者展现了在极为艰难的历史条件下，陕甘宁边区如何建立和健全独立自主的货币发行制度，如何进行错综复杂的对敌货币斗争。红色金融是确保中国革命取得胜利的重要力量。这部小说立足对货币战争话题的思考，借助快节奏、强情节、高反转，深度探讨人性善恶、货币较量，并从中启发读者对历史的考量，故事密度大，可读性强。这部小说以全新的角度呈现红色金融,填补了延安时期红色金融题材的空白,是对红色金融史的一次类型突破,是现代小说叙述的一种新体现,是现实主义思想的新表达。

  阅读这部小说,给我印象极深的是叙事策略中娴熟的影视手法的运用,小说具有强烈的画面感和电影质感。事实上,自从十九世纪末电影技术出现以后,影视对文学创作的影响逐渐加深。影视剧本成为文学研究的分类之一,而通过镜头和剪辑控制时空转换的影视技术被借鉴到文学创作中。许多现当代作家的作品都带有强烈的映画效果,比如张爱玲的《金锁记》,一开始就是空镜头和叙述者的画外音,曹七巧的回忆是大段的蒙太奇,整部作品完美体现了电影手法和小说技巧的结合。作者杨军有小说与影视作品创作的"两栖"经验,长期从事影视作品和舞台剧的编剧工作,使他的小说写作手法有许多类似于剧本创作的特征。为了尽快交代人物背景,迅速转移场景,他经常使用镜头式的语言交代人物、描写景观。

  比如在小说一开篇:

  那天,沈东方刚走出火车站,就感觉情况不大对劲,车站外多了一些神色怪异的人。凭借多年特工的经验,他马上意识到自己被人盯上了。

  沈东方把手提箱放在地上,整理了一下灰色长袍,扣紧长袍上的扣子,顺势抬头望向天空。

天上一片一片的阴云，黄色的太阳像打碎的鸡蛋，胡乱地把晕光洒在云间，几只离散的鸟儿在低云中盘旋，一会儿躲进云里，一会儿又俯冲下来，眼看到了行人的头顶，却又突然蹿起，直冲云霄。沈东方压低帽檐，环顾四周，见一个卖香烟的男子，脖子上挎着烟箱，嘴里叫卖着，眼睛却不时地朝这边出站的人群张望。旁边馄饨摊上，几个人心不在焉地坐在小桌边，举起的勺子送到嘴边，眼神却在四处游荡。小报童高声叫卖着在人堆里窜来窜去，他无意间撞到一位衣着华丽的妇人，妇人伸出细长的手指，生气地指骂道："小赤佬，找死呀！"

这时，几个黄包车夫朝沈东方跑了过来。

"先生，坐我的车，我的车稳。"

"坐阿拉的吧，可以便宜的。"

沈东方看了一眼车夫衣服上的编号，提起箱子，倏然闪进其中的一辆黄包车。

这俨然就是一组组电影镜头的转换与拼接。作者用寥寥数语让人物出场，不着过多笔墨介绍，像贴标签一样将主人公的身份点明即可，这使传统的小说叙事模式受到很大的冲击。它改变了前序铺垫、场景细致描写等叙事习惯，而是用布景式的手法把需要出场的角色和场景组合在一起，大大加快了故事的发展速度。主人公沈东方受过严格训练的职业特征，在他对人对物的精细观察、一掠而过的瞬时捕捉中展现无遗。交叉蒙太奇的使用，使小说像剧本一样简洁、紧凑。大量的影视语言出现在小说文本中，加快了小说的叙事节奏，符合当下人们快节奏的生活要求，读者在阅读中有鲜明的画面感，感受到快速推进、扣人心弦的叙事节奏。

这部小说让人眼前一亮的地方，还在于有着扎实的历史背景积累，有真实的素材可循，作品具有极强的纪实性和传记色彩。作者在创作小说时，参考了上百部文献资料，采访了全国50多位专家。作品涉及的红色金融史素材，也经过了相关部门的审读。小说中提到的国共金融斗争的光华商店代价券、边区银行、货币交换所、有奖储蓄等等，还有日本侵略者大批伪造根据地货币，企图以伪币廉价收购物资、以战养战的军事行动，这些都是历史上真实存在的。至今，在延安革命纪念馆，还有一台陕甘宁边区银行使用过的印钞机，它被称作"红色金融的记忆"，见证了边区银行如何迈着艰难的步伐，取得了金融战争的胜利。读者不但从小说中感受特工的魅力、暗战的刺激、隐蔽战线的风云变幻，还可以在现实生活中看到活生生的物证，这种虚构和真实的相互交织使读者产生奇妙的阅读感受。在历史感上苦下工夫，重视实质性内容的深入挖掘，使这部小说区别于当前许多较为架空、缺乏历史感的谍战小说，具有厚重的质感与真实的气息。

在弘扬主旋律方面，这部红色谍战小说通过陕甘宁边区谍影重重、生死较量的故事，塑造了以沈东方、陈诗雨、白亮、刘小婉为代表的一批优秀共产党人，舍生取义，前赴后继，以自己的勇敢才智，以及团队的通力协作、精诚团结，不但成功地打破了日本侵略者企图以伪币廉价收购物资、以战养战的企图，也在边币与法币斗争的金融战场上战胜了国民党敌特分子，为支持革命战争、发展边区经济、巩固红色政权做出了不可磨灭的贡献。在大量史料运用的基础上，作者为我们还原了从上海到陕北，再到北平的一批有血有肉的地下工作者形象，再现了一段比纯虚构谍战作品更加真实的隐蔽战场历史。其中又穿插了男女主人公的情感纠葛、日本人的严刑逼供、国民党的特工训练、战斗英雄的腐化堕落、高级情报人员的变节叛敌等等疑云密布、扑朔迷离的情节。整部小说故事曲折离奇，富有传奇色彩，体现了政治、言情、谍战三位一体的艺术大融合。

除此之外，这部小说的民俗风情也非常浓郁。作为一部谍战小说，把上海弄堂、旗袍裁缝店、陕北信天游、黄河大合唱、迎亲唢呐、扭秧歌、抗战街头剧、民间贸易集市、北平骆驼驮队等等生活化的部分融入惊险的故事当中，既使读者紧绷的神经稍作休息，在阅读中体会到消遣的乐趣，同时更是生动地展现了上海、陕北、北平等地的地域文化。尤其是主体部分，围绕陕甘宁边区货币战争讲述了抗战期间发生在陕北的故事，战争的背后是一幅陕北高原的民俗风情画，字里行间洋溢着浓厚的陕北文化特有的气息。

毫无疑问，这部小说对丰富当代革命历史题材小说创作做出了积极贡献。作品没有单纯为了抓住大众眼球，而出现低俗的包装；也没有单纯为了宣传主旋律，成为像有些政治教科书那样枯燥无味。作者在两者之间找到了平衡点，将主旋律融入通俗文化形式之中，摆脱了以往一些主旋律题材小说的说教模式。

与拥有较长历史的英国谍战小说相比，中国谍战类小说还很年轻。在谍战小说中，既有悬念横生的推理、险象环生的智斗，又包括至情至性的爱人、矢志不渝的感情。谍战小说作家把神秘、惊险、悬疑、推理融合在一起，在同一个文本中体现了间谍、侦探、武侠等多类通俗小说的特征，可以说谍战小说具备所有热卖的商业元素，因此谍战题材作品一直深受大众的喜爱。但是随着近几年谍战小说的批量化生产、影视片狂轰滥炸式的宣传，使得大众审美走向疲劳，甚至产生审美抵触。再加上小说素材的陈旧性，盲目跟风复制导致的质量水准普遍偏低，必然会导致谍战小说逐渐式微，生产过剩且乏善可陈。要想摆脱这种困境，谍战小说作家必须关注当前的社会动态，从新问题中发现有价值的要素。

杨军也许算不上技巧高超的小说家，但他的思想无疑是冷静的、睿智的、深邃的。在人人都是媒体、众声喧哗的今天，许多人常常被情绪裹挟、忘记思考，而他却依然追寻文字的不朽，他的作品充满人文关怀，文字和故事充满真实的张力。从小说选题、叙述、人物性格展现、故事节奏把控等，都已达到相当的高度。《货币密战》将谍战锁定在货币战争、金融战争的垂直领域进行极具深度的展开，这种类型突破极具开拓性意义。在现代社会中，经济已成为国家的支柱,关于经济斗争、商业间谍的素材,或许将成为谍战小说未来创作的主流方面。

黎 荔

(黎荔,北京大学文学博士,西安交通大学教授、人文学院硕士生导师、人文学院高培中心主任、文化创意产业研究中心研究员,陕西老子书道研究会副会长,西安长安国学院副院长)

目 录

/ 上海·1938 年

　第 0 章　无指令任务　　　003

/ 陕北·1941 年

　第 1 章　兔子计划　　　023
　第 2 章　特殊的窑洞　　　035
　第 3 章　谁是"老汉"　　　052
　第 4 章　顺藤摸瓜　　　067
　第 5 章　货币交换所　　　081
　第 6 章　倾斜的信念　　　098

第7章	隔离审查	112
第8章	特训班的秘密	124
第9章	有惊无险	140
第10章	暗流涌动	153
第11章	兔子出窝	165
第12章	杨家沟枪声	178
第13章	针锋相对	192
第14章	高原兰花花	207
第15章	神秘对手	221
第16章	浮出水面	236
第17章	消失的新郎	251
第18章	生死较量	267
第19章	菊花与刀	282

/ 北平·1945 年

第 20 章　战争没有结束　　　301

后记 /
　　秋夜里最后的红枫　　　322

第0章
无指令任务

那天,沈东方刚走出火车站,就感觉情况不大对劲,车站外多了一些神色怪异的人。凭借多年特工的经验,他马上意识到自己被人盯上了。

沈东方把手提箱放在地上,整理了一下灰色长袍,扣紧长袍上的扣子,顺势抬头望向天空。

天上一片一片的阴云,黄色的太阳像打碎的鸡蛋,胡乱地把晕光洒在云间,几只离散的鸟儿在低云中盘旋,一会儿躲进云里,一会儿又俯冲下来,眼看到了行人的头顶,却又突然蹿起,直冲云霄。沈东方压低帽檐,环顾四周,见一个卖香烟的男子,脖子上挎着烟箱,嘴里叫卖着,眼睛却不时地朝这边出站的人群张望。旁边馄饨摊上,几个人心不在焉地坐在小桌边,举起的勺子送到嘴边,眼神却在四处游荡。小报童高声叫卖着在人堆里窜来窜去,他无意间撞到一位衣着华丽的妇人,妇人伸出细长的手指,生气地指骂道:"小赤佬,找死呀!"

这时，几个黄包车夫朝沈东方跑了过来。

"先生，坐我的车，我的车稳。"

"坐阿拉的吧，可以便宜的。"

沈东方看了一眼车夫衣服上的编号，提起箱子，倏然闪进其中的一辆黄包车。

车夫正在吃着煎包，看有人上车，急忙用油纸包好手上的煎包，随便抹了一下嘴，说："先生，您坐好了。"他拉起车飞快地跑起来。

车子在大街上飞奔。沈东方撩起车后的布帘，从缝隙中发现刚才的那些人立刻行动了起来，路旁的一辆小轿车也跟了上来。沈东方悄声对车夫说："有尾巴，走小弄堂甩掉他们。"车夫是一个二十多岁的小伙子，他点了点头，镇定地说："知道了，看我的。"

话音未落，车子猛地拐进了旁边一个弄堂口，在狭窄的巷子里飞速穿行起来。

弄堂里人来人往、忙忙碌碌，几个小孩子在嬉耍。隐约听到后面有人喊"停车"，车夫更是加快了速度，大喊着："请让一让！大家让一让！"黄包车灵巧地在人群中穿梭。

一个挂着"扬州理发"牌子的小摊，理发师举起剃刀正在给客人修面，年轻车夫躲闪不及，车子撞倒了躺着的客人，旁边的一盆水飞向空中……车上的沈东方敏捷地一个翻身跃出车子，迅速地一把扯过客人身上的围布，顺势盖在自己身上，一只手抹掉客人脸上的肥皂泡沫涂在自己脸上。车夫拉着空车子继续疯狂奔跑，又进了另一条弄堂。

弄堂口,后面的人追上来大喊:"停下!再不停就开枪了!"他们跑到理发摊前,其中一个人用枪顶住瑟瑟发抖的理发师,又看了一眼坐在地上惊魂未定的那个客人,眼见不是他们要追的人,忙对其他人说:"快追!还在车上!"一群人疾跑着追赶黄包车而去。

沈东方取下围布,重新给一脸错愕的客人围上。他拍了拍客人的肩膀:"不好意思,打扰了,请您继续!"他向理发师抱歉地笑了笑,用上海话说:"侬请继续。"便朝另外一个方向快速地离开了。眼前突然发生的一幕,让在场的人还没有回过神来,又像做梦一般消失了,众人面面相觑。刚才修面的那位客人似乎明白过来,他小心翼翼地摸了一把面颊,惊奇地发现胡子已经刮得干干净净。

沈东方想不明白,自己怎么这么快就被敌人发现了。难道是有人泄密?不可能,从重庆出发前,上面说这次任务非常特殊,只有高层知道,就连上海接头的老常都不清楚具体任务是什么?难道是重庆方面故意把消息透露给日军?那样的话,自己岂不成了一枚棋子,一旦被人捏在手上,就只有任其摆弄!

他这样想着,又跑进另一个弄堂。

弄堂里,一男两女三个学生正在偷偷地张贴传单,他们发现身穿长袍、戴着金丝眼镜的沈东方突然跑过来,双方同时愣住了。

沈东方也打量着他们。那个男同学突然紧张起来,但故作镇定地把两个女孩挡在身后。他穿着黑色学生制服,口袋里插一支自来水笔,头戴学生帽,吃惊的样子更增添了他的书生气。

他提着糨糊桶的手不停地发抖,盯着沈东方问:"你,你要干什么?"

沈东方还没来得及回答,边上的女孩挺身而出,把男孩挡到后面,说:"白亮,别怕!"她毫不胆怯地盯着沈东方问,"你是什么人?是汉奸?"

站在沈东方面前的是一位扎着麻花辫的女孩,她机警的眼神上下打量着沈东方,另外一个女孩留着齐耳短发。她们都穿着淡雅的浅蓝色旗袍上衣,七分袖,露出半截羊脂白玉般的手臂,收腰的设计使上衣紧靠腰身,将女性的柔美曲线完全呈现出来。藏青色的长裙下,露出一段小腿,裹覆着洁白的棉袜,脚上穿着油光发亮的圆头黑皮鞋。沈东方看着眼前这位大方、端庄、衣着得体、扎着麻花辫的姑娘,一下子呆住了,瞬间,他的心里如同在山洞里遇到一个巨大的洞口,一阵大风突然灌了进来,把他吹得飘荡在空中。他从来对异性没有过这种异样的感觉,他感到心跳加快,但又想紧紧攥住对方,一刻也舍不得撒手。在这个动荡不安的黑色乱世里,这个女孩却能保持一抹清新,夹杂着一份坚韧的气质,令他很吃惊,同时也让他对女性有了新的感觉。

"我,我不是汉奸。"沈东方显得有点不淡定。

麻花辫女孩歪着脑袋,端详了他一阵,说:"看样子也不像汉奸。那你走吧。"

沈东方感觉自己好像做错了什么似的,他压抑着狂跳的心,点了点头离开了。怎么会有这种感觉？多年以后，当沈东方想起那天的情景，依然能体会到心里那股突如其来的大风。

此时，他已经看到街道对面的联络点——永正裁缝店。

永正裁缝店的玻璃橱窗里，一位身材高挑的女模特身着青绿色旗袍，油画般定格着一个动作。这是上海滩唯一一个真人模特裁缝店，因为独特的创意，吸引了许多小姐太太们，店里的生意特别兴隆。青绿色代表一切正常，如果穿上白色旗袍就证明有情况，这是提前约好的接头暗号。裁缝店老板老常，家里几代人都是裁缝，为了打日本鬼子去参军，但从来没有上过战场，他在军事培训班学习半年后，回来就以裁缝店作掩护，从事地下工作。老常对古代文化很有研究，他深受中国十大传世名画《千里江山图》的启发，设计了这款青绿旗袍，据说在巴黎时装展上，他的创意获得评委一致认可，中国旗袍首次荣获国际大奖。

沈东方随意瞥了一眼模特，模特如蜡像一般站着，沈东方有意走近她，面对面站着看了好久，她连眼睛都没有眨一下。细心的沈东方发现她眉毛正中间有一颗不大的美人痣，这在一般人是不会注意到的，只有他才会观察得这么细致。传说眉心有痣的人，是神仙投胎转世的标志，这样的人非贵即富，唐代杨贵妃就因为长了美人痣而增色不少。

沈东方一边思忖一边走进了裁缝店，伙计热情地迎过来："先生，您好！"

沈东方问:"你好,我上次给太太订做的衣服可以取了吗?"

伙计看着他说:"先生,您贵姓?"

沈东方把店里看了一遍:"我太太姓陈,一次做了三件。"

伙计似乎一下想了起来:"哦,记起来了!您留的太太的姓,一件是紫色的,一件是青绿色,还有一件黄色的?"

沈东方回答道:"对,对,青绿色的那件要和模特身上那款式一模一样的。"

这几句对话是他们的接头暗语。伙计看他是自己人,连忙说:"先生!您的衣服早就做好了,请跟我来吧。"说着领沈东方上了二楼。

伙计领着沈东方来到楼上。楼上是一个宽敞的大厅,里面挂满各式各样做好的旗袍,一面墙上有几扇巨大的落地窗户,使屋里的光线特别充足。从窗户向外望去,远处是一些水泥洋房的屋顶,低矮处夹杂着古老的青砖瓦房,透过玻璃,那铅灰色的天空让人感到很压抑。

裁缝店老板老常,看上去有四十多岁,身体显得很结实,如果不是他挂在脖子上量尺寸的软尺,很难让人联想到他是上海有名的裁缝。他是国民党军统上海站特工三组组长,沈东方去重庆以前,他们一起执行过几次重大任务。简单寒暄之后,老常马上转入正题:"东方,这次戴老板让你来上海,是要你完成一项特殊的任务。"沈东方疑惑地看着他问:"特殊任务?"老常说:"你不要这样看着我,具体什么任务上峰也没有交代。"

　　这几句对话是他们的接头暗语。伙计看他是自己人，连忙说："先生！您的衣服早就做好了，请跟我来吧。"说着领沈东方上了二楼。

沈东方不信任地盯着他，作为上级安排的接头人，又是特工组组长，竟然不知道是什么任务？特殊任务到底是什么任务？干地下工作这么多年，这种情况从来没有遇见过。他想给老常一个下马威，虽然他不愿意这么做，但还是立马换了一副面孔，希望能够诈出点儿端倪。

他用手为老常整了整领带，又帮他把笔挺的格子西服理了理，突然一提领带勒紧老常脖子，眼里射出威逼的眼神："真的不知道吗？老常！"

虽然他们曾经一起出生入死，但老常清楚，他面对的是重庆派来的大功臣，号称"东方不亮"，刺杀日军和汉奸不会让对方活到天亮，除了特工的身份，更重要的是沈东方还是银行家的后代，父亲是中央银行的高层，他对货币研究具有先天的敏感。在重庆期间，他负责策划仿制的日伪中储券，达到了以假乱真的程度，给日伪区经济以重创。老常知道沈东方的脾气，虽然这次自己猜到了一些，但确实是什么都不知道。

"轻点儿，东方！哎哟，你轻点儿！"老常拍着沈东方的手背。

沈东方看老常有点犹豫，立马脸露杀气地说："鬼才相信！难道戴老板是想让我……"老常有些害怕："我、我确实不知道内情，你是明白人，这两年日军暗地里一直寻找像你这样的人。"沈东方生气地打断他："别说了！我的任务就是自然地打入日军内部，帮他们造假，再以假反假，彻底摧毁他们的美梦！"老常吃惊地瞪大眼睛："我、我可没有这样讲呀，我只是接到了命令。"沈东方两眼喷血:"你接到什么命令?"老常说:"我的任务就是接到你后,带领弟兄们制造保护你的假象,其他、其他真的都不知道了。"沈东方放开他,摘下礼帽愤然扔在桌上说:"难怪一到上海就发现有人跟踪我!"

"你已经被人跟踪?"老常吃惊地问,"看来日本人马上就要到了。"

沈东方缓和了一下语气:"老常,那你们也很危险。"

老常苦笑着说:"是呀!千万不能让日本人看出破绽,一定要假戏真做。"

话音未落,外面警笛声大作。老常急忙叮嘱:"想不到日本人来得这么快,东方,我们掩护你从后门走。记住,你一定要活着!"

天空变得越来越灰暗,随着警笛声响起,街道瞬间空无一人,变得死一般沉寂。一队全副武装的日本兵持枪过来,皮靴踩在泥泞的水坑里,激起浑浊的泥水,杂乱的脚步声显得格外刺耳。

几辆日军的摩托车不可一世地招摇驶过。

不远处的弄堂里,身着学生服的陈诗雨、黄丽丽和白亮手里拿着传单、提着糨糊,还在贴传单。警报声中,他们忽然发现了远处过来的日本兵,几个人立即躲进弄堂一隐蔽处。白亮警惕地朝鬼子的方向看了一眼,说:"诗雨,鬼子好像有行动?"陈诗雨看着手里剩下的几张传单说:"快,我们赶快贴完这些传单去和同学们会合。"

说话间，又一队鬼子朝这边悄悄围过来。陈诗雨他们快速在裁缝店门口墙上贴上传单。裁缝店门关了，橱窗里面的模特隔着玻璃示意他们快点离开，只见她拿出一件衣服快速地穿在身上，并从旁边的花盆里抽出一支手枪，一个翻身跃到了收银台的后面，瞬间不见人影。陈诗雨几个看见她迅捷的动作，惊得张大了嘴巴。

陈诗雨他们迅速朝小弄堂里走去。突然，鬼子的警笛再次急促地响了起来，许多鬼子叽里呱啦地朝他们所在的方向包围过来。

他们不得不扔掉手里的东西，白亮拉起她俩朝弄堂飞奔。

老常带着人保护沈东方，他们和鬼子发生了激烈的枪战。鬼子火力非常猛烈，老常带的人一个个被击中倒下。鬼子头目朝队伍左右两边挥了挥手，示意分开包抄，并用日语喊道："搜索前进，目标不能死！"鬼子的射击缓了下来，老常那边的人伺机还击。

沈东方在老常的掩护下撤退，他一抬头，猛然发现躲在墙角的陈诗雨他们，着急地说："你们怎么还没有走？"鬼子也发现了陈诗雨他们，抬枪射击，子弹雨点般落在他们身边。沈东方冲过去指挥三人躲避，并频频向鬼子开枪还击。

老常说："东方，来不及了，敌人太多了，你赶快带他们离开。"

沈东方一边还击一边说："敌人抓的是我，你和他们走！"

老常脸色异常严肃地说:"这是命令,你必须走!"他一把推开他,自己却不幸中弹倒下。"快走!再不走他们几个就走不了了!"沈东方扶起他:"老常。"老常吃力地摇摇头:"我走不了了,你快走,记住……党国的……使命。"沈东方看了一眼三个瑟瑟发抖的学生,只好放下老常。

橱窗里的那个女模特身手异常敏捷,她一枪一个,弹无虚发,打得鬼子不敢抬头。她见老常受伤,跑过来架起他就走。老常生气地说:"小青,别管我!别忘了你的任务,立即去向上级复命,我们不能都死在这里。"小青严肃地说:"我不能丢下你!"老常挣扎着甩开她架着自己的胳膊:"服从命令!走!"小青没有办法,又一次打倒了几个鬼子,从另一个方向撤出。

老常吃力地举枪还击,一枪,两枪,都没有射中,被冲过来的鬼子乱枪打死。

在剩下的几个特工掩护下,沈东方带着三个学生跑进弄堂,他们躲进一个无人的小院里。

弄堂里,特工们还击的枪声越来越稀,鬼子开始分头搜查。院子大门突然被撞开,两个日本鬼子搜索着进来,沈东方快速从身上抽出一把匕首,刺倒其中一个,另外一个从后面抱住他的腰。

白亮吓得不知所措,黄丽丽拿起地上鬼子的枪,对准鬼子,却不会开枪。陈诗雨捡起地上一块石头,高高举起砸向鬼子,鬼子脑袋开花,扑倒在地。

沈东方吃惊地看着她:"好样的!"陈诗雨半天才回过神来,

露出后怕的表情。沈东方鼓励他们说:"不用怕。你们杀了鬼子,不能回学校了。我出去引开鬼子,他们不会要我的命,等我出去后,你们从那边跑。"

沈东方正要开门出去,忽然想起什么,又转身回来:"上海是不能待了,如果能活着出去,你们可以去延安。"

"去延安?"三个人异口同声地说。

沈东方点了点头,他快速从身上摸出一张光华商店代价券,又从上衣口袋抽出钢笔。问道:"你们叫什么名字?"陈诗雨指着他们说:"他叫白亮,她叫黄丽丽,我叫陈诗雨。"沈东方快速地在代价券上写下他们的名字,并签上自己的名字,然后,把代价券递给陈诗雨说:"去延安吧,这是你们的介绍信。"

陈诗雨接过代价券,一脸狐疑地看着沈东方,说:"介绍信?你?"陈诗雨第一次见到这种钞票。她听老师在课堂上讲过,一九三七年十月,在延安成立了陕甘宁边区银行。国共合作以后,在延安的共产党八路军由国民政府拨发军饷,那里流通的是国民政府发行的法币,但法币作为主币都是大票面,平时流通的辅币特别缺乏,边区政府授权陕甘宁边区银行以光华商店名义,发行光华商店代价券,也叫"光华券",面值有二分、五分、一角、二角和五角,最大面额的就是这种面值独特的七角五分券。她在图书馆查阅过所有资料,全世界货币中,七角五分面额的钞票仅在延安才有。此刻她想,在日占区的上海,他身上怎么会有这种货币?

沈东方看着她不解的神情，笑了一下说："来不及解释了，祝你们好运！"只见他冲出大门，举枪朝鬼子射击，并向另外一个方向跑去。外面传来鬼子叽里呱啦追赶的声音。

陈诗雨还在看着手中光华券上的名字，脸上露出困惑的表情。白亮和黄丽丽凑了过来，同时瞪大眼睛，嘴里轻声念道："沈东方！"

三个人听门外没有了声音，便悄悄地跑了出来。陈诗雨说："绝不能让沈东方落在鬼子手里。"黄丽丽焦急地说："是呀！我们怎样才能救他？"陈诗雨想了想说："现在只有一个办法，就是我们去引开鬼子，给沈东方争取时间逃跑。"白亮说："只能这样了。"说着他迅速返回院子里，拿起地上鬼子尸体上的枪，认真地摆弄起来。"你会打枪吗？"黄丽丽问。"我试试看！"白亮仔细地端详着，他想起鬼子开枪的样子，拉开枪栓，举枪对着天空扣动扳机。"砰"，一声清脆的枪响，他急忙扔下枪，三个人转身就跑。

弄堂口的鬼子发现了他们，就追过来。他们掉头又往回跑，子弹在他们耳边飞过。在一个十字路口，他们犹豫了。陈诗雨果断地说："这样不行，咱们得分头跑。记住，天黑以后，在苏州桥下第二个桥洞那儿见面。"眼看着鬼子追上来了，三个人分头朝不同的方向奔去。

再说沈东方，他躲在一个较大的建筑后面，借一根柱子掩护射击,跑过来的鬼子接二连三地倒下。鬼子小头目狡猾地盯着前方,恶狠狠地道:"抓活的,一定要抓活的!"沈东方熟练地退下打完子弹的弹夹,又换上一个弹夹继续射击。

沈东方的枪法很准,鬼子一个一个被击中,就是不能靠近他。鬼子头目朝他喊话:"放下武器!你已经被包围了!"沈东方越战越勇,他瞄准其中一个:"小鬼子,去死吧!"又一个鬼子应声倒下。

突然,鬼子头目用枪抵住一个人的脑袋,抓住那人的胳膊,朝沈东方这边移动:"沈先生,不要再顽抗了,放下武器,我们不会为难你的。"

沈东方看清楚那个人是黄丽丽,就是那个留着齐耳短发的女学生。他生气地骂道:"王八蛋,有本事冲老子来!不要玩这种下三滥!"鬼子们慢慢地向沈东方缩小包围圈。黄丽丽这时突然大喊:"沈东方,你快跑啊,不要管我!"她一边喊一边不顾一切地挣脱鬼子头目的控制,向另外一个方向奔跑,鬼子头目朝她就是一枪,正打在黄丽丽腿上,她倒在地上继续大喊着,让沈东方跑。几个日本鬼子上去按住黄丽丽,沈东方又连续撂倒几个鬼子。

鬼子头目举枪对着黄丽丽:"沈先生,我们要的是你,如果你不介意她的命的话,那你就跑吧!"沈东方气愤地攥紧了拳头。鬼子头目露出得意的神情,"很好,放下武器,你才能救她。"沈东方无奈地说:"放了她,我答应你们。"鬼子头目示意手下放人,抓住黄丽丽的两个鬼子松开了手。沈东方对黄丽丽说："快走！"黄丽丽一条腿受了伤，只能拐着腿挣扎着往前走。沈东方看她走远一点，就把枪扔在地上，过来的日本兵立即按住他。鬼子头目立马露出狰狞的表情，举起枪朝挣扎走着的黄丽丽背影就是一枪，黄丽丽慢慢地倒下。

沈东方发狂地挣扎着，大喊："流氓！无赖！我让你们什么也得不到！"鬼子头目用嘴吹了一下枪口，冷笑着说："是吗？这由不得你。"他对手下说，"带走！统统地带走！"

日本上海特战总部的地下室，是专门关押"犯人"的地方，阴森寒冷的牢房里，微弱的光线从斜上方一条细小的缝隙透进来，屋子里充满死亡的味道。沈东方在屋子里来回走动，现在，他终于明白，走到这一步都是重庆方面刻意安排的。

原来，抗战爆发后，日本侵略军在军事进攻的同时想方设法扰乱中国的经济，他们偷偷印制了大量的假币投放市场，给国民政府经济当头一棒。国民党高层决定展开假币还击战，开始针锋相对地迎击，在重庆建造了一所伪造日伪钞的造币厂，具体由军统局副局长戴笠负责指挥实施，并任命沈东方负责此项任务。沈东方凭借他在国外学的专业印钞技术，伪造日元和日军发行的军用票以及伪政府发行的钞票，竟与真币一般无二，重创了日占区经济，粉碎了日军"以战养战"的企图。

无奈之下，日本人再一次启动"假币进攻战"，由日本陆军第九研究所主任山本宪藏负责，秘密制订"杉工作计划"，但以他们的技术印制的法币，与技术改进后的法币根本无法相比，一次次都被我方识破。山本宪藏认真研究了对手，认为如果能让造真币的人来造假，就有可能以假乱真。于是，沈东方成为他们锁定的目标，只要抓住沈东方为自己所用，就能在货币战中取胜。

令日本人没有想到的是，他们的如意算盘早被重庆方面识破，军统局副局长戴笠决定将计就计，亲自策划了一个大胆而隐秘的计划，也同样把沈东方选为执行者。为了让这个计划在自然而然中成功实现，戴笠决定玩一把"撒手锏"，他想检验一下自己识人的智慧，特别是在这场货币战中，他要陪日本人赌到底。以前在特训班上课时，戴笠就发现沈东方是一个好苗子，他觉得沈东方是个很特殊的学员，并且擒拿格斗每门功课都很优秀。沈东方的父亲是中央银行高层，为了把儿子培养得更出色，他让沈东方从小在银行柜台锻炼，后来又送到国外印钞厂学习，以便成为未来的银行家和货币专家。日本鬼子的入侵，让沈东方放弃了梦想，决然投笔从戎。

此刻，沈东方的脑子里非常清晰。他明白上级给的是个"没有指令的任务"，他知道戴局长心里肯定很有把握，只要巧妙地把他送到日本人跟前，他一定会做得比戴笠计划的还要周全。沈东方有一种被人戏弄的感觉，戴笠太把人不当人了，你把我当作是提线木偶？即便是木偶也会提前知道自己要干什么。

无指令任务，这在国民党的特工史上，甚至在世界特工史上也绝无仅有。几个月以后，沈东方的行为证明了戴笠的心机没有白费。

果然，不出戴笠所料，山本宪藏抓到沈东方后如获至宝，在日军的多方威逼下，沈东方假意答应替日本人工作，杉机关的工作计划开始实施。

这是一场中日双方在经济领域新的较量。沈东方给日本人透漏了法币的材质和印版密码，日本人欣喜若狂。沈东方巧妙地与敌人周旋，他的目标就是想尽一切办法加大日本人造假币的成本。为了不引起人们使用时的注意，沈东方建议印制一批五元的小额钞票，并进行了做旧处理。

当山本宪藏耗费巨大的物力和财力，昼夜加班完成印制，由日本特高课秘密运送到各国统区时，才知道国民政府已提前几天停用并回收市场上流通的五元面钞，改版新式钞票。当日伪特务拿着崭新的五元法币购买东西时，老百姓一眼就认出来是假的，这种钞票银行只收不付。已经作废的钱，怎么还会越来越多地出现呢？

一大批钞票变成了废纸，日本人耗资巨大的一次反击行动又彻底失败了，印钞付出的代价和造成的损失，让日军在这一轮货币战中彻底败北。

看着一个又一个投放假币被群众和银行识破的事件，沈东方心里很兴奋，在这个战场上，他同样可以左右纵横、奋力拼杀。但他仍然不敢掉以轻心,他意识到日本人的险恶用心,他们不会就此善罢甘休的,他决心在这场货币战中继续战斗下去。

此时,主力部队在战场上和日本鬼子惨烈厮杀,在货币领域,一场更激烈的较量在等着他,这是一场没有硝烟的战争。

陕 北
—
1941年

第 1 章
兔子计划

　　陕北的冬天特别的长，已是三月份了，天气还是特别寒冷。

　　凛冽的寒风裹着细细的黄沙从远方吹来，在凹凸的黄土高原上打着旋，发出一声声尖厉的呼啸，风如刀剑，侵入肌骨。古老的黄土地，千百年来被流水切割成一道道沟壑，仿佛老人脸上饱经风霜的皱纹。放眼望去，斑斑驳驳的残雪，把大地装点得似癞头一般。

　　在陕甘宁边区银行绥延分行的会议室里，正在召开一个秘密会议，曾经的日方货币专家沈东方也赫然在座。

　　绥延分行行长张杰表情异常严肃地说："据我们打入敌人内部的同志传回的消息，国民党为了破坏陕甘宁边区经济，打击边区刚刚树立起的货币信用，企图将一批伪造的货币输入边区，扰乱货币市场，激起老百姓对我们边区政府的不满情绪。"

　　坐在旁边的沈东方不解地问："敌人伪造的是我们陕甘宁边区银行发行的'边币'呢？还是国民政府发行并强制流通的法定货

币,也就是所谓的'法币'?"张杰停顿了一下,说:"沈东方这个问题问得好。据我们分析,边币和法币应该都有可能伪造,但这次他们偷运进来的具体是什么币种目前尚不清楚。"

这是一九四一年陕北的早春。"皖南事变"后,国民政府停发了八路军的军饷,对我陕甘宁边区实行严密的经济封锁,边区政府决定停止使用法币,授权边区银行发行边区货币,但同时允许法币在一定的范围内流通,用来采购一些必需品。如果国民党伪造的法币大量流入边区,将加剧经济封锁的程度,使本已紧张的边区经济雪上加霜。但如果是伪造的边币流进来,更会对刚刚发行的边区货币信用造成致命打击,老百姓对边币还没有完全接受,这个时候再出现假币,真假难辨,后果不堪设想。沈东方非常清楚这一点。

张杰看沈东方在思考,他想听听这位货币专家的意见,于是问道:"东方同志,你对这事有什么看法?"

沈东方说:"张行长,我认为,这次特务有可能输入的是伪造的法币。试想一下,我们的边币发行时间这么短,印刷质量差,当然,这是我们的实际情况,更重要的是我们用的纸张是自己造的,所以敌人不会这么快仿制出来。"

张杰点点头,说:"沈东方同志分析得很有道理,我们绝不可掉以轻心。既然我们可以生产出来,敌人也会研究,很快就会伪造出来。对此,边区政府特别重视,决定成立特别行动组,由边区保安处派常有福同志来担任组长,另外,从晋察冀边区抽调一位侦察工作经验丰富的同志任副组长,她明天就能赶到。行动组还有其他几位同志将陆续报到。"他转头向边上的一位穿着八路军军装的人说:"常有福同志,请你把情况给大家介绍一下。"

常有福是一个满脸长着络腮胡、说话声音洪亮的军人,曾经在战场上屡建战功,他看了一圈在座的人说:"同志们,根据我们得到的情报,今天晚上敌人将会有行动,极有可能运送管控物资或者假币。"他站起来,走到墙上的地图前面,指着地图说,"从咱们绥延地区的地理位置来看,这里地处国共交界,人员构成复杂,商品贸易活跃,应该是他们的最佳输入点。"

张杰也离开座位,走到地图前,说:"我补充一点,敌人在对边区实行严密经济封锁的同时,他们的主要目的是破坏新建立起来的边区金融秩序,一方面收买不法商人甚至地痞流氓,一方面派遣大批特务潜入边区,制造和贩卖假币,同时进行边币与法币黑市交易。特务像陕北的野兔一样,通过地下渠道隐藏在我们不注意的地方,比如在一些小村子'打洞',他们的行动代号叫'兔子计划',我们的任务就是要揪出藏匿在洞里的兔子。"

常有福说:"同志们,特别行动组的主要任务就是针对'兔子计划',来一场'剿兔行动',把一窝一窝的兔子都挖出来!"沈东方问:"常组长,几点开始行动?"常有福看了一下张杰说:"今天是行动组第一次行动,具体时间临时通知,为了保密,从现在开始所有人都不许离开,天黑以后,我们行动组分头在几个路口布点埋伏,绥延巡逻队的同志到时候会配合我们。"

漆黑的夜晚，风停了，天空被阴云压得很低，黄土高原仿佛被冻成冰雕，让人感觉喘不过气来，层层的山峁，一圈一圈地起伏着，笼罩在黑魆魆的氛围里。

山梁上，一队穿着老百姓服装的人守护着几辆独轮车，借着夜幕掩护，偷偷地爬上了山坡，车上鼓胀的麻袋里装满了东西。他们悄悄地行进着，一会儿又下了坡，进入到一个山沟。黑影们幽灵般地移动着，能听得见推车人喘气的声音，声音在寒夜里特别清晰，像是被困在喉咙里的小鸟，一旦受到惊吓，随时都有可能飞出去。

突然，一辆车的轮子陷进深坑里，旁边押运的几个人急忙上前，一起帮忙往上推车，但是由于车上东西太重，车轮在坑里的积雪中打着滑，就是推不出来。其中一人停下来，从怀里摸出火柴，划亮一根，火光在暗夜里显得特别刺目。他低下身子想看看车轮的情况。

边上一当官模样的人生气地上前，一把打掉他手里的火光，压低声音道："他妈的，不想活了！"

点火人慌乱地说："对不起，长官。"

边上一戴礼帽的人过来问："怎么回事？"当官的回答："杨老板，车陷坑里了。"杨老板着急地说："快！前面就到共党的地盘，不能停，对面的人在等着。"

众人一起上手，他们压低声音喊着："一二！一二！"车子终于被推了上来。

一行人押送着推车来到沟口，杨老板在黑暗中做了一个停的动作，车队立刻停了下来。他用手捂住嘴，学了几声鸟的叫声。不一会儿，对面土坡下回复了几声同样的声音，几个脑袋从土坡下慢慢地冒出来。在黑暗中，两队人会合在一起。他们互相低声比画着，前来接应的人过来清点车上的东西，其中一个领头的把背上一大包东西取下来，放在手上掂了掂，郑重地交给那位杨老板。

突然，几道手电光射来，沈东方带着背枪巡逻的八路军战士发现了他们。"什么人？站住！"那些运货的有几个吓得丢下车就跑。当官的拔出枪，冲着那几个逃跑的大声呵斥："都给我回来！"那几个推车人根本不听他的，只顾撒腿逃命。其他几个带枪的举枪射击。八路军战士举枪还击，黑暗中枪声四起，子弹的光亮划出一道道弧线。这伙人逐渐抵抗不住，在八路军的包围下，缴械投降了。

几个八路军战士分头追上那几个逃跑的人，把他们押回来，命令他们蹲成一排。沈东方带两个战士打着手电上前查看了车上的东西。车上，是一些火柴、肥皂等非必需物资和一些伪造的边币。

就在他们查看车上东西的时候，蹲在地上来接货的领头者突然起身就跑，另外一人举起一个大包扔了过去，一位八路军战士立即朝空中开枪警告："回来！"一排子弹射过去，正好打散了空中的包，包里的钞票哗哗地飘落下来。

沈东方举起枪，朝逃跑的开枪，"叭"的一声，那人在黑暗中倒下。

绥延区是陕甘宁边区的一个特殊的地区，位于陕甘宁边区与国民党统治区接壤地带。这里曾经是中共陕北特委领导下的一块独立的根据地。中共中央到达陕北后，作为特区归中华苏维埃共和国西北办事处领导。中央红军东征回师后，部分伤病员转到这里来疗养，他们带着中央苏区银行和陕甘及陕北苏区银行发行的货币，在特区可以流通使用。由于来自不同地区的人汇聚在这里，商品贸易特别发达，绥延区的人民群众自发地举办集市贸易，那些小商小贩们推着独轮车，赶着毛驴纷纷从国统区贩运日用品来到这里，百姓之间交易频繁。由于货币种类繁多，在当时的形势下，急需有一种方便交易的统一货币。

怎么办？特区政府面对繁荣的商业贸易，决定成立绥延特区抗日人民革命委员会银行，自行发行货币，后来改为绥延特区苏维埃政府银行。特区银行的货币发行基金主要是没收土豪劣绅和大地主的银圆、元宝和其他贵重物品，以及抗日基金捐募委员会募捐的现金和苏区人民群众自愿入股的投资。绥延区货币投放市场后，很受群众的欢迎，被亲切地称为"苏票"。直到"西安事变"后，国共双方的军队停战，特区银行才停业，政府用物资和银圆兑换收回特区货币。

几年时间过去了，特别是"皖南事变"后，绥延区的经济受到很大影响，但和其他地区相比，独特的区域位置，依然使绥延区保持着一定的贸易繁荣景象，特别是定期举办的骡马交易会、物资交流会，吸引了山西、内蒙古等周围地区的客商，贸易兴盛的同时也带来了复杂的人员构成。

昨天晚上的行动很成功,特别行动组得到上级领导的表扬。组长常有福决定趁热打铁,既然外面有人送货进来,就一定会有人等着接收并分发下去,他怀疑敌人并非只有这一个假币输入口。他命令行动组的人分头寻找蛛丝马迹,一旦发现有可疑的人,立即抓捕。

沈东方走在黄土地上,思绪万千。

陕北高原上的阳光很刺眼,瓦蓝瓦蓝的天上没有一丝云朵。他站在太阳下,抬头看天,仿佛自己置身于大海中畅游,陶醉在蔚蓝色的宇宙里,漫无边际。但当他低头遥望苍老的黄土地时,心里总会有一种强烈的想哭泣的冲动。一辈又一辈生活在这片土地上的人们,跪地祈天,期望得到苍天的护佑。

他一边走,一边漫无边际地想着。中午时分,天上不知什么时候云彩慢慢地多了起来,那是一些指纹形的云。他突然发现了一个奇怪的现象,地上一圈一圈的黄土高坡,从大到小,也像指纹一样,重重地往圆心沉下去,于是,在山洼里便有了一些居住的人家。

沈东方来到街上,希望能找到一丝线索。

来边区已经快一年了,说实在话,沈东方对陕北的生活还是没有完全适应,看着街道上满身黄土的商贩,不知为什么,他脑子里浮现出大上海的繁华街道,甚至重庆的小巷,他不由得在心里叹道,我们的生活苦啊!在敌占区的城市里,虽然地下工作也很辛苦,而且随时都会有生命危险,但组织对地下工作者很关心,生活上还是比较宽裕的。而在这里,经常连饭都吃不饱,国民党对边区实行经济封锁,像一只大手卡住了我们的脖子,陕甘宁边区银行发行的边币,是针锋相对对付他们的一技绝招,面对这一招,国民党肯定不会善罢甘休,他们会使出更凶狠的招数来。

街道上人来人往,甚是热闹,在一个摆满南瓜的摊位前,摊主大声地叫卖着:"快来看啊!又干面又香甜的大南瓜,带一个回家吧!"他不时地把摊上的南瓜按不同大小摆放整齐,又不时地调整着顺序。

一个穿着普通老百姓服装帽檐压得很低的人,在摊位前停了下来,摸摸这个南瓜又摸摸另外一个。摊主看了看他,说:"老乡,您看上哪一个了?大小不一样价格也不一样。"看客人没有说话,摊主又压低声音说:"半块也卖。"挑南瓜的人神秘地四周环顾了一圈,悄声地问:"掌柜的,你'半块'也卖?"摊主会意地点点头说:"当然,你一块钱能买两块。"那人没有说话,他知道这话的含意,便从棉袄袖口中伸出手指头比画着一和二:"你有多少我都要了。"摊主兴奋地给他使了个眼色:"您一看就是个大买主,货都在屋里,请跟我来。"

"低帽檐"跟在摊主后面,朝屋子里面走去。

旁边不远处一个卖毛线的摊位前,有一个穿八路军装、留着齐耳短发的女战士,正在警惕地向这边看。看他们走进了屋里,她便放下挑好的毛线，悄悄地跟了过去。

摊主领"低帽檐"进到屋子里，他在屋子里炕角边摸出几张边区货币，递给来人。"就这几张？""低帽檐"有点不耐烦地问。摊主诡异地笑笑说："您别着急。"他又在另外一个柜子里面摸了半天，拿出一踏钱说："这是一百元，说好了，一块换半块。""低帽檐"从口袋里掏出一沓法币说："老哥，这是五十元，你数好了，这可是掉脑袋的事。"摊主一把抓过钱说："我知道。"他迫不及待地给手上吐了口唾沫便数了起来，头也不抬地说："这屋的那边有后门，你从那边出去。"

就在这时，女战士突然出现在屋里。"低帽檐"一看有人冲进来，警觉地撒腿就朝后门跑去，女战士紧跟着追了出去。摊主数完钱抬起头，自言自语："咋猴急猴急的，胆子这么小！"

屋子后门外，女战士追了出来，一个人影也没有，只有一头毛驴在柴垛堆里静静地吃着干草，毛驴的鼻梁上有一道白色的毛，一个老头悠闲地靠在墙边闭着眼睛晒太阳。

"大爷，刚才出来的那个人跑哪边去了？"

老头被从睡梦中惊醒，一脸懵逼地："好像是那边。不对，应该是这边。"

女战士着急地："大爷，到底是哪边？"

老头摇了摇头，又靠墙睡着了。女战士环顾四周，发现左边有一个小巷子，从巷子里有几只鸡"咯咯咯"地跑出来，就是这条巷子！她果断地奔过去。

当她追到巷子口时,那人又不见了,巷子里空荡荡的。

她拔出手枪,从拐角处慢慢地探出头。忽然,一把明晃晃的刀子朝她的面部直刺了过来,她迅速地躲闪一下,那人不仅戴着帽子,还用灰色的围巾严实地裹着脸,身手非常敏捷,不由分说和她对打起来。

女战士毫不示弱,几个回合下来,两人打得不分上下。那人怕继续纠缠下去对自己不利,就准备逃跑。女战士一个翻身跃到他前面,用枪顶住他:"举起手来,跟我走!"谁知那人突然从身上口袋里抓出一把面粉,冲着她就扬过来。就在女战士揩眼睛的工夫,那人举刀又迎面刺过来。

就在这时,沈东方刚好经过这里,他一看来不及了,腾空跃起,不顾一切地扑向那人,两人同时倒在地上。那人就地一个翻滚,沈东方一把没有抓住,那人轻盈地双腿一用力,一个鹞子翻身凌空起来,跑了。

沈东方急忙跑过来问女战士:"同志,你没事吧?"女战士揉着眼睛说:"我没事,快追!"他们一起向那人逃跑的方向追去。

小巷子里,几个小孩正在玩捉迷藏,其中一个小女孩刚好跑过来,怯怯地看着拿刀跑过来的人,吓得愣在原地。那人眼珠子一转,一把抓住小女孩,把刀架在孩子脖子上,对追过来的沈东方他们说:"都把枪放下!否则我就杀了她!"沈东方急了,他说:"不要伤害孩子,我们听你的。"他把枪放在地上。那人继续命令道:"还有你,也放下,把枪踢一边去。"女战士说:"你别乱来呀,枪放下了。"那人挟持着孩子拐进一个巷子。

等沈东方他们追赶过来,只有孩子吓得坐在地上大哭,那人早已不知去向。

女战士大方地向沈东方伸出手:"同志,谢谢你刚才出手相救,我叫陈诗雨。"

沈东方愣住了:"你说你叫什么?"

"我叫陈诗雨。"陈诗雨看着发愣的他,不知道怎么回事。她问:"我说同志,同志,你没事吧?"沈东方清醒过来,看着她的脸说:"你说你叫陈诗雨?"

他不由自主地上前,伸手想拂去她脸上的面粉。陈诗雨奇怪地往后退,用手拦住他说:"同志,你这是?你怎么能随便摸女同志的脸?"

沈东方好像没听见她说话一样,轻轻地在她脸上摸着:"让我看看你。"

陈诗雨更诧异了:"让你看看我?这……"陈诗雨突然一下意识到自己脸上沾满了面粉,她笑着说:"对不起,我忘了我的脸上……"她掏出手绢把脸上的面粉擦去,一张漂亮的脸出现在沈东方的面前。

沈东方仔细地盯着她看,半天都没有动。陈诗雨有点不好意思地说:"同志,唉,我说同志,你没事吧?"

沈东方变得语无伦次,他说:"我没事,不!有事!是你!你是陈诗雨,我是沈东方呀!"

陈诗雨也很吃惊,她认真地看着他,好半天才回过神来说:"你是沈东方,你真的是沈东方!难怪我看着面熟。当年在上海,你穿着长袍、戴着眼镜,现在却是一个威武凛凛的八路军战士。"

沈东方说:"是呀!整整三年了,你也变了,你不说你是陈诗雨,我还真认不出来。"陈诗雨激动地说:"感谢你当年介绍我们来延安,圆了我们的梦想。"

沈东方说:"对了,你这是要去哪里?"陈诗雨说:"我从晋察冀边区调过来,执行一项特殊的任务。"沈东方显得很高兴,他激动地说:"我早听说特别行动组要来一位经验丰富的侦察员,原来是你。太好了!走!我领你去报到。"

此时的沈东方万万没有想到,特别行动组新来的副组长,竟然是陈诗雨。三年前在上海被鬼子追杀时意外相遇,没有想到竟然还能再次见面,在这兵荒马乱的年代,确实很让他激动。

但沈东方同时又感到不可思议,眼前这位勇敢干练、在侦察战线屡建战功的八路军干部,怎么也跟几年前那个扎着麻花辫的女学生联系不起来。革命真是一个大熔炉,历练出了多少像她这样的战士呀!他同时也强烈地感受到,见到陈诗雨的一种特别的感觉,他心里很忐忑,大脑一片空白,他希望这种感觉永远不要停下来。

第 2 章
特殊的窑洞

特别行动组副组长陈诗雨的到来,让组长常有福感到异常兴奋。说心里话,常有福知道自己那半斤八两,论上战场打仗那没得说的,在延安保安处虽然也配合其他同志破获过几个大案,但那几次是和特务真刀明枪地干,而这次却是金融案件,这方面自己几乎是睁眼瞎,特务又在暗处,他心里一点儿底气也没有。

陕甘宁边区根据地在各抗日根据地中有着举足轻重的地位,这里是中共中央所在地,陕甘宁边区银行发行的货币,对各根据地银行都有着示范的作用,绝对不能出任何问题。常有福常常一静下来就在想,自己的爹虽然大字不识几个,但是也太有水平了,给他起名"有福",再配上这姓,"常有福",难怪在战场上好多次都能够死里逃生,自己真有福呀!

这一次,他正在为破获案子这事发愁,上级就派来了经验丰富的侦察员陈诗雨,又有银行行长张杰、沈东方等人,自己的压力一下子减轻了许多。常有福搞不明白,上级把他这样一个大老粗派到特别行动组当组长,而且是专门负责查处金融案件,到底有什么用意?让一个对金融一窍不通的人领着一群内行,压力可想而知。而那些藏在暗中的敌人,可能早已把眼光盯在自己身上,他觉得应该尽快破案,先干出点成绩,才能树立自己的威信,才能给组织有所交代。

"报告常组长,陈诗雨前来报到!"常有福看着眼前这位干练的女战士,咧开嘴笑着不知道怎么答复:"欢迎陈副组长。"他急忙伸出手要握手,看陈诗雨敬礼,他又收回手敬礼,搞得陈诗雨放下手,伸出手来和他握手,又举手敬礼,两人反反复复,敬礼、伸手就是不能一致。

常有福脸红到脖子根,他挠挠后脑勺:"把他家的,老子这是怎么了?在战场上也没这么紧张过?"他在心里骂着自己,"欢迎陈副组长,早就盼着你来了。"陈诗雨微笑着说:"常组长,行动组成员都到齐了吗?"常有福一直盯着她的脸看,脑子里一片混乱。陈诗雨又问了一遍,他才感到自己失态,急忙说:"没有,就差一位了,白亮。"

陈诗雨眼睛里闪过一道光,白亮?常有福发现她表情有点不对:"你们认识?"陈诗雨没有回答他,扶了一下头说:"哦,可能是同名吧。我路上有点累了。"常有福赶紧问:"不要紧吧,你先去休息。小朱,领陈副组长去休息。"

望着陈诗雨离去的背影,常有福愣了半天,他一拍大腿:"哎呀,把他家的,我这叫干的啥事!见了个女的咋就发瓷了?边区这么多女的,我又不是没有见过。"他努力控制自己不去想,但还是不由自主。陈诗雨那长得精致的南方女人的脸庞、全身充满青春的朝气,一双明亮的眼睛让他不敢直视,那帽子边露出来的乌黑的短发,他真想上去替她捋在耳后,她腰里扎着皮带,更显出她凹凸有致的身材。常有福想:"同样的八路军服装,为啥她穿着就那么好看呢?在晋察冀根据地名气很大的女侦察员就是她?简直不可思议。不想了,怎么停不住了?把他家的!"

"把他家的"是常有福的一句家乡话,也是他的口头禅。他高兴的时候、生气的时候、遇到难事的时候,都会莫名其妙地冒出这一句。当年他立功受奖,有个外国女记者来陕北采访,他几乎每句话都带这几个字,外国记者很好奇,一定要让翻译给译过来,搞得翻译没有办法,只能说是常有福的家乡语"您好"的意思,后来,那个女记者见到人就使用,还因此闹出了许多笑话。

浑厚的黄土高原上,丘陵沟壑纵横交织。这里,最引人瞩目的是窑洞。远古时期,人类自结束筑巢而栖的空中生活后,择洞而居,成为繁衍生息的最佳途径。居住在洞里,可以抵御风寒雨雪,保护群落生民不受野兽毒虫侵害,于是,人类与洞穴就分不开了。不知从什么时候起,先民的穴居习俗在这里落地生根。陕北的窑洞是依山势开凿出来的,由于黄土本身具有直立不塌的性质,而拱顶的承重能力又比平顶要好,所以窑洞一般都是采取拱顶的方式,这样就保证了它的稳固性。陕北人取黄土高原土层厚实、地下水位低的特点，沿着山崖边或者沟边一层一层开凿，刨崖凿洞，安上门窗，就成了一孔孔冬暖夏凉的窑洞，成了黄土地上生生不息、繁衍后代的栖息地。

窑洞，是陕北人生活的印记，祖祖辈辈就这样流传下来，一代一代都是从窑洞里走出来的。

窑洞，在陕北人的心里有着特别的感情，冬天的暖，夏天的凉，是窑洞与自然抗争对人类的天然庇护。

窑洞，像母亲爱护自己的孩子一样，紧紧地搂抱着大地上的生灵，她不仅哺育着陕北的人民，更是温柔地抚爱着来自全国各地的有志之士。

边区银行绥延分行坐落在市场沟的中间地带，这里有一个小广场，依山崖有三层窑洞。最底下一层是绥延分行营业室，前面是一个过道，有几根石头砌的柱子，过道里面是一个大的窑洞，作为银行主营业大厅。左右两边又套了许多小窑洞，是会计科、农贷科等银行里的各部门和行长办公室。往上第二层是员工宿舍，十多间窑洞一字排开。再上面的第三层向左右两边各拐了一个弯，窑洞比底下两层多了许多，按山的走势呈半弧型分布。特别行动组和银行会议室就分布在这一层。

关押特务的窑洞，在距离绥延分行较远的另外一处土隘的边上，几孔相对独立的窑洞并列排开，每个窑洞门上都用绳子紧紧地系着。每个窑洞门口都有一个战士把守，在窑洞的附近，有另外的战士负责流动哨，警惕地看押着抓捕的特务。

窑洞上面,一眼望去是蓝格盈盈的天空。一个流动站岗的战士,机警地朝上面看去,他隐约看见一个人影突然一闪又不见了,只有一头毛驴在窑背上静静地吃草。那一定是放羊的老乡,他想。

审讯室就设在这几孔窑洞最左边的一间。窑洞里,常有福一脸严肃,对这伙偷运假币的特务,他显得非常气愤,威严地盯着受讯的特务。他对两边的战士说:"把他的皮给我扒下来!"旁边的战士上去就扒掉特务身上的粗布衣服,露出国民党军服。

"你还想狡辩吗?老实交代!"常有福说。

那人吓得全身发抖,胆怯地说:"我说,我都交代。我是国军第七军十九旅四团三营一连连长黄振彪。长官,我只是执行命令的。"

常有福敲了敲桌子,说:"是谁指使你运货的?"

黄连长吓得不知所措,语无伦次地说:"长、长官,小的确实只是负责押运的,我是听从杨掌柜杨天锡的命令,他只让我们负责护送运货,我就是想给弟兄们捞点好处,已经有两个月没发军饷了,家里等着我们寄钱吃饭呀,别的我真啥都不知道。"

常有福看他不像是在说谎,继续问:"杨掌柜的?你是说杨天锡?"黄连长颤巍巍地说:"对,就是他。"常有福走过来,在他身边转了一圈,看他确实也不知道情况,就一摆手说:"押下去,带杨天锡!"一位战士把黄连长押了下去,另一战士带进杨天锡。

杨天锡一进来,就点头哈腰,一副商人的圆滑相。常有福瞪着他,吓得他赶紧坐到位子上。常有福单刀直入地问:"杨掌柜的,这些假币你是从哪儿来的？你的接货人是什么来头？"杨天锡一听，头冒冷汗，他站了起来，被战士按下去："报告长官，我是个商人，只是做小本生意的，赚点小钱。"

常有福冷笑一声："不要再演戏了！这么多假币，是小本生意吗？老实交代，争取宽大处理。"

杨天锡装出一副可怜相："我真的是生意人，这些东西和我一点关系都没有，这不是为了能多赚点钱吗？"常有福一拍桌子："看来你是背着牛头不认赃，不愿意说，是吗？"他走到杨天锡身边，背身转了一圈，猛地回过头，"不说，一旦查出来，你可是死刑！"杨天锡吓得瘫软了："说、说、我都说。"

常有福表情放松了一些："把他家的，早点说不就对了。"

按照上级命令，决不能给特务以喘息的机会，行动组立即召开案情分析会，决心尽快查清案件内幕。

常有福在会上传达上级的指示精神，他严肃地说："同志们，上级要求我们来一场'套兔行动'，把窝里的兔子一只一只地揪出来！当然，敌人是很狡猾的，就在今天上午，窝里的'兔子'已经迫不及待地自己钻了出来，差点让我们逮住。先请陈诗雨同志讲一下她发现的情况吧。"

陈诗雨站起来说："卖南瓜的人只是个贪图利益的小贩，我已经调查过了，没有任何敌特背景。他之所以用边币兑换法币，是对边币没有信心，更重要的一点是，他认为法币才是'硬货'，两元兑换一元，他觉得很划算，自己还是赚了。"陈诗雨稍微停顿了一下继续说，"另外一个跑掉的人，是国民党特务的嫌疑很大，他能随便拿出大量的法币，肯定是蓄意而为，所以，这个人绝非一般的普通商人。"

沈东方看了她一眼说："我强调一点，我和陈诗雨同志与那个人交过手，他功夫非常了得，是经过专门训练的。"

陈诗雨说："东方同志说得对，从那人身手来看，一定很有来头，有可能是从国统区潜入边区的特务，可惜那人一直用围巾蒙着脸，我们根本看不到他的真面目。"

张杰行长听了分析，总结道："几位同志分析得很有道理，表面上看起来是边币和法币兑换，但在其背后，是国民政府封锁边区经济、企图扰乱边区金融市场的巨大阴谋。"

常有福继续说："我们对抓捕的特务进行了突审，发现这是一帮地道的国民党潜伏特务，为首的自称是黄连长，他们和不法商人杨天锡勾结，就是想把伪造的假币偷偷输入边区，再分散向老百姓兑换出去。经过审讯，杨天锡供出了接货人，就在我们抓获的人里面，他们叫他王掌柜。"

陈诗雨急切打断了他："王掌柜坦白了吗？"

常有福摇了摇头有点无可奈何地说："嘿，别提了，我们想尽了办法，但这家伙嘴特别硬，一个字都不说，把他家的！"

陈诗雨立即站起来，急忙问道："什么？你说他没有招供？"她稍微犹豫了一下，对常有福说，"不好，快走！我建议马上停止会议，立即提审王掌柜。"说完，她不等常有福同意就起身往外走。

常有福还没有回过神来，陈诗雨就已经急匆匆地走到了门外，常有福只好先停止会议。他跟在她后面喊："我说陈诗雨、陈副组长，怎么这么着急，这还正在开会，王掌柜是被单独关起来的。哎，你等等。"

张杰笑了笑说："这位陈副组长，看不出来，还是个急性子。"常有福一边追着一边说："人家是晋察冀根据地来的，侦破过许多敌特大案，是那个叫什么？对，非要磨死你的。"张杰听后哭笑不得："不是什么非要磨死你，是根据地的女福尔摩斯。"常有福还是没有听懂，他跑得气喘吁吁地说："反正就是磨也要磨死你，大概就这个意思，所以，那些特务一旦落到她手上，差不多都招了。上级专门强调，在案件侦查中以人家为主，我们还是听她的吧。"常有福说着，带大家快步追上去。

陈诗雨跑到看守特务的窑洞口，几个站岗的战士上前阻拦，常有福从后边追上来，大声地喊："别拦了，是咱们行动组的同志。"

陈诗雨停了下来，她仔细地环顾了一圈这排窑洞的周围，问站岗的战士："有什么情况吗？"

"报告，一切正常！"战士立正说。

常有福过来对陈诗雨说："我就说了嘛，每个窑洞门口一个岗,三个方位都有固定岗,还加了流动哨。在这窑洞里,就算是苍蝇也别想飞出去。"

陈诗雨没有接他的话,继续观察着窑洞外围的一切。突然,她发现窑洞上面有两个黑点在晃动,她用手遮住太阳光,顺着看上去。刺眼的阳光在空中形成一个巨大的光环,刚看过去时眼睛有点不适应,光环中间一片黑色,几秒钟过后,还原成蓝色的天空,刚才发现的两个黑点,原来是毛驴的两只耳朵。

大家顺着她的方向朝窑洞上看去,什么也没有。常有福纳闷地:"上面好像有一头毛驴。"

陈诗雨表情严肃地问常有福:"王掌柜关在哪间?"

常有福有点得意地说:"最中间这一孔窑洞,他在里面插翅难飞。"他示意门口站岗的战士,"去,打开关押王掌柜的窑洞,请陈副组长看看。"

几个人一进窑洞,全都傻眼了。

土炕上,王掌柜奄奄一息地斜躺着,脑袋拖拉在炕沿上,陈诗雨立刻变了脸色,她急忙上前,从身上掏出一双白手套戴上,查验他的身体,触摸他的颈动脉,却发现他脖子上有一个很小的针眼,不仔细看很难发现。

常有福一下不知所措,他愣了半天,着急地说:"怎么会这样?怎么会这样?在这窑洞里面,门口看得死死的,没人能进来呀。陈副组长,他死了吗?"

几个人一进窑洞，全都傻眼了。

土炕上，王掌柜奄奄一息地斜躺着，脑袋拖拉在炕沿上。

陈诗雨没有理会他。她贴近王掌柜大声地叫着:"王掌柜,王掌柜,谁是你的上线?"王掌柜还没有完全咽气,他慢慢地用力睁了一下眼,望着窑洞上面,嘴唇动了动。陈诗雨把耳朵凑近他。王掌柜用力地吐出两个字:"老——汉——"说完头一歪,死了。

陈诗雨放下王掌柜,在窑洞里仔细查看。常有福叫来门口站岗的战士,大声质问:"你们干什么吃的!都没有听到声音吗!"

站岗的战士怯声地说:"我一直就在门口,里面一点动静都没有,所以没注意……"

沈东方劝常有福说:"你不要责怪他了,这种杀人方式,根本不会让其他人听到声音的。"

陈诗雨在炕头与窗户的地方停了下来,仔细地查看了一圈后说:"窑洞里没有任何打斗和反抗的痕迹,或者说,杀他的人根本就没有进来过,说明这个王掌柜和来人认识,他没有任何防备,甚至还想着来人会救他出去。"

常有福不解地问:"没进来过,没进来过咋杀的人?"

陈诗雨继续一点点地寻找着线索,在炕头烟洞出口的"投灶"处,突然发现了一些黑色的烟尘颗粒,便用手指拈起来,放在鼻子下边闻了闻。

她说:"问题应该就出在这里。"

陈诗雨拿过旁边战士身上的枪,举起枪托三两下砸开了炕头烟洞的"投灶"口,黑乎乎的烟洞露了出来,她偏着头朝上看去,上面透出一丝光亮。她又认真地用手比画着,丈量烟洞的尺寸大小。

在现场仔细勘查一番后，陈诗雨说："这里留人看守，其他人去上面看看。"

陈诗雨、常有福和几个战士来到窑洞上面。

窑洞上面的山坡是一片小平地，在每个窑洞的烟洞出气口，都斜盖着三块砖，既不影响出烟，又能防止雨水和动物钻进去。在关押王掌柜的窑洞里，陈诗雨指着窑洞上的烟洞出气孔说："这几块砖明显被人动过了。"常有福一拍脑门说："唉，都怪我大意，谁能想到他们会从这里下手。不对呀，这么小的烟洞，人怎么可能进去？"陈诗雨说："这就是特务的狡猾之处。这几孔窑洞，还有窑的烟洞，都和附近其他的窑洞不太一样。你们看，凶手是从烟洞把自己吊下去，再通过'投灶'口和王掌柜接头的。"

常有福纳闷地说："难道说来的不止一个人。可是，这个烟洞很窄，而且，下面还有炕，又有拐弯，才能到'投灶'口。"

陈诗雨说："你忘了烟洞匠是怎么进去的？另外，我刚才仔细看过了，这孔窑洞和其他窑洞有一个不一样的地方，明显是以前改造过的，比一般的烟洞要粗，人完全可以从上面下去。"

常有福有点不解地看着她说："照你这么说，是有人提前安排好了？"

陈诗雨一边观察一边说："不排除这种可能。起码可以肯定的是，有人知道这孔窑洞的情况，钻下来的人和王掌柜应该很熟悉，王掌柜以为是来想办法救他的，没想到却对他下了杀手。从时间上分析，行凶者不会离开这里太远，或许正在某一个隐蔽的地方看着我们。"沈东方马上警觉起来，他对其他人说："大家分头去周围找找，看能不能发现什么线索。"他和一起上来的战士开始分头去寻找。

陈诗雨四下查看窑背上的情况，她站起来巡视四周，没有其他人影，也没有发现可疑的东西，只有一头毛驴正在远处静静地吃草。她走过去，把毛驴上下仔细查看一遍。常有福有点不能理解："这毛驴有什么好看的，陕北到处都是，它又不会说话，更不会去作案。"

陈诗雨拿起拴毛驴的缰绳认真地看着："毛驴也有它的语言。"

常有福内疚地说："是我的失职，本来到手的线索就这样断了。"

陈诗雨看到常有福满脸自责的表情，便安慰他说："我们的对手可不是一般人，他使用的手段非常奇特。不过，既然事情已经发生了，就一定会有痕迹。"

常有福似乎还没有搞明白，自言自语地说："烟洞？土炕？投灶？"陈诗雨看周围没有其他人，压低声音对他说："那个人很熟悉这里的一切，而且不是普通人，他用绳子把自己头朝下通过烟洞吊下去，在炕头拐弯处，王掌柜就会发现他，因为，这孔窑洞一直用来关押犯人，没有人做饭烧炕，炕里面的烟火拐弯通道已经取掉了，所以没有一点儿的遮挡。他在'投灶'的地方，可以看见王掌柜。从现场看，王掌柜看到他后，他可能示意王掌柜不要出声，他却用竹筒将一根毒针一吹，直接就刺中王掌柜的脖子，使得王掌柜瞬间昏厥。"

常有福吃惊地张大嘴巴，回味了一下她的分析，说："把他家的，用一根针就把人杀了？我打破脑壳也想不到。"他猛然间醒悟过来，"诗雨同志，我明白了，现在的任务是，马上追查整过所有烟洞的匠人！"陈诗雨看着他憨憨的样子，笑着说："对，这次咱们想到一块去了，走，马上追查！"

陈诗雨的分析有一定道理，从案发现场来看，除了这种解释，很难有另外一种可能。窑洞门没打开过，窑里的烟道是唯一能够通向外面的出口。巧合的是，偏偏是这孔特殊的窑洞，事情真的很蹊跷。假如了解这个窑洞情况的是自己人，那问题就很严重；如果是敌人处心积虑，王掌柜也正好关押在里面，那实在是太巧了。陈诗雨想，无论如何，只要从窑洞里的烟道入手查起，就会找到蛛丝马迹。

陕北人冬天喜欢住窑洞睡热炕，热炕灶台一般都设在窑掌处，窑口部分留作活动空间。但要在窑掌处烧灶台、盘热炕，就得在深处造出一个烟道来，特别是靠山崖挖出的土窑洞，这种窑洞的烟道从窑洞深处直通上去，出口就在几米甚至十几米高的半山崖。

挖出一个又细又直又高的烟道，这是需要相当的技术才能完成的，这就产生了一门特别的手艺人：专为土窑洞造烟道的"烟洞匠"。在陕北,能干这种活路的人并不多,一般都是几代人传承下来,而且干这种活的人讲究各自划定一片地域,互相不抢饭碗。经调查,绥延地区的"烟洞匠"总共只有两户人家,而且,用的是两种不同的方法。

一户姓张的,用的是传统的手工技术,他家已经传下来好几代了。这是一种全靠双手出力的拱洞技术。就是一个人从炕墙里用双手举一个铁铲向上拱出一个比自己身体略粗的洞,边向上拱边修台阶供双脚攀登,一直拱出地面为止。

另外一户姓杨的,用的是半机械化的木杠戳洞法。在炕上支一个翘板样的杠杆,伸进烟洞的一头绑着一个竖杆,竖杆顶绑一圈小竖刀,留在外面的竖杆这头有三个后生,他们每踏一次翘板,另一头竖杆顶端的竖刀就会向上猛戳一下,随着黄土的跌落和不断接长竖杆,烟洞最终会从窑洞顶上的半山崖开出来。可惜这姓杨的命不好,他的婆姨给他一连生了七个"不带把儿"的女娃,他性格倔强,坚持传男不传女的祖训,连和他经常干活的后生也不给传。几年前他得病死了,这种技术就和他一起进了棺材。

没有了姓杨的竞争对手,张户人家一下成了绥延地区唯一的"烟洞匠",不管谁家挖窑洞,只能请他去通烟道,他家因此很富有。因为是独门生意,他的儿子张小虫养成了好吃懒做的坏毛病,肥胖的身子失去了接替他手艺的机会,让他十分伤心。烟洞匠的活儿说起来挺简单,干起来非常难,拱烟洞要拱得又直又光滑,如果手艺差、垂直感差,拱得斜了或弯了,不但多枉费了工夫,还会影响抽烟的速度，甚至发生安全隐患。

就在十多天前，张家揽到了一个活，给一亲戚家的两眼新窑洞拱烟洞。张小虫跟着他大一起去拱烟洞，活儿干得又快又好，仅三天时间，就拱通了第一眼窑，第二眼又拱到了一半。亲戚非常高兴，招待时比平时多了些荤腥，并加了酒，张小虫吃到肚皮撑，而且喝得半醉。为了赶时间完成，能再接下一个活儿，他大让他下午继续干。老匠人在洞里往上拱，张小虫在洞下向外倒土。

张小虫正干着，也不知道是酒后干活太用力，还是其他原因，他突然酒劲上头，肚子里翻江倒海，恶心得哇哇呕吐。吐了个底朝天以后，他晕晕沉沉，实在撑不住了，就在一边躺下想小歇一会儿，不料却昏睡了过去。

烟洞里的老匠人吃了好饭菜浑身是劲，只顾向上拱，哪里知道自己拱下去的土没人清理，已将三尺高的出口堵死。等到他呼吸困难大脑缺氧急忙跳下来奋力自救时，土堆已经高得无法从里面推出去了……

待亲戚发现赶过来，一看拱下的虚土已封了洞口，大家急忙往外清土，但是已经来不及了，老匠人已经呜呼哀哉了！

张小虫虽然一身坏毛病，但毕竟从小是穷人家长大的孩子，他眼睁睁看着大死在了自己手里，知道惹了大祸。他不敢回家，一个人在外面转了两天，等到第三天，有人在沟底下发现了他的尸体，身体已经僵硬。有人说，他是内疚，觉得没脸活在世上，自己跳下深沟摔死的。也有人说，是他的老子走的时候充满怨气，故意将他带走的。

从此,绥延地区没有了"烟洞匠",一些窑洞挖好准备通烟道的人家,也只好停下来,眼睁睁地等着新的烟洞匠出现。

特别行动组了解到这些情况,所有人都很失望,眼看到手的线索,又一次彻底断了。

第 3 章
谁是"老汉"

接货人王掌柜在看守严密的情况下,竟然被人杀害,而且用的是非常规的杀人方式,说明背后水很深,许多身份特殊的特务已经渗透到了边区,特别行动组的一举一动,可能都在他们的监视之中。案情变得越来越复杂,陈诗雨感到了前所未有的压力。

十里铺的沟道里,常有福、陈诗雨和沈东方等人刚刚参加完绥延政府的经济工作会议,他们一边走一边交谈。常有福愧疚地说:"眼看到手的线索又断了,这是我的责任,我确实没想到,这窑洞和其他的竟然不一样……唉!"他忽然一拍脑门想起什么:"诗雨,我想起来了,当时王掌柜说的'老汉',莫非就是他的指使者?"常有福说这句话的时候,显得很老到,像是经过了认真分析才得出的结论。

陈诗雨望着远处的高坡,若有所思地说:"目前还不能确定,至少王掌柜的死和这个叫'老汉'的有关联。"

常有福说:"老汉是凶手?我们把所有的老汉都查一遍。"他的表情又恢复到平常的状态。

沈东方忍不住说:"常组长,王掌柜说的'老汉',不一定就是个年龄大的人。再说了,整个边区那么大,你不可能把所有老汉都查一遍吧。"

常有福问:"那'老汉'到底应该是个什么样的人?"

沈东方犹豫了一下:"这个还真不好说,我认为首先他极有可能是王掌柜的指使者,或者说是他的上级,整个假钞输入计划他应该很清楚。"

陈诗雨点点头说:"沈东方说得有道理,偷运非必需物资是商人贪图小利还可以解释得过去,但印制贩卖假的边区货币,绝不是几个小人物能操作得了的,背后一定是敌人的更高层,所以,必须尽快抓到'老汉',摸清底细,从下往上,一层一层追查。"常有福叹了口气:"'老汉','老汉',这'兔子'没逮住,又冒出一个'老汉'!"

到底谁是'老汉'?他们几个人都沉默起来,陷入了沉思,却毫无头绪。

正走着,突然一位通讯员骑马从后面飞奔而来,他快速地跳下马。通讯员抹了一把汗说:"常组长,保安处急电。"他把一份电报递给常有福,骑马离开。常有福打开电文看后,脸上出现严肃的神情。

电报是边区保安处发来的,电文分析了当前的形势。目前,边区经济形势越来越急迫,国民党严设关卡,不许一寸布、一粒粮进入边区,他们一边收买地痞、流氓、土匪和不法商人,一边派大批特务渗透进来,利用黑市交易扰乱货币市场,边币与法币的比价一路下跌。上级要求行动组加快侦破案件的速度,决不能再容忍。法币扰乱边币兑换市场已经对边区经济影响很大,如果再让假边币流入边区,将会使新发行的边币在老百姓心中的信誉受到影响。那样的话,无异于雪上加霜,边区的金融将受到致命的威胁。

他们回到特别行动组驻地,天已经黑了。窑洞里,土炕上放着一张小桌,桌上有一盏油灯和几个粗瓷碗。陈诗雨和沈东方坐在炕沿边上。常有福在地上来回走动,他回到桌前说:"上级送来的情报说,国民党在边区周围严设关卡,不许一寸布、一粒粮进来。他们这是要把我们困死!饿死!"常有福气愤地拍了下桌子,"现在问题是,他们收买了许多土匪和地痞、流氓,另外还有大批特务,他们在暗处,我们在明处。"常有福搓着手,不知所措,"把他家的,最近黑市交易在多地连续发生,边币法币的比价由原来二比一已经下跌到三比一。王八蛋!玩阴的!有本事和老子战场上见!"

陈诗雨瞥了他一眼,常有福也意识到自己有点沉不住气,他似笑非笑地缓和了一下语气说:"当然,我们的工作也很重要。"

陈诗雨看着他说:"国民党玩的是多头下注,除黑市兑换外,还想用假边币投向市场,企图打击边币在百姓心里刚刚树立起来的威信,同时,边区外面的物资不让进来。这次他们运少量假币只是试探,就被我们抓住了,后面还会伺机继续输入。"

沈东方点点头,他说出了另外一条消息:"我从报纸上看到,在七里河沟还同时发现了几张伪造的法币。"

"伪造的法币？是日本人？"陈诗雨立即警觉起来，"日本人对中国的经济战从来没有停止，不过，沈东方同志说的这个情况应该引起重视，以前日本人觉得边区经济不发达，根本没把我们放在眼里，七里河沟伪造法币的出现，说明边区也被拉入他们的视线，形势越来越严峻。"

常有福刚停下来，听到这句话又开始来回走动起来说："假法币、假边币、经济封锁，把我们紧俏的物资偷运出去，外面的东西不让进来，他们真够狠的！对了，诗雨，你肚子里墨水多，你说咱们应该咋干？"他说完又感觉自己的话不恰当，有点赧颜地说，"是墨水都在你肚子里。唉，我是说，你有什么好主意，就给我们倒出来吧。"

陈诗雨想了想，说："我们目前只能从有限的线索查起，既然接货的王掌柜这条线索断了，我们就查送货的，从那个商人杨天锡入手继续查，一查到底！"

沈东方说："我同意诗雨的意见！"

他一边说着，一边用手在碗里蘸了蘸水，在小炕桌上写着。他说："你们看，接货人是王掌柜，即使没被人杀，他接到货以后会做什么？把货送给谁？比如说王掌柜把货送给'老汉'，'老汉'收到货后又通过哪些渠道往下发？且不说这个，从运送的东西来看，除了一些洋火、香皂等非必需品外，其中伪造的边区货币足可以达到以假乱真。我们的货币发行时间这么短，有些老百姓还没有见过,他们就已经伪造出来,目的就是想抓住这个空当。"

陈诗雨也用手指蘸点儿水,在桌上一个关键的地方点了点:"东方,你是货币研究专家,又参与了边币的设计发行,你的想法是……"沈东方思考一下说:"边币虽然是刚刚开始发行,但也有许多防伪的东西在里面,能模仿得如此逼真,一定是有技术泄露出去了。"

常有福急忙来到小桌前,他用怀疑的眼神看着沈东方,说:"有技术泄露出去了?"

陈诗雨说:"不仅仅是印钞技术,边区研制印钞用的马兰纸,那是边区独有的,看样子,敌人连造纸技术也掌握了。这才一个多月时间,对方是下工夫要搞垮我们,还是张行长分析得对呀。"

陈诗雨和沈东方低头看着桌上画着的图,他们没有注意到常有福的表情。陈诗雨接着说:"所以,我们面对的是一大帮成分复杂的特务,既有外来的,也有我们内部的,更有懂得货币专业知识的,不然,这么高层的印钞机密,怎么会这么快就被敌人全部掌握。"

几个人都陷入了思考。沈东方双手使劲地向后捋着头发:"太可怕了!简直不可思议!这些技术只有我们几个人知道,怎么会呢?"

陈诗雨安慰道:"你先别急,事情早晚会水落石出的。目前,先要查清'老汉'这个人的身份。"常有福说:"好,咱们先查'老汉'的身份。"

街道集市上虽然人来人往，但摊位上的东西却比以前明显少了许多。国民党对边区的经济封锁，让老百姓的生活异常艰难，人们吃不饱穿不暖，许多人只能靠仅有的一点土豆充饥，八路军战士也一样，除了忍受饥饿，连冬天的衣服都没有。

一位大娘领着一个小姑娘，来到一家店铺前。从外面看进去，店铺里面空荡荡的，有个老板模样的人坐在里面打盹。大娘走上前问："掌柜的，请问有没有洋布？"老板被吵醒了，不耐烦地指着里面说："你看看，还洋布呢，土布都没有。"大娘朝里面看了看说："我前一阵给我家女女看好的花洋布，我好不容易把钱攒够了，这怎么又没有布了。"掌柜的好像想起来了，马上换了脸色说："是您呀，我一直给您留着呢，现在根本找不到洋布，您等一下。"掌柜的从柜子底下抽出一块布料，"您看是这个花色吗？"大娘感激地说："是是是，让您费心了。多少钱？"掌柜地说："五角五分，我给您包好。"

大娘从衣服里面掏出一个折叠的手帕，一层一层打开，把里面的钱数好递过去。掌柜接过钱，不悦地问："不对呀，我说的是法币，您这是边币，边币应该是一块八角六分，六分就不要了，给一块八。"大娘顿时傻眼了，便问他："你这人怎么做生意的？政府不是说边币和法币一样使用嘛！"掌柜的一把抓回布，态度马上变了："你爱要不要！就这我还不愿意卖你哩。"两人争吵起来。

沈东方和陈诗雨跑过来，那掌柜的依然振振有词，双手叉腰，态度蛮横:"整条街你也不打听打听,我这个价已经算是低的了,其他的你去问问。"沈东方上前问他:"老乡,您这个比价已经超过三倍了,谁给你定的?"掌柜的依然盛气凌人:"谁给我定的?随行就市,大家都是这个价,嫌贵就用法币呀!"

沈东方有点生气,要继续和他争辩,陈诗雨拦住他:"算了,你和他争没有用的,生意嘛,谁都不会赔钱去做。"

"哎,这位同志说话我就爱听。"老板瞪了沈东方一眼,"好好向人家学着点,不懂生意就甭乱讲话。"沈东方气得说不出话来:"你……"老板气势凌人地指着他:"我怎么了?就卖这个价!你抓我呀!"陈诗雨看他们还要吵下去,就硬拉着沈东方离开了。

就在同一个时间,常有福带人在绥延分行开始调查。边区银行绥延分行是陕甘宁边区银行下辖的一家较大的分行。在行政区划上,绥延历史上就是主要的商贸通道,现在又是国共管辖交界的重要贸易区,分行每天的业务量很大,来往的客户也比较繁杂。

银行女员工刘小婉正在给常有福汇报,站在常有福旁边的是一个高个子战士,他一边听一边拿笔记本认真地记录着。常有福问:"小刘同志,你说杨天锡经常来你们分行办业务,你能讲得再具体些吗?"

刘小婉显得对调查很关心,她有点紧张地说:"杨老板,他是不是出什么事了?平时看起来挺随和的一个人呀,怪不得好久没有见他来办业务了。"

"小刘同志,我们这是在工作,不该问的不要问!"常有福严肃地对她说。

刘小婉看上去很漂亮,她穿着一件灰色小方格的棉旗袍,小腿上白色的棉袜显得特别亮眼,头发上扎着蝴蝶结,像一个十几岁的小姑娘。据她自己说,她是两年前来延安的,以前是上海一家歌舞团的配角演员,她说起话来声音不紧不慢,像背戏里的台词一样,有高有低,很有韵味。她冲着旁边的高个子战士吐了一下舌头,说:"常组长,杨天锡呀,是我们的老客户了,这个人我还是比较了解的,他经常去国统区进货,来银行的机会就多一些,存款呀取款呀,有时还帮我和行里的同事代买些小东西,您看我头上的蝴蝶结,好看吗?就是他从国统区带回来的。"刘小婉摸着她头上戴的花让常有福看。

这个蝴蝶结确实很好看,她和杨天锡有什么关系?好像他们来往很多。常有福有点不高兴了:"请回答我的问题,他每次取的钱数能查出来吗?"

刘小婉莞尔一笑,说:"常组长,您真的生气了?您放心,小刘全力配合您的工作,杨天锡在银行的所有账目,我一查就完全清楚了。"

这时,沈东方和陈诗雨过来了。常有福一看他俩来了,就对刘小婉说:"谢谢你,小刘同志,你先去忙吧,过会儿我们找你专门查账。"

常有福拉过身边的高个子小伙子,高兴地说:"给你们介绍一下,咱们行动组新到的同志,白亮。"又对白亮说,"沈东方、陈诗雨！"三个人同时愣住了，白亮盯着沈东方，惊喜地说："沈东方？"他一把握住了沈东方的手。

这手上带着一种温暖的力量，一种充满感激、饱含着久别重逢的力量。沈东方脑海里立刻浮现出三年前那天在上海的情景，那个满脸书生气的男孩，是他吗？他无论如何也和眼前这个英武的八路军战士联系不起来。两人激动地拥抱在了一起。

陈诗雨努力克制着自己，她和白亮分别也三年了，以为他早就离开了人世，这是命运的安排，没想到他们又一次见面了。陈诗雨的眼睛模糊了，她轻轻地叫了一声："白亮！"突然间，她攥紧拳头猛地捶打起来，"你去哪里了？我以为你死了！"白亮一把抱住她："对不起，诗雨，我对不起你。"

常有福莫名其妙地看看这个，又看看那个，他好像明白，好像又不明白地说："原来你们都认识？"

沈东方调整了一下情绪，说："三年前，我们在上海遇见，然后匆匆分手，谁知道今天又走到一起，真不容易呀。"

几个人的手紧紧地握在一起。

常有福看着他们亲密的样子，自己也被感动了："哈哈，真没想到，你们早就认识，原来沈东方还是你俩参加革命的指路人。"

沈东方谦虚地说："当年，是我们边区的货币——光华商店代价券把我们牵到了一起。"

陈诗雨抹去眼泪，激动地说："是的，那张光华商店代价券是我们来延安的介绍信，那是一张与众不同的介绍信，如果不是它，我们可能现在还来不了延安。"

常有福感叹道："是呀，代价券曾经为我们立下大功！现在的边区货币也一样，不是把你们又召唤到一起了？你们这是有'钱缘'呀！"沈东方接着道："我们这叫'钱世有缘'。"

大家都笑了起来。常有福说："组织上把人才都调到我们特别行动组了，东方同志曾经是我党的地下工作者、抗日的大功臣，他当年潜入日军，就像孙悟空钻进铁扇公主的肚子，把一个什么'杉工作计划'给搅得天翻地覆，日本人下大力气伪造的几十亿法币，几乎打了水漂。"

看着他们疑惑的表情，常有福哈哈大笑，说："据我所知，东方同志当时是国民党派去打入日军内部的，是重庆政府下的一盘大棋。其实，他早就是我党潜伏在国民党内部的特工。白亮同志是组织从前线调回来的有经验的侦察兵，也是屡建战功。行动组调你们这些精英过来，说明我们任务的重要性，也说明组织对我们工作的支持。特别行动组所有人今天就全部到齐了，根据上级指示，行动组下设侦察科和行动队，陈诗雨副组长兼侦察科科长、东方同志为副科长，白亮同志任行动队队长。更艰巨的任务还在等着我们！同志们加油干！"

一层又一层的黄土高坡起伏绵延。陈诗雨和白亮来到一座山坡上，白亮激动地看着她："诗雨。"他激动得说不出话来。陈诗雨拉起他的手，深情地看着他说："白亮，我以为这辈子再也见不到你了！"白亮说："这几年，我每时每刻都在想着你，你一直就在我心里，有几次我都活不下去了，但耳边就会响起你的声音，鼓励我从绝境中走出来。"他望着眼前一道又一道沟壑，陷入深深的回忆中。

白亮没有想到，这次回到边区能见到陈诗雨，更没有想到会遇到沈东方，并且是执行同一项任务。三年过去了，自己经历的太多太多，多少次死里逃生，终于到了延安。经过组织的培养和不断的历练，成为一名出色的侦察员。他明白自己作为一名侦察员，工作有纪律有要求，有许多事情他不能讲出来，哪怕是面对自己最心爱的人。但是，他知道，即使自己不讲出来，陈诗雨以后也会理解他的。

看着陈诗雨那清澈的眼睛，此刻，白亮的心都要融化了，他日思夜想的人，现在就在他的跟前，多少次在梦里他都幻想过这个情景，美梦成真，梦真的可以变成现实，千言万语，他想对她说的话太多了。他们最后一次分手的情景至今仍然历历在目。

那是一九三八年，他们一起从上海逃出来，临行前的那个晚上，他们在苏州桥下等黄丽丽，一直等到天快亮了也没有等到，他们想黄丽丽可能被日本人杀害了，两人只好心情悲痛地出发。从上海到延安的路上，到处都是国民党设的盘查点，一旦被发现，轻则劝返或抓去从军，重则就地处决。奔赴延安的学生，敌人一眼就能认出来。好在陈诗雨很机警，他们两个扮作要饭的，把沈东方给的那张签名的货币介绍信，卷起来巧妙地藏在盘起来的头发里，他们两个始终保持一定的距离,尽量不同时出现。

好不容易到了西安,他们来到了位于七贤庄的八路军西安办事处进行了登记,办事处的同志热情地接待了他们。他们在西安待了两天,一起逛革命公园,一起看西安城墙,还去鲁迅题词的易俗社看了一场秦腔戏,共同度过了短暂而幸福的时刻。第三天,便奔赴延安。从西安到延安的路途很遥远,他们和一群青年学生一起,沿着小道步行赶路。在经过泾阳地界时,遇到了国民党的检查,为了不被抓住,学生们四散奔跑。陈诗雨在疾跑中一下子摔倒,白亮急忙扶起她,国民党兵追了上来。白亮和几个男青年与国民党兵扭打起来,他让陈诗雨和其他学生快跑。最终,白亮和几个反抗的学生被国民党兵抓走,陈诗雨和其他人则顺利逃脱。

白亮向陈诗雨讲述他们分开后的事情。"他们抓住我以后,把我和几个青年一起送到一个工厂干苦力,二十四小时有人看管。再后来,我们被送到了国统区,我想尽办法要赶回去追上你。敌人对我们看管很严,有逃跑的当场就开枪打死。可我铁了心,就是死也要逃走,终于有个机会逃脱,可是我没有介绍信,怎么才能去延安?路上的追查也越来越严。没有办法,我改变方向绕道走,我先向南边走,没想到,我再一次被他们抓住。"白亮停顿了一会儿,他显然不想回忆那段时间发生的事情。他笑着说:"我终于在一年多以前,到了延安。"他虽然没有说出发生的事情,陈诗雨知道,那一定是他的伤痛,她也不愿意再提起他不愉快的事。"到延安后,我四处打听你的下落,听说那个时间来的学生培训半年后,都上了前线，所以，我就主动要求去了前线。"陈诗雨心疼地看着他说："白亮，你受苦了。"白亮拍了拍她的头，故意模仿长辈的语气，笑了笑说："傻丫头，为了天下百姓，为了中华民族不再受屈辱，这点苦算不了啥。"

陈诗雨把头靠在白亮肩上，脸上露出甜蜜的笑容。远处的山坡上，传来了高亢的信天游。

羊个肚子手巾呦，三道道蓝，咱们见个面面容易，哎哟拉话话难，一个在那山上呦，一个在那沟，咱们见不上个面面，那就招一招那手。

刘小婉是一个性格开朗的姑娘，仅半天时间，她就和特别行动组的所有人成了朋友。她对银行业务非常熟悉，张杰行长经常提到的一句话就是，如果说一个人好，那就是什么都好。小刘就是这样，人长得好，业务也熟练，老天爷好像特别眷顾她。

在刘小婉的帮助下，杨天锡在银行的资金往来情况很快就查得一清二楚。临走时，她向沈东方提了个要求，希望沈东方有时间能给她多讲一些货币方面的知识。面对眼前这个清纯好学的姑娘，沈东方无法推辞，只好答应了。可他心里始终觉得，刘小婉有什么地方不对劲，是她和杨天锡走得近吗？好像也不是，她只是和其他银行员工一样，请他代买东西。她确实很聪明，对银行业务非常熟练，那到底是哪一点不对劲呢？她对任何事都很关心，但这又能说明什么？沈东方没了主见，他觉得自己想得太多了。

回到特别行动组驻地，沈东方立即向常有福汇报调查的情况，他从口袋里拿出一支钢笔在纸上画着，一边计算一边说："组长，从银行账面上看，杨天锡是取过几次钱，都是法币，但是金额都不大。"

常有福看着他写下的金额，想了一下："这么说，肯定还有另外的大财东参与，不会是他一个人。国民党那边倒卖假边币的人，也是想发财。杨天锡进的货是假币，他兑换给老百姓，也是为了发财。"

沈东方说："是的，商人的本性就是赚钱，杨天锡用自己的钱进货，假币是最好的'硬货'，比做任何生意都要赚得多。"常有福说："他进的货是伪造的边币，国民党扰乱我们的货币市场不说，还要借机捞一把？"沈东方用笔在纸上点了一下，说："国民党高层可能没想这多，他们只想要达到破坏边区经济的目的，但下面的小官和奸商却要捞一把，当然，也只有让他们赚钱，假币才更容易混进边区。"

陈诗雨这时走了进来，接着这个话题说："我觉得问题没这么简单。敌人能下这么大工夫造假，一定是提前计划好了暗地里输入边区的渠道。"

常有福又来气了："这些商人，我看就是恶魔，他们生活在边区，边区人民养活着他们，让他们吃香喝辣，还赚钱发财，到头来还不满足，这种人早就该枪毙！天这么冷了，我们的战士还一直穿着单衣,每天限量吃饭,本来边区东西就少,他们竟然用假币倒贩,这些不法商人的良心让狗吃了?"

沈东方也显得很生气,他们两人的眼神碰在一起,沈东方马上迎合着说:"确实太可恨了!"

陈诗雨左右看了他们一眼,果断地说:"既然从杨天锡身上查不出问题,我们就从他身边的人继续查下去。"

常有福说:"好!狐狸跑过去还会有骚味,这么大的事总会留下痕迹的。"

这时,陈诗雨突然想起了什么。她用手比画了一个停的姿势:"等一下,我们好像漏掉了一个最关键的地方。"

沈东方明白了她的意思,说:"你是说……"陈诗雨说:"走,咱们去抓获特务的现场看看!"

第 4 章
顺藤摸瓜

黄川塬是黄土地区的一种常见地貌，四周是流水冲刷形成的沟，中间突起呈台状，边缘陡峭，顶上比较平坦。黄川塬是一个黄土大塬，由于地势平坦，一条主要大道从塬上通过。倘若在黄川塬中间一段行走，会感觉到大地坦荡如砥、一望无际，恍如置身于大平原。可是，当你来到塬的边缘，极目远眺，又仿佛一道写满沧桑的风景画长廊，展现在眼前的是纵横交错的沟壑天堑，裸露的黄色或红色的悬崖峭壁，雄奇险峻，气象万千。远处从沟底拔起的擎天一柱，妙趣天成，如竹笋一般，不得不让人惊叹大自然的神奇造化。再往远处看，是一片鬼斧神工的土柱，经千百年风雨的侵蚀，至今依然孤傲地耸立着。

黄川塬上，便是那天晚上特务们运送东西经过的地方，这一带在原本平坦的大道上却多了几个小丘陵，地面也出现了斜坡，在这么大的塬上只有这一地段比较特殊。陈诗雨带人来到抓获特务的现场，她环顾了一下四周说："东方，你带大家分头寻找，不要放过任何蛛丝马迹，哪怕是一根针。"沈东方和战士们开始在周围查看。

陈诗雨仔细地在地上寻找，她心里明白，从发现特务偷运假钞，到黄连长的交代，杨天锡的口供，再到王掌柜被杀，还有"烟洞匠"张小虫父子的意外，这一切看似那么自然，但越是顺理成章，她越是感到有问题，一定是有人故意而为，这个人对边区的情况非常了解，而且应该是早有预谋。现在，只希望能从现场发现情况，这是她破获许多大案的经验，现场痕迹往往是最具说服力的。

她的想法是对的，案件侦查就像河流里的水，一定会有源头，案发现场一般是案件最直接的线索来源。

就在这时，沈东方忽然大喊："诗雨，快过来！"陈诗雨和几个战士跑过去，只见地上有一只鞋。这是一只普通的布鞋，一半埋在土里，一半露在外面。陈诗雨拾起来认真地查看，里外端详着说："这只鞋看起来有八成新，最近几天没有下雨，也没有刮风，所以保存得较好，留下来的时间应该是三到五天之间，根据发现位置判断，可能是上次抓获的特务留下的。"

沈东方问旁边的一个战士："铁娃，过来一下，上次抓的人里，有没有掉鞋的？"名字叫铁娃的战士想了一下说："报告！抓的人里面都穿着鞋，可能是被打死那两个人其中一个留下的。"

陈诗雨拿起鞋来，抽出里面的鞋垫。突然，她发现鞋垫下面有一个"米"字，这是用针线随手缝上去的，和正常的针脚混在一起，不细心看根本发现不了。

她说:"东方,这是边区群众做的拥军鞋垫,你看,做鞋垫的人给鞋垫上留有这个'米'字字样。绥延地区有没有姓米的?"

沈东方说:"据我了解,米家崖畔住的人都姓米。"

陈诗雨丝毫没有犹豫,果断地说:"那我们就去米家崖畔!查所有拥军鞋垫的去向。"

米家崖畔是一个大村子,村子主要坐落在一条沟的大半个崖畔上,总共有一百多户人家,是边区有名的拥军模范村。村里年轻的后生都去参军,留下的妇女和老人做军鞋,人均做鞋数量排在全区第一,边区的报纸上曾经报道过他们的先进事迹,并号召大家向米家崖畔学习。

沈东方和战士们召集村里男女群众来到村头,陈诗雨站在一个高坡上向大家喊话:"乡亲们!大家辛苦了!感谢乡亲们给部队捐赠劳保用品,我们过来是想了解一下,谁家的婆姨做的鞋垫上有个'米'字?"

人群中没有人回答。陈诗雨想,可能这个人不好意思当着大家的面承认,她对众人说:"乡亲们!我们查鞋垫是有其他的事情,我很清楚,为了支援前线,许多老乡捐赠不留名,但这次我们不公开,如果现在不好讲,请到村委会来。"

她话音未落,人群里有两个妇女走出来,其中一个年龄较大的说:"同志,我和我儿媳妇为了争全村第一,就在我们做的鞋垫上留个'米'字,怕政府收的时候和别家搞乱。"

陈诗雨拿出鞋垫："是这个吗？"妇女仔细地看了看说："是的，不好意思，这个也让你发现了，本来我们只是方便自己记住，同志，我们思想落后了，您批评我们吧。"

陈诗雨说："大嫂，感谢你们的支援，我怎么会批评你们呢，您能不能记起，你们做的鞋垫都送到哪里了吗？"

妇女摇摇头："这个不清楚，反正都是给咱们的战士了呗，是村里妇联主任统一收的。"陈诗雨看大家提供不了其他情况，就对乡亲们说："好的，谢谢大家！没事了，大家请回吧。"乡亲们都散了，陈诗雨对沈东方说："你带同志们先回吧，我去找妇联主任。"沈东方说："我和你一起去。"

在村委会的窑洞里，妇联主任拿起鞋垫认真地看着，她笑了一下说："这米家老二的婆姨，倒挺有心眼的，不注意还真看不出来。我就说每次统计她都很准确的一口报出数字，原来这有个'米'字记号。"

陈诗雨问："魏主任，咱们每次发的鞋和鞋垫你都有记录吗？"魏主任一甩短发说："那当然有，同志，我给你说，你别小看我们村，做起活来可都是快手，每次的拥军任务我们都超额完成。"魏主任拿出一个厚本子放在桌上，说："陈组长，都在这里，你好好看吧，需要什么随时叫我，我还有点事。"陈诗雨站起来："谢谢你，魏主任，你先去忙吧。"

沈东方和陈诗雨开始忙活起来，他们一个人查阅登记，一个人记录，再一起统计出来。沈东方舒展了一下腰说："我们共查到三百五十二双米家老二婆姨捐赠的拥军鞋垫,其中,三百四十双共分十三次送到了前线,送前线的按照部队可以查到每个战士。"

陈诗雨着急地问:"那另外的十二双呢?"

沈东方说:"从记录来看,这另外的十二双,送给了米家崖畔税务所。"

陈诗雨疑惑起来。她问沈东方:"米家崖畔税务所?为什么会送到税务所?这可是支前的物资。"沈东方犹豫了一下,他说:"米家崖畔税务所所长萧剑尘是位战斗英雄,听说他战功显赫。"沈东方停了一下说,"我去找萧所长吧,时候不早了,你先回去休息。"

陈诗雨看了看天色,说:"也好,我先回去给常组长汇报。记住,一定要一双一双落实到人,要看到实物。"沈东方回答:"好,我会逐个落实的。"

经过对米家崖畔税务所的调查,沈东方终于发现了问题。

米家崖畔税务所管辖着方圆几百里,它是绥延税务分局下面的一个大所,周边的几个乡都归它管辖。沈东方了解到情况后,觉得问题很严重,他不敢耽搁,立即赶回行动组。行动组连夜开会。

可就在即将实施下一步计划时,行动组内部却出现了不同的意见。

原来,沈东方下午一到米家崖畔税务所,立即展开了调查。他对十二双鞋垫逐个进行查对,十一双都找到了本人,只有一双没有下落,经询问税务所里人员,说几天前有一位员工失踪了,这位失踪者,正是在现场被打死的特务中的一个。

特务都混进眼皮子底下了,看来米家崖畔税务所的问题非常严重!陈诗雨马上意识到,案件和税务所可能有极大的关联,必须彻查到底!

常有福不情愿地看了陈诗雨一眼,问:"难道你怀疑他……"陈诗雨明白常有福所指,她有意缓和一下语气说:"全部人员都需要逐个严查,这也是对自己的同志负责。"

"我坚决不同意!陈诗雨同志,我是组长,这事我说了算。"常有福生气地一巴掌拍在桌子上。

"我是副组长,我坚持我的意见!"陈诗雨毫不让步。

所有人都没有想到,对税务所正常的工作调查,会引发这么强烈的反应。沈东方劝道:"诗雨同志,我认为,我们要服从领导,要听常组长的意见,不能因为出现一个特务,就随便怀疑其他同志。"

白亮实在憋不住了,说:"我们这是在查案,任何个人感情必须放弃,我建议常组长回避。"他的话音好像是火上浇油,常有福气得攥紧拳头:"白亮,你不要站错位置,你也是从前线来的。"

陈诗雨没有接他的话,继续认真地说:"常组长,我们行动组的职责就是抓特务,保卫边区的安全,我们不能放过任何细节。"

常有福说:"你查案可以,但不许给战斗英雄抹黑!你要是怀疑萧剑尘同志,那就是怀疑我,我这条命都是老班长救的。"陈诗雨也有点生气了,立即打断他的话说:"常有福同志,在查案这件事上不能感情用事。上级也有言在先,具体的侦查工作由我说了算。我同意白亮同志的意见,从现在起,请你回避这次调查。"

常有福一时想不通,脸一阵红一阵白,他情绪激动地说:"萧剑尘所长是我多年的老班长,一个打仗连命都不要的人,怎么可能……"陈诗雨也缓和了语气,她说:"我理解你的心情,目前我们只是调查而已。"

沈东方低声说:"调查也涉及当事人的名誉。"这句话再一次点燃了常有福刚刚压下去的火气,他一把举起桌子上喝水的碗,生气地摔在地上:"把他家的,我要向组织反映!"

常有福的态度大家是能理解的。

说起萧剑尘,可真是个传奇人物,他是米家崖畔税务所所长,在整个边区无人不晓,他在战场上曾经是一员猛将,即使在国民党的队伍里,许多人一听到他的名字都心惊胆战。他平时对同志和乡亲们都很随和,常有福就是他在战场上手把手带出来的。萧剑尘从小家庭困难,靠为地主放马为生。一九三三年,他受进步思想影响,毅然加入工农红军,成为红军陕甘游击队的一名战士,在战场上有一股不服输的勇敢劲头,他敢打敢拼,大家都非常喜爱他。

在攻打甲县县城的时候,敌人的火力异常凶猛,我军多次冲锋都被打回来,危急关头,萧剑尘抱起四捆手榴弹第一个冲上去的。边大声喊:"火力掩护我!"边往敌人的城门跑去。只听到四声巨大的爆炸声,终于炸开了城门,战士们随即冲进城去,很快甲县被我军占领。

而此时的萧剑尘，被滚滚硝烟炸飞几十米远，被找到时已经没了生命气息，当战友们准备厚葬他时，他却活了过来。在后来的多次战斗中，他作战更加英勇，多次负伤，成为著名的战斗英雄。有一次在和敌人拼刺刀时，肠子都流出来了，他顾不上疼痛，仍然带领战士们坚持搏杀。

组织考虑他屡次身负重伤，已不适合在一线战斗，就安排他当米家崖畔税务所所长。萧剑尘平时非常廉洁，长期营养不良，加上旧伤经常复发，所以他经常晕厥。几个月前，萧剑尘再次因为突然晕厥被送到延安战地医院。中央首长亲自到医院看望他，并将自己的牛奶证送给这位战斗英雄，临走前不忘嘱咐医护人员好好照顾他。

但陈诗雨觉得，在萧剑尘的事情上常有福也太反常了，开展调查是为了推进案件侦破，并不是针对某位具体同志。

清晨，不知谁家的大公鸡一声鸣叫，整个沟沟壑壑、山山峁峁、河河岔岔，全都醒来了。黄土高原的山包一眼望去，全是铺天盖地的黄馒头，蒸腾的雾气缭绕在上面，如同刚刚出锅。

紧接着，东边的天际开始泛红，慢慢地，金黄色的光芒越来越强烈，反倒衬托得东边的山峁变得黑暗起来。约莫一袋烟的工夫，太阳的脸便调皮地一点点露出来，刚刚还主宰天地的雾气，只有胆怯地退去，留下变凉的黄馒头。

这天一大早，米多来老人就起床了，他抬头看看天，今天又是一个好天气！他抽着旱烟锅，脸上布满愁云，和晴朗的天气很不相称。小孙子洋芋从窑洞里跑出来，揉着眼睛说："爷爷，我饿。"米多来摸着洋芋的头说："乖，睡觉去吧，躺在炕上睡着就不饿了，等你醒来，爷爷给你蒸洋芋擦擦。"洋芋喊着："我睡不着，我要吃洋芋擦擦。"

这时，门外传来了声音，萧剑尘走了进来："米老哥早呀！"米多来急忙迎上去："是萧所长，这么早你就过来了。"萧剑尘笑着说："好久没见你老哥了，我来看看您。"米多来搬来院子里的木凳子，请他坐下，客气地说："你是我们的大英雄，还来看我，最近身体恢复得怎么样？"

萧剑尘苦笑一下说："老哥，您可不敢这么说，我是什么大英雄，就是一个小税务所长。您的三个儿子牺牲在前线，您才是我们的大英雄呀！"米多来叹口气，心情沉重地说："干革命嘛，哪能不死人。你全身负那么多伤，也是死里逃生呀。"

萧剑尘乐哈哈地说："我这人命大，想死，阎王爷不要我。"

洋芋跑过来，依偎在萧剑尘怀里，好奇地问："大英雄伯伯，阎王爷是谁？"

萧剑尘搂住洋芋说："洋芋，阎王爷呀，就是老天的爷爷。"他的话让洋芋眼睛瞪得更大了。

萧剑尘站起来，解下腰里的干粮袋，递给米多来："老哥，这是我一点心意，你给孩子做点吃的。"米多来感激地握住他的手："大兄弟，你又送小米了，你立了那么大的功，政府给你补贴的，你留着养好自己的身体吧。"萧剑尘说:"有我萧剑尘吃的,你和洋芋就不会饿着。"米多来抹着眼泪,他不知怎么来感谢,只说出一句话:"你真是个好人呀!"

米多来装好一锅烟点着,把烟锅递给萧剑尘,两人吃着烟,聊了起来。

经边区保安处同意,决定常有福暂时不参与特别行动组对米家崖畔税务所的调查。由陈诗雨、沈东方和白亮重点调查。

为了慎重起见,陈诗雨决定继续由沈东方负责调查税务所人员情况,主要是走访群众,从侧面了解所有人的情况。她自己和白亮重点还是将重点放在已经抓获的特务身上,寻找有价值的线索。

沈东方走访了许多和税务所打过交道的人,令他没想到的是,米家崖畔税务所得到大家的一致好评,没有发现一个人有可疑问题。特别是所长萧剑尘,在乡亲们中的口碑非常好。

当陈诗雨了解沈东方调查的情况后,很纳闷,难道是自己判断错了?不能因为一个特务潜伏在那里,就怀疑整个税务所的同志有问题。她忽然有些犹豫了。心里不断重复着一个他们对话的情景。沈东方对她讲:"在这件事情上,我们应该慎重一些。诗雨,我一直在想,是不是我们查案的方向出了问题?"陈诗雨从思考中回过神来:"其实,我也在考虑,我们是不是太急于破案。但我又觉得人是会变的。"她第一次遇到这么难以决断的事情。

尽管没有发现任何疑点,但陈诗雨还是觉得,要从已经获得的情况入手,任何细节都不可放过,她再次来到院子里。

缴获的几辆独轮车和物资就放在那里,旁边有战士站岗。陈诗雨仔细地查看着,她不时拿笔在本子上记录着,白亮在一边看着她:"诗雨,你看这些东西都半天了,难道它们会说话?"陈诗雨没有抬头,仍然认真地查看:"帮我把所有的袋子都取下来打开。"白亮向旁边站岗的战士一摆手,几个人把所有的袋子都重新打开。

陈诗雨看得非常仔细,她把每个袋子的里里外外都一点点地查看。突然,她在其中一个袋子边停下来,翻开里面,发现隐隐约约被涂掉的字样。

"白亮,快!把这些麻袋里的所有东西全部倒出来。"

白亮不解地问:"都倒出来吗?不是已经检查过了吗?"

陈诗雨盯着袋子说:"都倒出来!快!"

几个战士帮忙把袋子里面的肥皂、牙刷、香烟都倒地上。陈诗雨抓起袋子,一个一个撕开,在其中一个袋子的里面,依稀可见涂掉后的字样是"米家崖畔税务所"。字迹虽然被涂掉了,但根据字形仍然能辨别出来。所有人都瞪大了眼睛。

陈诗雨转向白亮:"传我的命令,立即提审杨天锡!"

窑洞里,杨天锡再一次接受审讯。陈诗雨紧紧盯着杨天锡,半天不说话,杨天锡吓得不敢看她。陈诗雨严厉地说:"杨天锡,背后支持你的人是谁,谁和你一起拿法币去买假边币的?"

杨天锡颤巍巍地说:"同志,我都说过了,钱是我靠做生意一点点攒起来的，我倒卖假边币有罪，我罪该万死！"

陈诗雨瞪了他一眼说："你打算继续与人民为敌？你确实罪该万死！"

杨天锡说："我、我真的就是为了赚点小钱，我不该倒假币。"陈诗雨看他不肯交代，突然问："倒卖军控物资的事还要我说出来吗？"

杨天锡一听，吓得变了脸色："军控物资？你们怎么知道的？我、我都交代！那是萧所长，不，萧剑尘让我干的，我该死呀，我对不起政府。"

陈诗雨突然厉声问道："谁是'老汉'？"杨天锡浑身发抖，脸上露出疑惑的表情："老……汉……，确实有个老汉，大概五十多岁，我只见过他一次，是晚上，没有看清楚他的脸，是他替我联系的王掌柜。"

"你就见过'老汉'一次？"

"就那一次。"

"以前也没有其他人提起过？"

"绝对没有。同志，我就知道这些，我确实是财迷心窍，看在我曾经给部队捐赠那么多东西的份上，求你留我一条狗命吧。"

那天，天快黑的时候，杨天锡拿起店铺的门板正准备关门，一个蒙着围巾、戴帽子的人走过来，站在杨天锡跟前，用手挡住杨天锡手上的门板，低声说："你要的货明天晚上送到，你到那边去接他们过境，过来后由王掌柜接货。"那个人脸蒙得很严实，加上天快黑了,根本看不清楚他是谁。那人告诉他,一定要"现把"。杨天锡给那人说:"货物过来后,边区这边日夜都有巡逻队,我不敢保证路上不出事。"那人说黄连长会在交界这边等他,前提是要一手交钱一手交货。黄连长这个人也是他第一次听到和见到。

沈东方那边和边区税务局联系,协助查了米家崖畔税务所的账户,发现有许多账也是假的。经边区保安处批准,决定立即对萧剑尘实施抓捕!

常有福知道调查的结果后,虽然也不相信这是真的,但在事实面前,他也无话可说。按照上级指示,考虑到各种因素,同意他参加抓捕行动。

白亮带领行动队迅速包围了米家崖畔税务所。当常有福等人持枪冲进去时,几个税务所同志站了起来,都很惊讶。陈诗雨和行动组战士在窑洞里搜查。结果没有发现萧剑尘。税务所同志说,萧所长今天早上还在,刚才好像有事,急匆匆地出门去了。

大家分头在税务所附近的沟里寻找。陈诗雨对常有福说:"看样子,萧剑尘是提前得到消息逃跑了。"常有福脸上露出吃惊的表情,难道走漏消息了?白亮过来报告,周围的山沟里都没有找见人影。沈东方分析,如果他早上还在,肯定是躲起来了。陈诗雨觉得事情不妙,一定是有人通风报信了。

正在这时,一个战士急匆匆地跑过来:"报告!在后沟的草丛里发现藏着东西。"常有福举起枪,他一挥手:"东方,你这边留几个人，其他人跟我走。"沈东方说："好，组长，这里就交给我。"

草丛里，几棵小树下，几个持枪的战士把守着。常有福等人赶过来，白亮上前揭开被杂草覆盖的地方，露出了两个麻袋。打开麻袋，发现里面藏着一些粮食和土布。

常有福立马脸色大变，气愤地说："怎么能这样！我们的战士在挨饿受冻，竟然有人私藏军用物资，严查下去，一定严惩不贷！"陈诗雨翻查了一下，她说："这伙人真是胆大妄为，无法无天，啥事都干得出来。"

突然，他们身后传来一声清脆的枪响。常有福立刻警觉起来，问道："哪里打枪？"白亮回头朝枪响的地方望去："好像是税务所方向。"常有福大声地说："这里保护起来，其他人，走！"

枪响的地方确实就在税务所附近。

当常有福带人朝发现藏匿东西的地方走后，沈东方认为，萧剑尘一定不会走远，他肯定就藏在不远处，绝不能让萧剑尘在自己眼皮底下逃了。于是，他带着留下的人继续搜索，大家一字排开，地毯式地排查。忽然，前边草丛里有异常的动静，所有人都警觉起来，他用手势命令大家成包围之势，快速围拢上去。就在这关键时刻，走在他前面的一个战士不小心被树枝绊了一下，枪正好碰在一块石头上，发生了走火。

草丛里晃动的地方，又开始动了，几个战士一起扑了上去。一只野兔蹿出草丛，"呼啦啦"逃跑了。沈东方气愤地训斥那个战士，战士被关押起来。

第 5 章
货币交换所

抓捕萧剑尘的行动失败了，就这样在眼皮底下让他跑了。看到常有福很懊悔的样子，大家都过来安慰他。

常有福明白自己有一定的责任，同时他又证实了一点，萧剑尘确实有问题，虽然他没有把这话讲出口，但他心里清楚，所有的证据都指向萧剑尘，他的逃跑更证明了没有冤枉他。人真的是可以变的，当年舍命救自己的那个人，他现在变了，完全变了。常有福甚至在想，如果出现同样的情况，他会不会再救自己？这次行动的失败，大家都共同感觉到了一点，行动组里有内鬼。常有福的感觉更明显，他清楚有人想利用自己和萧剑尘的关系，把这次事件嫁祸给自己。他悄悄对陈诗雨说："这个内鬼如果在我们身边，就真的很危险，一定要先查出这个人。"

这次行动失败，陈诗雨脑子也很乱，她认真分析了每一个可能出现问题的环节。内鬼到底是谁？

是常有福吗？他确实嫌疑最大，从一开始怀疑萧剑尘，他就情绪很激动,并千方百计阻止行动组对萧剑尘进行调查。是的,他和萧剑尘在一起出生入死许多年,萧剑尘不仅是他的上级,而且还救过他,这样做是情理之中的事情。但他是否知道萧剑尘的事情,假如他们是一伙的,那么,常有福所做的一切就都是为了掩盖,或者说宁可丢车保帅,让自己更安全地潜伏下来,表面的一切都是他故意装出来的。

那么,是沈东方吗?完全有可能。走在他前面的战士,竟然因为摔倒,枪磕碰在石头上而走火,以沈东方的细心和能力,这种情况是不应该发生的啊!这不明摆着给萧剑尘报信,让他继续躲藏好吗?况且,沈东方是边区货币研究组的骨干,边币制作技术这么快被敌人掌握,到底和他有没有干系?

除了这两个人外,再就是他了,难道真的是他?白亮?他和萧剑尘也曾经一起上过前线,虽然他们之间来往不多,但他对萧剑尘的英雄事迹很敬佩,这一点上,即使他没有说也能看得出来。况且,他在国统区经历了那么多事情,谁能保证他是清白的?陈诗雨不敢再往下想了,一个个地假设,又一个个地推翻。他们三人,都有可能是敌特啊!

据西安八路军办事处提供的情报,国民党潜伏在陕甘宁边区的特务名单里,的确有个代号"旱獭"的人,是专门负责唤醒所有"兔子"的特务头目。陈诗雨胡乱地想着,直到常有福问话才把她的思绪拉了回来。

"诗雨,你说'旱獭'和'老汉'是同一个人吗?"

陈诗雨走着突然停了下来,她用石块在地上写下"旱獭""老汉"两个名字,在中间画一条线把他们连起来。几个人都围过来。陈诗雨说:"完全有这种可能,'旱獭'为了不暴露自己,他们内部简称'老旱',用陕北话读出来'旱''汉'是同一个音。"

常有福眼睛一亮,好像明白了一切,他两手一拍说:"对呀!老旱?老汉?我怎么觉得他们就应该是同一个人啊!"

白亮过来说:"只凭感觉不行,咱们办案靠的是证据。"

"白亮说得对,我们不能随便下结论,这会影响我们的判断方向。"陈诗雨站起来,拍了拍手上的土,"常组长,让战士们回去休息吧,萧剑尘暂时不会出现。"

国民党特务自从运送假币和物资被抓后,变得更加谨慎,他们不想给共产党留下任何把柄。一条条眼看到手的线索都断了,行动组的工作再一次陷入僵局。

陈诗雨感到巨大的压力,参加革命以来,她得到组织的充分信任,以特殊的身份被派往苏联学习专业的侦察技术。回来后,又在晋察冀根据地被委以重任,她破获的案件特别是经济大案,几乎每一起都很典型。国民党的伪造货币案、伪黄金案,甚至日本人绞尽脑汁,鱼龙混杂制造粗拙的假币案、中储券案等,没有一起不被她破获。这次组织调自己来陕甘宁边区,看重的正是她在晋察冀根据地的经验,绝不能辜负组织的信任,她感觉肩上的责任更重了。

陕甘宁边区银行是全国第一家抗日根据地银行，又是中共中央所在地的银行，它的所有政策，对其他抗日根据地都起着重要的示范作用。

"皖南事变"后，国民政府停发了八路军的军饷，对陕甘宁边区实行经济封锁，海外援助也不准汇入。敌人对边区实行军事包围的同时也伺机进攻，企图困死共产党。不仅如此，国民政府还启动了货币武器，将剧烈贬值的法币大量塞进陕甘宁边区，抢购粮食和土特产，企图以此转诱发通货膨胀。一时间，造成边区物价飞涨，原来零售价一角钱一盒的香烟，变成一百元到三百元一盒；原来零售价五分钱一盒的火柴，涨至五十元到一百元，不断贬值的法币，以及大量非必需物品的输入，严重扰乱了边区的经济，老百姓怨声载道。

打仗需要钱，经济需要稳定，没有钱怎么办？没有货币发行权，就好像一个人，自己没有造血的功能，全靠输血保持身体机能正常运行。货币，这条主流命脉，决定着边区政府的生死存亡，难道我们只能眼睁睁地看着吗？不能，所以边区政府果断决定，由陕甘宁边区银行发行陕甘宁边区货币，也就是老百姓说的"边币"。边币的发行，目的是摆脱国民政府对边区经济的控制。

虽然边区政府采取了一系列措施，颁布了《关于停止法币行使的布告》，但在市场上并不能完全杜绝法币的流通。一些重要物资需要用法币购买，一些商人也只认法币。边币与法币的较量异常激烈。国民党一面派遣奸商、特务乔装成寻常商旅潜入边区，甚至收买当地社会闲杂人员,以法币或非必需品抛入边区吸收边币;一面又以高价收购法币,蛊惑人心,扰乱市场。不同形式、不同规模、不同地域的货币战,秘密的或者公开的随时爆发。

这是一场没有硝烟的战争,这是一场你死我活的生死较量。刚刚发行的陕甘宁边区货币,如同一个新生的婴儿,她需要我们的呵护,更需要树立健康成长的信心!

此时的陈诗雨,充满斗志,如同大海上鼓起的风帆,她决心不负组织的重托,一往无前,哪怕牺牲自己的生命,也在所不惜!

金融形势越来越不利,随着黑市交易的膨胀,边币与法币的比价一路下跌,达到五比一甚至最低到六比一。边区政府积极应对,很快就在各地区建立了货币交换所,规定边币和法币在交换所公开挂牌交易和自由兑换,由边区银行根据市场供求来统一调节牌价,调剂时间和区域上的余缺,以此达到消灭黑市,稳定边币币值和边区金融贸易的目的。

货币交换所的建立,对稳定边币与法币之间的比价起到了重要作用。更多的人愿意使用和持有边币,边币的流通范围也越来越大,在对法币的货币斗争中渐渐占了上风。但同时这一措施引起了国民党的极大不满,他们把目标对准了新成立的货币交换所,决定采取密杀行动,达到杀一儆百的目的。

由于绥延地区重要的地理位置,边区银行调任张杰行长为绥延货币交换所所长。张杰曾经就读于燕京大学,日本侵占华北后,他带领一批学生奔赴延安,由于他在学校教的经济学,就被分配到绥延这个业务量大的分行担任行长,在经济金融方面他是专家。

绥延货币交换所刚刚成立不久,他就从神谷分行筹来一笔法币,他用这笔钱贷款出去,给采购必需物资的单位,同时调剂掌握市场,使绥延地区市场上的边币由三千万缩小到两千万。交换所一直控制在这个数字范围内,成功地起到了调剂货币市场余缺的作用,边币与法币的比价基本保持平衡。

这天,在特别行动组的窑洞里,沈东方拿着一张《解放日报》,高兴地说:"大家快看,张杰所长上报纸了。"陈诗雨接过报纸念着:"《金融市场的活塞》,这个标题用得好,既专业又形象。"白亮一把抢过报纸:"让我也瞧瞧。"他向大家高声念到,"他创造了从贸易上争取物资入口来调剂金融的新办法,争取了一千多斤棉花入口,便利了人民。并在兑换的比价上,使财政上少受二百万到三百万的损失……侬是模子!侬是模子呀!"

沈东方突然打断他,清了清嗓子,严肃地拿捏着腔调,故意阴沉地说:"等等,我听最后一句'侬是模子',《解放日报》怎么变成上海话了?"白亮举着报纸:"这最后一句,阿拉加上去的。"他们俩的对话逗得大家大笑,争相要看报纸。

货币交换所工作人员少,业务量大,底子薄,除了日常的兑换外,还要负责本地区资金调剂,稳定货币交换比价,并向老百姓宣传如何防范和识别假币。这天深夜,张杰复核完当天兑换的所有账目，收起账本，把算盘放在一边，想稍微休息一下，却又想起了一件事情。最近来交换所的人比较多，明天可以在门口，向老百姓宣讲如何识别假币。

他站起身来，随着他的起身，桌上油灯的火苗跳跃着。他在屋子里看了看，取下挂在门上的粗布门帘，把一些假钞票样一张一张地贴在上面，拿笔在边上注明和真币的区别。等他忙完这一切，已经到后半夜了。这时，窑洞外突然传来了敲门声。

张杰放下手中的活问："谁呀？这么晚了。"门外没有回答，敲门声继续。他打开门，一个黑影闪进来。借着油灯的光线，他看出是一个身材有点臃肿的人，来人满脸的杀气。

"你是谁？"张杰刚开口，那人就上来一把堵住他的嘴。

"别出声，张所长，你都上报纸了，你不是很能干吗？我送你到那边去，你可以继续当先进。"

张杰问道："你是什么人？你来干什么？"

"干什么？送你去见马克思。"

他话音未落，便双手抓住张所长的脖子一拧，张所长没来得及反抗，就倒在地上。

油灯的光线晃动着，那人的背影投射在墙上，巨大的背影把整面墙都变成了黑色。他把张杰的尸体拖到桌前，摆出趴在桌子上睡着的样子。接着，他抓起桌上的油灯，抽出带着火苗的灯芯，把灯里的油全部浇在张杰身上和桌子上，然后用灯芯点燃张杰身上的衣服，急匆匆地跑了。

他话音未落,便双手抓住张所长的脖子一拧,张所长没来得及反抗,就倒在地上。

油灯的光线晃动着,那人的背影投射在墙上,巨大的背影把整面墙都变成了黑色。

天空起风了,一股冷风从窑门口灌进来,风助火势,越烧越旺,浓烟从窑洞的门和窗户里冒出来。

黎明时分,特别行动组就接到报案,绥延地区货币交换所发生火灾。绥延地区安全科第一时间赶到,他们认为货币交换所发生的事情很可能和假币案有关,所以及时联系了行动组。

陈诗雨等人赶到火灾现场,区安全科的同志已经将现场隔离起来,周围围了许多群众。据区安全科的同志介绍,今天凌晨天快亮的时候,他们接到群众的报信,说货币兑换所着火了,他们便迅速赶到,和附近的群众一起把火扑灭了。所幸的是,大火只烧了张杰住的一孔窑洞,还没有波及其他地方,遗憾的是张杰在大火中不幸丧生。

陈诗雨认真地查看着火窑洞里的一切。整个窑洞从里到外已经被熏成了黑色,明显可以看到桌子上的账本等物被烧毁后的痕迹。张杰被烧得面目全非,他的身形伏在桌子上,好像正在加班,累得睡着后着火了。经过现场勘查,陈诗雨对案情有了初步的了解。

陈诗雨询问一位交换所干部:"张所长有没有得罪过什么人?"干部答道:"我们交换所刚刚成立,一共只有四个人。张所长人很好,平时工作忙,根本没有时间和更多人接触,也没有见和其他人发生过矛盾。"

陈诗雨来到院子里继续问:"最近有陌生人来过交换所吗?"

那个干部回答："来的都是兑换货币的群众，哦，对了，前一段时间，张所长从神谷筹到一笔法币，他通过关系从南边进了一千斤棉花，用来调剂掌握市场。"旁边的常有福立刻警觉起来，他问："从南边？"陈诗雨说："这个我从报纸上看到过，张所长确实了不起，可能是他的做法让国民党感到仇恨，就派特务杀了他。"

她停了一下，说："从现场情况来看，张所长应该是死于他杀。他被烧焦的尸体形骸上，残留的喉管部分黑色没有其他地方那么黑，证明他是先被人杀害后，才点着火的。如果是失火被烧死的话，他通过呼吸烟呛窒息，那他的整个喉管部分应该比其他地方黑色更重。看来，杀人者手段极其残忍，张所长是被人先拧断脖子，再放火烧尸，制造油灯着火的假象。"

常有福气愤地说："这帮狗特务，简直丧心病狂！"

发生在绥延货币交换所的杀人纵火案，说明敌人的行为越来越猖獗，更加肆无忌惮，也激起了广大群众的愤慨，同时给特别行动组敲响了警钟。

在行动组的案情分析会上，大家分析了当前的金融形势，货币黑市交易再一次横行，恶性案件时有发生，边币法币比价跌到八比一，一些地方竟然出现了联合拒绝使用边币的现象。

常有福拍桌子说："同志们，这是我们工作失职呀！上级命令我们，从现在开始，加快调查进度，给反动派以有力还击，遏制特务的猖狂行为。"

他又不解地问沈东方："边区银行在各地成立了'货币交换

所',可以挂牌兑换,怎么比价还一路下跌?"

沈东方说:"成立货币交换所的初衷是好的,但边区物资匮乏,如果只靠大量发行货币,边币贬值会更快。所以,虽然有交换所,但很难维系正常交易,也不是长久之法,只能在一定时间、一定范围内起到作用,根本不可能彻底阻断黑市交易。"

陈诗雨说:"我认为,最主要原因是国民党特务人为的破坏,所以,我们必须尽快采取严厉的措施,打击他们的嚣张气焰!"

常有福站起来,向大家安排工作:"对,这也是上级的指示。现在,我宣布,陈诗雨针对近期发生的几起案子,立即并案调查,务必尽快揪出潜藏的特务分子;沈东方重点调查我们内部潜藏的特务,揪出内鬼;白亮按照上级提供的情报,带领行动队全力抓捕黑市交易者,给犯罪分子以震慑。大家分头行动!"

众人齐声回答:"是!"

起风了,黄土高原上如无数的导火索被人点燃,到处都在冒着黄色的尘烟,簌簌地,让人心里生出几分害怕。一座山又一座山,一个村又一个村,突然被铺天盖地的昏沉的黄尘罩了起来,天地一片苍茫。

如同这突如其来的天气,边区金融形势急剧恶化,各种金融案件不断发生,法币在市场上再次肆意横行,中央决定严禁法币黑市交易,给国民党特务以有力还击。边区政府颁布《破坏金融法令惩罚条例》,对已经查清的案件,立即实施抓捕。

白亮带领行动队配合整个陕甘宁边区统一行动，重点对绥延地区的不法分子进行打击。根据情报，他们在一个隐蔽的药铺里，发现正在进行货币交易的特务。战士们冲了进去，经过激烈搏斗，现场抓获了几个特务，其中一个逃跑。又一日，白亮带领行动队在二十里铺，在黑市交易即将开始时，包围了他们，双方发生枪战，几个参与的百姓吓得趴在地上，交易的特务举手投降。

沈东方来到绥延分行，刘小婉看到他，特别热情地迎过来，远远地就打招呼："沈大哥，我就知道你会来看我。"沈东方有点严肃地说："小婉，我是来调查案件的。"

"你就知道案件，来看我不也正常吗？"刘小婉噘着嘴，有点不高兴。

女孩子穿衣服总是走在季节的前头，天气才刚刚暖和一点，刘小婉就换了一身素花裙，淡雅而有气质。说心里话，沈东方觉得刘小婉确实很漂亮，在来延安的女大学生中，她是那种让人看一眼就忘不掉的女孩，她的精致如同江南的小桥流水，清澈而灵动，有着叫人看不够的风景。沈东方没有雅兴赞美她，以他对人的观察，总是感到刘小婉不简单，她要么就是城府很深，要么就是单纯到极致。

他故意装出公事公办的样子："小婉同志，请你认真地回忆一下，杨天锡经常来银行办业务，有没有和其他人一起来过？有没有一些特别的事情发生？"

刘小婉有点不高兴,露出漫不经心的表情:"至于其他人吗,那肯定是有的,但我一时半会儿想不起来了。"

沈东方看她有点生气,立即变换成笑脸问:"你仔细想想,和他一起来的人长什么样?"

刘小婉说:"告诉你,我是有条件的,今天是星期天你忘了?你陪我去小河边转转,我心情好了,自然就会想起来。"

沈东方只好说:"好,好,咱们现在就去。"

陕北的早春不比南方的早春温柔多情,她没有温柔和煦的春风,也没有春天的万紫千红。虽然已是春天,放眼望去,一道道的山依然是那么厚重、荒凉。黄土高原在历经漫长的严寒后,已经表现得急不可耐,一簇一簇散乱着的粉白的颜色跃入视线,那一团团、一簇簇的山桃花、山杏花镶嵌在半山峁上。山杏花似白非白,似粉非粉,朴素而淡然地盛开着,在寒冷的空气中,第一个传递春天的信息。这些花的花期很短,如遇到特殊天气,一夜之间便香消玉殒,化作春泥滋润这厚重的黄土地。顽强的严冬,不会轻易交出它的领地,春天只能在一次次的奋斗中抗争。有时候几天几夜刮着大风,风从遥远的西伯利亚而来,过山峁、灌山口,直刮得窗户都刺棱刺棱地响。晚上坐在窑洞里的暖炕上,听那怪叫的风声,像是一头受了重锤的耕牛发出呜呜声。这种天气被称为沙尘天气,如果在白天,瞬间天就变得低沉昏黄,干燥的空气中夹杂着尘土的味道,有时面对面也看不到人影。

绥延地区和高原上的其他地方稍有不同,因为离黄河较近,气候相对湿润一点，这里的山沟里有一条小河，蜿蜒向东流去。沿河的两岸，有许多自然长出来的小树，虽然气温较低，但由于是自然生长，不同种类的树木和杂草很多，有黄色，有红色，更多的是绿色。这些高低不同的植物，努力在黄土高原上拥挤地生长，生怕这一世的生灵记不住它们。

今天天气晴朗，天空一如清洗过般干净，像一块碧蓝碧蓝的锦缎。偶尔有一丝云飘过，令人心旷神怡。刘小婉在一片较高的树林里，像蝴蝶见到花儿一样，欢快地跳着，一会儿躲到树后，一会儿让沈东方过来抓她。等跑累了，他们两个靠在一棵树上聊了起来。刘小婉喘着气，胸脯起伏着，说："沈大哥，听说你也是上海人。"沈东方说："是的，我从小就在苏州河边长大，我父亲是个银行家，他一心想让我在银行干。"刘小婉头转向他："那你怎么也来延安了？"沈东方有点激动地说："日本人占领了上海，我怎么能苟且，怎么能平静地在银行待一辈子，国家都不是我们的了，所以，我选择了弃融从戎！"

刘小婉觉得他的话很有意思，她在嘴里重复着："弃融从戎？我还是头一次听说。沈大哥，你还是挺幽默的吗，干吗见人总要绷着个脸？"

沈东方没有讲出他在国民党、日本人的"心脏"里工作多年的事，在那样的环境下，每天都是一个表情，因为稍有不慎，你流露出的表情有可能出卖你，由此带来杀身之祸。到延安后，他偶尔能够放松一下，就好像瞬间回到快乐的童年，但往往只是一会儿，像看电影一样。

沈东方苦笑了一下:"小婉,阿拉是上海人?"

"阿拉是上海人!阿拉是上海人!阿拉是上海人!"刘小婉一连重复了三遍,眼里泛起了泪水,但她很快调整过来情绪。她理解沈东方的苦衷,在这个特殊的年代,他们都是觉醒者,都有着自己的使命,这种心的交流几乎不需要任何语言。

刘小婉索性头挨着他,沈东方顺着树身往旁边挪了挪,故意没有让她靠上,但他的鼻子里,闻到了一股淡淡的香味,那是刘小婉头发的味道。

"我吗,没有你那么复杂,看了埃德加·斯诺的《红星照耀中国》,为了追求共产主义理想,赶走侵略者,我和同学们就立即奔赴延安。"

突然,前边的草丛里一只兔子蹦出来,刘小婉一把拉起沈东方:"快追兔子!"两人追了一段,刘小婉气喘吁吁地说:"我就喜欢兔子,在学校我是百米冠军,可惜在这草丛里,英雄无用武之地。"

前面那只土黄色的兔子好像在逗他们,它跑到高处,故意停下来回头看一眼,似乎在说:有本事你就过来呀。等他们再撵,兔子掉头就没了踪影。沈东方说:"真狡猾!"刘小婉纠正道:"不,那叫机灵。""你不是无用武之地吗?"他话音未落,刘小婉已经蹦出去好远。沈东方很吃惊,就在自己的眼前,她是怎么做到的?刘小婉露出像刚才那个兔子一样挑战的眼神:"沈大哥,过来追我呀。"沈东方鼓足了劲跑过去，可无论如何奋力追，总是有一定的距离。她身轻如燕，弹跳自如，矫健的身影在太阳的光环下像一只仙鹤。沈东方想，这个刘小婉可真不简单啊！她怎么会有这么好的身手？

这时，白亮带人执行任务正好路过，远远看见他俩的背影，一个在前面跑一个在后面追，刚要喊，却看见他们沿河边已经拐进另外一条沟。

当沈东方回到行动组驻地时，发现只有白亮先回来了，两人坐在窑洞前的纺车跟前，一边学着纺线一边聊起来。

白亮看着沈东方娴熟的样子，羡慕地说："东方，真有你的，你看我纺的线一会儿粗一会儿细，你有什么秘诀教教我吧？"沈东方微笑着说："你要这样，看，左手拿棉穗子往上时要速度均匀，右手摇车要和左手的速度保持一致，左右手一定要互相协调。对，对，就这样。"白亮得了要领，纺的线马上均匀了很多。

"谢谢，东方，你干什么事都很利索。记得咱们第一次见面时，你穿长袍、带礼帽的样子很潇洒。"

沈东方笑着说："当时在日占区那是工作需要。"

其实，对沈东方来说，有些事情表面看起来很风光，但有时候也正是他心里的痛点，而且是不能给人讲的那种刻骨铭心的痛。

他接着说道："那天见到你们，是我刚刚接受任务，所以没能陪你们一起来延安。"白亮露出感激的神情："谢谢你指引我们走上革命的道路！"沈东方盯着白亮，轻描淡写地说了一句："就是让你一路受苦了。"

提到来延安的路上，白亮突然间脸色变得有点难看，神色也恍惚起来，但马上调整过来："我、我没什么，以后要向你好好学习。"他变得语无伦次。

沈东方收拾好纺的线，站起来拍了拍他的肩膀说："我们互相学习。"

白亮突然觉得沈东方好像有心事，而且话里有话。他的想法不久就得到了证实。

第6章
倾斜的信念

清晨的薄雾,浅浅地扫过群山叠嶂的黄土高原,温柔地亲吻着沟沟坎坎的皮肤,太阳一出来,雾气就含羞地藏了起来。

虽然已是阳春三月,陕北却依然是一抹的黛色,唯有那烂漫的山桃花,放肆地盛开在山间的坡坡坎坎,使这个原本沉默寡言的黄土高原,也开始多情起来。山桃花好似高原最美的衣裳,装扮着俏丽的春天,红的、粉白的,有的繁星般地点缀于苍松翠柏之间,有的嘻嘻哈哈地簇拥在岩石之上,还有的在树荫下窃窃私语、含苞欲放。

陈诗雨走出窑洞,抬头望着蓝天。

陕北的天空神圣、透明,蓝得像水晶般晶莹,她听见远处的山坡上,隐约传来信天游的声音:"崖畔上开花崖畔上红,受苦人盼着那好光景。"她来陕北后特别喜欢信天游,信天而游,面对黄土地这片美丽的大自然画板,可以放开嗓子,尽情地高唱,自己上学时就是文艺队的,唱歌跳舞样样行。

可眼前陈诗雨没有心情唱歌，她感觉自己压力很大，案件没有任何进展，仅有的线索也丢失了。她想起陕北石碾子碾粮食的情景，毛驴被人蒙上眼睛，无论走多少路，但还是在原地转悠。这个比喻虽然不恰当，但目前的案情，确实就如同原地碾粮食，几乎没有什么大的进展。

她下决心一定要寻找新的突破口，如果再任假币恣意流行，边区新建立起来的金融秩序将会被摧垮，我们的脖子会被敌人卡死。组织调自己来陕甘宁边区，说明这次任务非常重要，特别行动组的成员都是上级精心挑选的。越是任务艰巨才越是组织对自己的考验，目前唯一能深挖的就是米家崖畔税务所，她已经派人严密监视，希望能有所收获。

米多来家，米多来的小孙子洋芋和几个小孩子聚精会神地在地上用树枝写字："中国""延安"。萧剑尘胡子拉碴、心不在焉地给孩子们教写字。几天来，他一直躲来躲去，身心很疲惫。这一切都是自己造成的，现在后悔也来不及了，他不愿意在煎熬中继续这样躲藏下去。但说真心话，他又舍不得离开乡亲和孩子们，自己犯下的错只有自己来承受。他要再看孩子们最后一眼，从这些清澈的小眼神里，他能得到一丝慰藉。参加革命以来，自己冒着枪林弹雨一路挺过来，革命的目的，不就是为了让下一代不再像自己一样受苦，看到他们就看到革命的希望。

洋芋仰着小脑瓜问："伯伯，中国的国字里面是不是王字？"

萧剑尘半天才回过神来，勉强装出笑脸说："洋芋，这个是玉字。"洋芋不解地问："玉是什么东西？"萧剑尘沉思着，心里很不是滋味，他摸了摸洋芋的头，叹了口气说："这玉呀，就是人心，有钱也买不到的，是天底下最贵重的东西。"洋芋点着头，似懂非懂："玉，我知道了，王字里的这一点就是心。"

米多来端来一碗小米粥，他心疼地递给萧剑尘："萧所长，你看你瘦的，这碗粥你喝了吧，家里也拿不出啥好吃的。"

萧剑尘急忙接过来："老哥，您这情我来世也要报答。"

"你说的这是啥话呀，应该是我报答你。"米多来装上一锅烟，吧嗒吧嗒地抽起来。萧剑尘也饿了，他端起碗，吸溜着喝起来。

喝完一碗粥，他一抹嘴，说："我是个军人，打仗是我的事，您和乡亲们却给我这么大荣誉，我萧剑尘实在受不起。"

米多来把烟锅在鞋底上磕了磕，语重心长地说："哪里的话，你打仗还不是为了我们，为了这些娃娃的将来呀！你用命来保护我们，大家心里都有数。"

萧剑尘一下子眼泪溢满眼眶，他哽咽着说不出话来："我的老哥哥呀……我萧剑尘这一生，值了！"

边区银行绥延分行院子里，白亮大声地喊道："紧急集合！紧急集合！"

特别行动组全体人员快速而整齐的集结列队。常有福站在队伍前面，表情严肃地下达任务："同志们，根据准确情报，发现了萧剑尘的行踪，现在马上出发搜捕，这次一定要抓到萧剑尘。"

他环顾了一下队伍："沈东方？"白亮说："常组长，我去找他。"常有福着急地："快！"

太阳已经升起来了，在银行窑洞上的山坡上，蓝盈盈的天，把太阳折射出一道耀眼的光环，空气中瞬间弥漫着紧张的氛围。陈诗雨一抬头，发现山坡上有一头毛驴在吃草。她脑海里立刻闪现出前几次的情景，为什么每到关键的时刻都有毛驴出现？她定睛又看了一眼，没有发现什么异常。可能是自己太敏感了，在陕北，毛驴是很普遍的，老乡养毛驴的到处都是。

白亮疾步跑到刘小婉住的窑洞里，沈东方正在给刘小婉讲着银行会计方面的知识，刘小婉认真地记录着。沈东方耐心地说："银行里会计柜台每个工作人员的旁边，都有一个放账页的小柜，里面有一个一个的小隔断。不同的账本边上，都粘着不同颜色的小耳朵，就像兔子的耳朵，很容易就区分开来，用的时候就能根据颜色一下就能抽出来。"

刘小婉听到"兔子"两个字，立即很好奇地问："兔子的耳朵？那我们边区银行也可以用这种方法。"

这时，白亮急匆匆地在外面大喊："沈东方！紧急任务！抓捕萧……"

他跑进来看到刘小婉，立即收住了话头。"好，我来了！"沈东方闻声跟着白亮就往外跑。

刘小婉露出异样的眼神，沈东方边跑边扭头对她说："下次接着讲。"刘小婉随后跟着出来，眼神怪异地看着沈东方的背影，自言自语："兔子？兔子！"白亮也感到很奇怪，沈东方明明是在讲银行方面的事情，怎么突然提到了"兔子"，这会不会是一种暗示？他和刘小婉……

根据群众报信，行动队从山前山后包围了米多来家，他们搜查了所有的地方，却没有发现萧剑尘，也没找到任何藏匿的迹象。

萧剑尘再次逃跑了！

白亮指挥着行动队："一小队，前面山沟左边，二小队，山沟的右边，三小队，继续搜查后山峁！"荷枪实弹的战士们分头行动起来。

不一会儿，三小队的人回来了："报告！后山峁搜查完毕，没有发现。"一小队的人也回来了："报告！左边山沟越来越窄，到头是死胡同，没发现情况。"白亮向常有福汇报："常组长，看来只有右边沟里可以逃走。"常有福一挥手说："所有人，追！这次再不能让他跑了。"

这是一条地势比较复杂的"独口沟"，这种沟在陕北并不多见。一般的山沟都是沟连着沟，如果不熟悉，进去就很难走出来。可是，这条沟却不同，沟底蜿蜒曲折，分为左右两条沟，左边的沟越来越收窄，直到两边的黄土合拢到一起。据老一辈人说，是几百年前地震把沟口捏合到一起的。但右边的沟却完全不一样，沟里越走越宽，全是半人高干枯的荒草，在荒芜的草丛里，暗藏有许多很久以前河道冲刷的深坑，人一不小心就会掉坑里。两边的黄土壁上，有许多废弃的窑洞，随时都有坍塌的危险。特别行动组的人小心翼翼地在沟里搜索前进。

白亮举着手枪，仔细地分开枯草前行。他对大家喊："大家一字排开，互相保持一定的距离，注意深坑和边上的窑洞。"他话音未落，旁边的陈诗雨突然滑了一下，白亮一把没抓住，她便失脚掉入了一个深坑。

白亮伸手想拉她上来，但坑太深拉不到她的手，他便毫不犹豫地跟着滑下去。好在这个坑不是很深，白亮在下面使劲用手托起陈诗雨，在大家的帮助下，终于将他们二人拉上来了。

常有福对大家说："所有人，一定要注意安全，搜查仔细点！"

沟底慢慢开始变宽，众人的距离也拉得更开。

沈东方走到常有福身边，说："常组长，这条沟我有印象，再往前一公里好像有条河，河对岸可能是国统区了。"

常有福坚定地说："不管是不是咱们的地盘，继续前进，不要停下来，这次一定要抓到萧剑尘！"

陈诗雨对白亮说："让战士们提高警惕。"白亮朝前走了几步，喊道："同志们，都睁大眼睛，所有人枪上膛，不要放过任何细节。"

战士们继续搜索前进。

白亮忽然说："注意，有情况！"前面的草丛里，远远地有一群国民党士兵迎面过来。常有福生气地说:"他们倒好,先跑到我们的地界上来了。"陈诗雨说:"看样子是来接应萧剑尘的。"她话音刚落,对方就开火了。

常有福举枪直起身子厉声道:"把他家的,老子没打他,他们竟然先开火,同志们,给我打!"双方开始了激烈的交战。

大家一边打一边往前冲。但由于地上的枯草太高,前进的速度很慢。白亮急中生智,他喊道:"一小队准备,每人间隔五米,全部躺下朝前滚,其他人跟在后面,上!"一小队战士用身体压倒枯草,开出了一条条"通道",后面的人跟着"通道"往前冲锋。

这办法果然很有效,行动组前进的速度马上加快了。有一名战士遇到深坑掉了下去,白亮二话没说立即躺倒,自己补上那名战士的位置,继续朝前翻滚。他的脸上、身上被划出一道道血口子,鲜血染红了衣服。

常有福猛一抬头,发现萧剑尘正在前面的草丛里拼命往对面跑,他朝大家喊:"发现目标!"话还没有说完,突然一排子弹打过来,常有福低头一躲,子弹打中了他的手臂。战士们举枪噼噼啪啪还击。

常有福忍着剧痛,一手捂住流血的伤口,指挥两侧的战士一起朝前包抄过去。敌人火力很猛,几个战士中弹倒下。

慌乱中,沈东方从另外一个方向举枪瞄准了萧剑尘。陈诗雨冲着他大喊:"别开枪,留活口!"队员们端着枪冲上去,包围圈越来越小。

对面来接应的敌人看大势已去，只好放弃营救，剩下的几个人狼狈地逃走了。

几十杆枪一齐对准了萧剑尘。

审讯室里，萧剑尘惭愧地低下头。

常有福吊着负了伤的左胳膊，脸色十分难看。他走到萧剑尘对面，用右手向萧剑尘敬了个礼，说："我最后再叫你一声老班长，这个礼是我对你以前英雄行为的致敬，也是对你救命之恩的答谢。从此以后，我心中的那个人已经死了！"萧剑尘羞愧地看着他："有福，我、我对不起你，对不起组织……"

陈诗雨表情严肃地说："萧剑尘，事实面前，你还有什么话说？"萧剑尘没有做任何抵抗，他说："我确实有罪，念在我曾经立过战功的份上，我请求留我一条命，让我死在战场上。"

常有福神情凝重地看着他说："你现在还有资格说这样的话！真丢人！你和不法商人勾结，一起倒卖假币，破坏边区金融秩序，又私藏军需紧俏物资，企图偷偷卖给国民党反动派，钱，对你就那么重要吗？"萧剑尘知道自己问题的严重性，他气馁地说："我认罪，我错了。"

常有福端了一碗水，让萧剑尘喝下。常有福说："现在知道错有用吗？你要对得起你曾经的称号，既然如此，就把你的罪行老老实实地都讲出来吧！"

萧剑尘停了一会儿，他好像为自己的行为找到了理由："我也不想这样呀，我出生入死这么多年，到现在还是穷光蛋一个。我堂堂一老红军，曾经是区苏维埃副主席、贸易局副局长，到头来却还是一个小小的乡镇税务所所长，混成这样，这脸面都没地方搁！"

常有福听到这时实在憋不住了，他大声地质问："你是没有钱、是官小，这难道就是你倒卖假币、倒卖紧俏物资的理由吗？你知道我们边区生活多么艰难，战士们没有衣穿，没有鞋袜，甚至冬天没有被子盖。我们没有油吃，没有菜吃，你却利用职务之便干这种伤天害理的事。虽然你救过我，可我现在真想一枪毙了你！"

常有福不知道为什么，他感觉自己流下了眼泪。这眼泪是为萧剑尘流的吗？曾经自己敬仰的大英雄，怎么会变成这样？是为自己流的吗？不是，当年自己没有看错人，他确实是战场上的一只猛虎，他总是第一个冲在前面，从来没有考虑自己的生死。那我常有福为什么流泪？是为了战士们，为那些牺牲的战士们，那些在冷风中穿着单衣的战士们，那些饿着肚子的老百姓吗？共产党人确实是苦行僧，从闹革命开始，每个人都不是为了当官、发财，而是为了共同的信念。可是，在生活的艰难时刻，有多少人也会想到享受，即使只有那么一瞬间。自己不也是这样的吗。

常有福控制住自己的情绪，他此时也想到了自己，萧剑尘的话也好像是给自己讲的，革命这么多年，我们的队伍，从上到下，有谁真正享受过，我们有的只是牺牲。

他缓和了一下语气说："当你抱着一捆手榴弹冲向敌人的时候，你想的是做大官吗？当你举起大刀杀向敌人的时候，你想的是发财吗？"

萧剑尘还是有点儿不服，说："你看看我身上多少伤疤，再看看我是不是至今还是一个穷光蛋。"

常有福情绪激动地说："穷光蛋？我们干革命是为了什么？你当初参加红军又是为了什么？你用贪污得来的钱去帮助国民党反动派，破坏咱们边区的经济，这不仅是想发财，这是投敌！是叛变！是帮助敌人打我们！"

这番话让萧剑尘意识到自己问题的严重性，他心虚地再次低下头说："我……我……，我真的错了。"

"把你的罪行都交代出来！"

"好，我说，我都说。"萧剑尘态度软了下来。

萧剑尘知道，自己确实犯下了不可饶恕的大错，他后悔自己从一开始贪图小利，到一步步陷入敌人设的圈套。

那是去年冬天的一个傍晚，萧剑尘刚刚走进税务所自己住的窑洞里，一个人便紧随着跟了进来。那人自我介绍说他叫吴协，小时候他们还经常在一起玩耍。萧剑尘想起来这个人确实是自己曾经的小伙伴，但吴协很小就离开家乡，后来还听别人说吴协和他哥哥都参加了国民党，怎么现在又会找到自己？

萧剑尘和他们兄弟俩小时候确实认识，毕竟是一个村子的，于是他的语气缓和了一点。吴协看他还念着旧情，就和萧剑尘摊牌，说他这几年跑点生意赚个小钱，因为萧剑尘成为战斗英雄，所以很崇拜就特地来拜访他。

三言两语恭维之词听得萧剑尘心里很是舒服，顺口也把自己的不满暴露出来："要名顶个屁？我一个小所长，没钱也没权的。"吴协看出了他的不满，就和他套起近乎："兄弟知道你心烦，不妨找点事情干干。"但萧剑尘不愿意和这样的人来往，跟这种人能干出什么好事？他严厉地呵斥吴协。

吴协一看硬的不行，就来软的。他装出一副可怜相，说自己母亲病了，看在从小一起长大的份上，请萧剑尘帮他一个小忙，赚点小钱给母亲治病。萧剑尘是个心地善良的人，况且帮他一下，是为了给老人看病，没多想便答应了。萧剑尘利用他手上的权力，帮吴协搞了一点儿土布，他想着仅此一次，以后绝不再和这种人来往。

谁知道半个月后，吴协竟送来了一百块大洋，说是酬金，他死活要萧剑尘收下。萧剑尘起初不肯收，可他又一想，这一百块大洋可不是一个小数，同样一起长大的，人家都已富得流油了，他出生入死这么多年，到现在还是穷光蛋一个，经不住吴协死缠硬磨，便收下了。

有了第一次，就收不住了，吴协很快成了他的"摇钱树"。一次、两次，他虽然知道干这些事有点缺德，但面对每次送来的白花花的大洋，他实在控制不住自己，就一直和吴协合作。吴协告诉他，有一个可以赚更多钱的生意，就是贩卖假币。在金钱面前，他还是妥协了。

常有福听了萧剑尘的讲述，气得一脚踢倒他坐的凳子说："萧剑尘呀萧剑尘,你真是个混蛋!你知道日军对我根据地疯狂残酷的'扫荡',国民党政府对我八路军断绝粮饷,对根据地实行经济封锁,都是妄图困死、饿死我们,你竟然能做出这种事来!"

萧剑尘悔恨自己的行为,他痛苦地说:"我是脑子晕了,加上心里有着一股子气呀。"常有福实在想不通:"你怎么这么浑呀,组织上安排你当税务所长,是考虑到你的身体,为了照顾你。可你,简直不知好歹!萧剑尘我告诉你,你敢把根据地奇缺的粮、油偷偷倒卖给国民党军队,从中牟利,又帮助特务把假币倒卖进来,祸害老百姓,你去死吧!"

在常有福旁边记录的陈诗雨一直没有说话,他发现常有福在关键的时候,还是蛮有理论水平的,与他平时的做派有点不同。但同时她从常有福的问话中又产生了疑问,他怎么突然变了,他好像对萧剑尘的所作所为很了解,他的表情看似很气愤但又好像自己对自己发脾气。一个人的性格是会变化的,常有福的变化也太快了,完全出乎她的意料。

当然,对萧剑尘这样的人,她更多的是遗憾。组织上培养他这么多年,边区的百姓对他恩重如山,他却以这种方式来回报党和人民,连最起码做人的底线都没有,萧剑尘一点不值得同情。陈诗雨看常有福有些激动,就接过他的话说:"萧剑尘!你就等着人民的审判吧!"

常有福镇定了一下:"说吧,把重点都交代出来。"萧剑尘的心理防线彻底崩溃了,他知道自己走上了一条不归路,到这个时候,任何人都帮不了自己,没想到辉煌了半生,到最后却忘记了初心,成了人民的罪人。

"我知道迟早会有这么一天的,我说,我都说。"他无奈地低下了头。

"和我接头的人代号'旱獭',他的真名叫吴昊,也就是吴协的哥哥,是国民党潜伏在延安专门破坏边区金融的特务头子,我只见过他两次,每次他都捂着脸,看不清楚他的真面孔。传递情报的人习惯称他'老汉',因为有时候替他送信的人本身就是个老汉,所以大家都这样叫他。"

陈诗雨说:"你讲清楚点!"萧剑尘眼神里流露出些许绝望,他耷拉着脑袋,有气无力地说:"我说的没有一句假话,大部分人都只见过传送情报的老汉,所以就认为'老汉'和'旱獭'是同一个人。"

陈诗雨起身走到他边上,严肃地问:"你是说,'老汉'和'老旱',是不同的人?"萧剑尘说:"是的,因为'老汉'经常出面,所有人就以为他是后台老板。他心狠手辣,杀人不留痕迹,见过他的人都害怕他。"

"这个'老汉'长什么样子?"

"他个子不高,地道的陕北人,平时说话很少,有时候牵一头毛驴,那毛驴很通人性,能分辨出生人、熟人,经常为'老汉'站岗,遇到陌生人靠近,会用鼻息声给'老汉'发信号。"

"牵一头毛驴。"陈诗雨马上联想到前面几次的情景,这个

"老汉"其实是在掩护"旱獭"。

常有福听到他扯到"毛驴",就有点不耐烦了:"别乱扯,这是审讯!什么毛驴不毛驴的,说人,说重点!"

陈诗雨转了一个话题,问道:"那么,假币你又是怎么弄来的?"

萧剑尘一听,立马紧张地想站起来。常有福说:"坐下!如实讲!"

萧剑尘脸色变得发白,浑身开始发抖:"我只知道有假币这回事,但确实没有直接参与,是'老旱',不,是吴昊一手操纵的,其他人只是中间环节,都不知道具体情况。"

常有福看问不出其他情况,便对他说:"把你自己的问题先交代清楚,你再好好想想。带下去!"

审讯结束后,陈诗雨对常有福说:"看来,这只'旱獭'也藏不住,快出洞了!"

常有福随口道:"那我们就等着他。"

第 7 章
隔离审查

自从刘小婉认识沈东方后,她有事没事就去找他,这让沈东方很头疼。刘小婉在他心里是一个活泼可爱的小姑娘,既然答应要给她讲上海银行方面的故事,他就会尽力去做好。刘小婉怎么对自己讲的银行事情那么好奇。这个外表看起来单纯的女孩,到底藏着怎样的秘密呢?他最近发现,刘小婉经常用一种奇怪的眼神看着他,那眼神包含着许多复杂的内容,让他很难看清楚。有时候突然间,这种眼神让他感到藏着锋芒,是自己对她的怀疑让她看出来了?不可能,沈东方还是对自己不外露的表情充满自信,但对于刘小婉他越来越琢磨不透。

表面上性格开朗的刘小婉,其实是一个很细心的姑娘,她在和沈东方的交往中,发现他对货币的研究很深入,不管是国民政府的各种法币、日伪中储券,还是各根据地货币,他都能说出制作、工艺和防伪技术的细枝末节,普通银行人根本不可能像他了解得这样全面,他渊博的知识让刘小婉发自内心地佩服。

刘小婉猜想,沈东方高深莫测的背后,肯定隐藏着不少不为人知的东西,这引起她极大的好奇心,所以她在表面热情虚心请教的同时,对沈东方的行为格外注意。

刘小婉这样想着,就走出窑洞,正好碰见沈东方:"沈大哥,你这是要去哪里?"沈东方搪塞着:"我刚刚执行任务回来,小婉,你是准备出去吗?"刘小婉微微一笑:"我是来找你的。""你找我,有什么事?"刘小婉故意装作不高兴:"你上次给我没有讲完的兔子耳朵的事,你忘了吗?"沈东方一听她大声说"兔子",立刻捂住她的嘴:"你别乱讲!我那就是个比喻。"刘小婉不知所措地看着他:"我说错了吗?兔子有什么不妥的?今天好不容易你有时间,一定要给我接着讲。"

沈东方左右看了一下,怕她再大声地说被其他人听见,只好迎合着:"好!好!好!咱们上去吧。"他指了指窑洞上面。

他们一起来到绥延分行窑洞上面的山峁,太阳暖暖地照着,一个老乡躺在草丛里晒太阳,他跷着二郎腿,一头毛驴在他旁边,牵驴的绳子挂在他的一只脚上。

刘小婉看见有人,就说:"咱们去那边吧。"

沈东方警惕地说:"等等。"他走到躺着的人身边,"老乡,老乡,你醒醒,你不能在这里睡觉。"他喊了几声,那个老乡才醒过来,好像梦还没醒的样子,他揉着眼睛说:"同志,我……我刚才睡着了。"沈东方说:"老乡,你不能在这里睡,这下面是我们的审讯室,请你换个地方,以后不要来这边。"老乡站起来一个劲地道歉:"对不起,对不起,我跑得太累了,走到这就睡着了,我马上走。"说完,他拉着毛驴顺着沟下面的路走去。

刘小婉朝沈东方竖起大拇指:"沈大哥,你警惕性蛮高的呀。"沈东方笑了笑说:"还是小心一点儿为好。"

最近,沈东方老是感觉不踏实,他觉得似乎有一双眼睛在暗中盯着自己,说不清是国民党特务还是自己人。如果是特务派来的人,那么他们应该监视更重要的人物,跟着我能得到什么?还是有其他的意思?如果是自己人,在背后监视我倒是能理解,我们每个人都应该是怀疑的对象,几起暗杀案一直没有线索,抓捕萧剑尘两次走漏消息,可是,他们怀疑我有什么依据?

刘小婉用胳膊肘碰了他一下:"哎,想什么呢?"他吓得浑身一抖。刘小婉笑得前仰后合:"沈大哥,看不出来,你怎么胆子这么小?"

沈东方再次感到不安,他用食指放在嘴上:"嘘!"示意刘小婉小声一点,他仔细地听着,等了一会儿看没有什么动静,便说:"我感觉有人在盯着我们。"刘小婉笑得更厉害了:"你怎么越说越胆小,这大白天的,哪儿有什么人?"

其实,沈东方的直觉是很准确的。

那天,常有福和陈诗雨在审讯室里,故意设了一场对萧剑尘的假审过程,计划引蛇出洞,因为通过窑洞上的烟洞,上面的人有可能听到下面的谈话,这也是最简捷的方式。陈诗雨猜测,当天一定会有人到窑洞上面去，无论什么原因，去窑洞上的人都有嫌疑，潜藏在我们内部的敌特很有可能就在其中。所以，她派人在暗地里监视当天所有去过窑洞上面的人。

白亮那天正好休息，他发现刘小婉和沈东方走出窑洞，就悄悄地跟在他们后边，他们三人都去了窑洞上面。

自从上次在小河边发现他们俩散步的背影，白亮就一直在怀疑，沈东方是行动组的主要成员，他们俩怎么走得这么近。刘小婉在银行里，任何犯罪嫌疑人都有可能和她有过接触，如果他俩有问题，那么，前面发生的许多疑问都好解释了。

事情往往有偶然的巧合。就在陈诗雨满怀期待的时候，派去跟踪的人突然回来报告说："拉毛驴的老乡跟丢了。"陈诗雨非常生气，绥延这么大个地方，跟一个人怎么就跟丢了？拉毛驴的老乡、沈东方、刘小婉、白亮当时都去了窑洞上面，他们几个人都是被怀疑的对象。这几个人中，拉毛驴的老乡嫌疑最大，他一直靠在烟洞上面睡觉，停留的时间最长。还有，针对挖内鬼故意设置的这场对萧剑尘的审讯，他们几个是怎么得到的消息？这次审讯是陈诗雨和常有福两人商量的，他们通过特殊渠道给上级汇报过，泄露消息的人要么是他们两个其中的一个，要么就是上面更高层的人。

当时的事情很不巧，拉毛驴的人顺着沟里的方向走着，为了不被发现，跟踪的战士和他保持一定的距离。那人很警觉，走一走，停一停，故意回过头骂毛驴几句，趁机往后面看有没有人跟着。进沟里后，路上的行人多了起来，跟踪的人便靠近了一点，可就在这时，迎面敲锣打鼓地过来一队人，他们扭着秧歌，两边挤满了围观的群众。

两个跟踪的战士眼看着那人和毛驴进了人群，就是找不到踪影。一个战士焦急地喊："停下来，请大家停下来！"在锣鼓的喧嚣中，扭秧歌的队伍继续兴高采烈地跳着，他的话根本不起作用。况且两个战士都穿着便装，大家都以为他们想挤到前边看热闹，有的人还有意挡住他们，不让挤到前面去。他们想挤到那个走在最前面扭秧歌的领队"伞头"前让队伍停下来，却被边上看热闹的人群挤得根本过不去。陈诗雨后来了解到，那天确实是个特殊情况。

当天，是中国女子大学的学生在绥延地区组织的一场大型活动，根据中共中央的决定，将中国女子大学、陕北公学、青年干部学校合并成立延安大学，这是女子大学最后一批毕业生，这批八路军女学生即将奔赴抗日前线。为了留下永久的纪念，报经相关部门批准，安排学员专门选择了人口多、影响大的绥延地区举办一场文艺演出，为中国女子大学学员留下最后一次美好记忆。

秧歌队的伞头是学校的留校老师，她叫顾青，能歌善舞，是女子大学的"名人"。刚到学校时，同班的女孩子都想照镜子，顾青恰好带来一块镜子，同学们不时来照照，为了方便大家，她把镜子"啪"地摔碎，给每个窑洞分一小块。这个镜子是她母亲留给她的遗物，她一直珍藏在身边。摔镜子的故事，在陕甘宁边区被大家传为佳话。一次，她患了重病需要做手术，为了锻炼自己的意志，她坚决拒绝打麻药，让几个护士死死按住她。

陈诗雨在调查中,听到关于顾青许多有趣的故事,她希望有机会能见到这位传奇的女战士。

拉毛驴的老乡找不到了,对当天出现在窑洞上面山坡上的其他几个人,仍然需要挨个询问。谁料对沈东方的审查进行得很不顺利。

陈诗雨那天被通知去延安开会,常有福本着心平气和谈话的态度,给沈东方讲明利害,说明每个同志都会接受组织的调查。他有意识的不用那个"审"字。

沈东方知道这是特别行动组对他的不信任,他不能容忍自己放弃了富裕优越的家庭环境来参加革命,出生入死,到头来却被人怀疑。他解释自己去窑洞上面,是碰到刘小婉后一起随便散步的,他不明白为什么被怀疑自己想偷听机密。常有福说:"对不起,偷听这个词是我用词不当,但这个时间出现在这个地方,肯定是有嫌疑的。"沈东方很生气地说:"有嫌疑,那你直接把我抓起来得了!"

常有福告诉他,萧剑尘供出了很重要的情报,所有对这件事关心的人都值得怀疑,如果你是清白的,组织绝不会冤枉任何一个好人。

这些道理沈东方当然懂,他就是不能接受。即使是在白色恐怖的国民党老巢里,他都丝毫没有动摇过自己的信念,组织交给的任务他全部出色地完成了。只有最后一次,重庆政府突然派遣他回上海，这是任何人都想不到的，他没有办法给组织汇报，因为他既不明白自己的任务，也没有机会离开日军的严密监视。后来，组织想尽办法调他回到延安，开发研制边区货币，保护边币发行市场，说明组织依然信任自己，不会因为在上海的那些事而否定他的忠诚。

常有福当然非常清楚沈东方的情况，地下工作者的牺牲无疑是巨大的，而且自己所受的委屈还没有办法向其他人讲，这是从事地下工作最起码的素质要求，很难令旁人感同身受。沈东方更应该清楚这一点，可是，他的态度令常有福很不解。"莫非，他真的有问题？"常有福这样想。他和沈东方也因此有了芥蒂。

和沈东方相比，对刘小婉的调查问话就显得很平和。

她依然和平时一样，打扮得恰到好处，头上的蝴蝶结变成了玫瑰红。

她坐在常有福的对面，不紧不慢地问："常组长，你想了解什么情况？"这种先入为主的方式，反倒搞得常有福一时不知怎样回答。

常有福冷静了一下情绪，说："是这样，刘小婉同志，我们对每个进入观察圈的人，都要进行调查。"

刘小婉轻声地说："哦，我？我进入到观察圈了？为什么要采取这种方式呢？您是怀疑我吗？"常有福微笑着，继续道："其他的问题我没必要向你解释，我就问你一点，你和沈东方去窑洞上的山峁上干什么了？"

刘小婉说："没干什么呀，当时正好碰见沈大哥执行任务回来，我就拉他一起上去随便散散步。"她显得很平静。

常有福疑惑地："随便散散步？那么多的地方，为什么要去这里？是不是……"刘小婉有点害羞的表情："这个嘛，反正我就喜欢跟沈大哥在一起，他懂得多，跟他在一起能学到好多知识，对工作很有用。也没有为什么，只是想去人少的地方，下面熟人太多，碰上要打招呼，影响他给我讲上海银行的故事，山峁上人少呀。"

常有福想，在这么严肃的地方，我以组织的身份和她谈话，她却表现得如此镇定，没有丝毫紧张的神情，和沈东方的态度形成巨大的反差。按理来说，沈东方无论年龄和阅历都在她之上，可怎么沈东方会有那么大的反应呢？而眼前这个刘小婉，她只是个小姑娘，但她的异常表现，要么就是特别得纯洁，要么就是经过特殊的训练。难道她……他们两个是什么关系，为什么要互相掩护，难道是提前串通好的？这让他更加怀疑沈东方。

莫非，他们两个都有问题？他们能走在一起，是不是为了互相配合？此时的常有福，再一次觉得自己在侦查工作方面的不老练，他不由得想起陈诗雨，如果她遇到这种情况会怎么处理？

第二天，陈诗雨快马加鞭地从延安赶回来，她带回来一个重大信息：陕甘宁边区保安处接到群众的举报，说白亮是潜伏的国民党特务。

一开始，陈诗雨坚决不相信，白亮怎么会是特务？是不是搞错了？可举报人说的时间、地点非常清楚，经过地下组织的同志证实，基本上都属实。怎么可能这样？她顾不上休息，一口气赶了回来，她要尽快见到白亮。

当白亮得到消息时，他没有说话，只是难过地低着头。陈诗雨含着眼泪，心情复杂地问："白亮，我违反组织原则，赶回来先提前告诉你消息，就是想听你当着我的面说，这不是真的。"白亮沉默了一会儿："是真的。""你、你为什么要当特务？为什么要隐瞒你的历史？"白亮也很伤心，他无奈地说："诗雨，我也是没有办法，为了能来延安，为了能早日见到你，我千方百计想尽办法，几次都活不下去了。"陈诗雨愤恨地看着他："你、你这样活着有什么意思？"

常有福更是气愤，他指着白亮说："我们挖了半天内鬼，原来就是你小子！"白亮眼睛通红，坚决地说："常组长，我是隐瞒了一些个人事情，但我没有做对不起组织的事。"常有福不相信他的话："你想尽办法潜入延安，这是事实吧，不要再狡辩了，你的问题我们会查清楚的。"

他对陈诗雨说："诗雨，你先回去休息吧。来人，将白亮关押起来，隔离审查！"

山坡上，太阳把陈诗雨和沈东方的侧影投射在半坡上，一丝丝的凉意袭来，陈诗雨感到整个身体都在发凉。沈东方脱下自己的外衣，轻轻地给她披上。天上几片乌云游荡着，一会儿遮住太阳，一会儿又游散开来，没有目的地在空中飘荡。

沈东方安慰着她："诗雨，我也没想到，白亮竟然是那个潜伏特务，是不是举报人故意陷害他？"

陈诗雨没有说话，她也希望白亮是被人陷害的。但是，她昨天多待了一晚上，就是请保安处进行核实，刚才白亮也承认自己隐瞒了过去一些事。"他到底隐瞒了什么事，如果真的做了那些事情，我绝不会饶恕他的！"她心里很乱，只一个劲地哭着，沈东方拿出手绢递给她。沈东方叹了口气："白亮看起来不像坏人，他一定是被冤枉的。"

陈诗雨望着一层层的山峁出神。她和白亮来延安时，一路上白亮对她的关照仿佛就在昨天，她摇着头："不可能，我们来延安的路上，白亮是为了保护我才被国民党抓去的。"

沈东方不知道说什么好，只能叹着气："多好的一位热血青年，不知道他后来到底发生了什么。"

陈诗雨自言自语地说："我相信白亮不会是那样的人，绝不会的！"

沈东方安慰着她，他静静地停了一会儿说："现实有时候很残酷，像萧剑尘那样的大英雄都会变质，更不要说青年人。所以，不仅你接受不了，我也难以置信。"听了他的话，陈诗雨抽泣得更厉害了。

特别行动组内部再次出现巨大的波动，绥延地区的特务活动又开始有所抬头，他们在暗地里筹备更大的阴谋。但由于边区政府加强了巡逻，在所有的通关口层层设卡，外面的假钞还是渗不进来，但边币和法币的黑市交易仍然时有发生。

常有福再一次提审白亮，他想趁热打铁，尽快让白亮交代清楚。说实话，常有福也不希望白亮真的就是特务，他们曾经一起参加过几次战斗，白亮在战场上勇敢杀敌，是个好苗子。如果白亮受了委屈，自己也有责任，冤枉自己的同志，等于帮了敌人。

常有福诚恳地劝白亮："白亮，把你知道的都讲出来吧，不要有思想顾虑，假如你确实做了，即使不说，我们也能查出来。你老实讲，给萧剑尘通风报信的是不是你？"

白亮果断地说："我没有，这种事情我白亮做不出来！常组长，我是隐瞒了那段不光彩的事，我的历史是不太清白，可我是共产党员，我绝不会出卖自己的灵魂。"

常有福眼看他态度坚决，知道这次问不出什么情况，就说："既然你今天不愿意讲，我就给你时间，你好好地想想，我等着你想通的时候。"

隔离白亮的窑洞里没有窗户，门关上后，里面一片漆黑。白亮在黑暗的窑洞里走来走去，他明白这是特务们使出借刀杀人的一招，也是组织对自己最严峻的考验，他一点破绽都不能露出。几天前，特务想用这种方式嫁祸给常有福，他们的阴谋没有得逞，就又转向了自己。他想，如果不是自己，他们又会诬陷谁呢？是东方还是诗雨？这种委屈自己承受了，其他同志就不会再受牵连，特别是诗雨，如果能替她经受委屈，自己心甘情愿！

他望着窑洞门缝隙射进来的一点光亮,冷静地坐在地上。

到底是什么人举报的?那个人看来对自己的过去很了解,而且,对行动组的情况也很清楚,他选择诬陷自己,一定有特别的目的,甚至是通过自己针对行动组其他人。对他们威胁最大的当然是陈诗雨,所以用自己来对付陈诗雨。他突然间脑袋里闪出一个人,但瞬间又否定了,不可能,他不会那样做,毕竟他是经过无数次考验的。那么,还有谁呢?

白亮还是很懊悔,他恨自己不争气,如果没有那段经历给人留下把柄,他们怎么能有借口,对不明真相的人来说,他们会怎么看自己。他又想到了陈诗雨,她那心痛的表情,比自己要难受多少倍。"对不起!诗雨!如果有机会出去,我会用行动证明给你的!"

他忽然觉得,让自己接受审查,不一定是坏事情。这段时间,陈诗雨一直为案件发愁,自己把矛头引过来,真正的特务就会容易跳出来,会对陈诗雨的侦破工作起到推进作用,能为自己心爱的人分担,受多大的委屈也值得,哪怕付出自己的生命。

在无尽的黑暗中,白亮再一次想起那个恶魔般的地方,那里简直就是人间地狱,在那里,他受尽了非人的折磨和魔鬼般的训练,他那被揉碎的骨头,早已经被熊熊的烈火焚烧殆尽。现在的白亮,是一个想着摧毁黑暗的旧世界、让穷苦人重新建立新世界的奔跑者,他满腔热血,时刻准备用生命去战斗!

第8章
特训班的秘密

白亮永远也忘不了那些不堪回首的经历。

那年,他和陈诗雨从上海出发,经过安徽、河南,历尽艰险,终于到了西安。一路上,他们的行李也被人抢了,到西安时只有白亮在鞋里藏着的一元钱,两人买了一个烧饼,一人一半,那是他们吃得最香的一次。

西安八路军办事处坐落在一个叫七贤庄的地方,这里白墙青瓦,许多房子被隔成不同的院子,与江南的院子不同的,是屋子上的青瓦屋顶平坦一些。办事处就设在一号院,原本古朴幽静的院落里,挤满了来自全国各地的人,大部分是青年,也有年龄大的,还有一些从海外回来、穿着很讲究的人。

接待室门前排着长长的队伍。他们先进行身份登记,分为两类,一类是按党组织和个人介绍奔赴延安,一类是报考延安的大学的进步青年,当时延安的抗日军政大学、中国女子大学、鲁迅艺术学院,还有陕北公学等都很有名。他们是第一类。接下来他们一起来到政审室，陈诗雨取下头上当作簪子拢头发的一根筷子，把盘起来的头发慢慢地散开，从乌黑的长发中取出那张特殊的介绍信，郑重地交给接待人员。接待人员接过介绍信，在另外一位同志耳边嘀咕了几句，就拿着介绍信出去了。

不一会儿，一个干部模样的人过来，把陈诗雨和白亮请到旁边的一间屋子。"你们见到沈东方同志了？""见到了，但只有几分钟，我们就分开了。"陈诗雨把情况详细地讲了一遍。那个干部马上对他们的态度热情起来，又问了一些关于沈东方的情况，可他们俩确实什么也不知道。

由于前往延安去的人太多，办事处里的房间已经住满了人，晚上院子里都有人打地铺，办事处只好在隔壁的革命公园里租一些房子，陈诗雨和白亮被安排到革命公园里。在西安的两天，是他们最快乐的时光，以前在上海他们都是学生，碍于同学们的目光也不好意思在一起，现在，他们可以手拉手地逛公园，更高兴的是他们成了一对革命青年。他们马上就要去延安了，那是多少人向往的地方，他们感到很幸运，遇到了沈东方，才能这么快实现自己的愿望。

在西安八路军办事处，一般停两三天就会安排去延安，但由于人太多，根本没去延安的车，大部分人只能步行。西安到延安八百里，道路艰难，沿途还有国民党的重重关卡，困难一个个地等着他们。心向延安，在办事处的青年们早就等不及了。到延安去！早日投身到抗日的大熔炉里。陈诗雨和白亮被奔赴延安的气氛感染了，他们和一些青年结伴,一起向延安出发了!

然而,事情并不像他们想的那样一帆风顺,眼看离延安越来越近了,他们兴奋地已经开始想象到达延安的情景。就在他们经过泾阳县的时候,遇到国民党关卡,为了保护陈诗雨,白亮和几个青年学生被抓。好在陈诗雨和几个女学生趁乱逃脱,她们一路向北,朝延安的方向奔去。

白亮和几个男学生被抓后,先被送去做了十天的劳工,这些从没有干过重活的学生,几天就让扛石块修路的活累得趴下了。这时,所谓的工头出场了,工头装出同情的表情,以关怀的语气说:"亲爱的同学们,你们是国家的栋梁,国家需要你们干更大的事业,为什么非要去延安那个山沟沟?我介绍你们去重庆,重庆有个战时干部训练班,可以免费上学,每月给五十元生活费,毕业后照样能去打鬼子。"

听说能继续上学,大家都动了心。他们被押着一直往南走,翻过秦岭山后,领头的告诉他们,由于战时需要,培训班迁到了汉中。

他们走出汉中东门,到了郊外的十八里铺,又从兴隆寺旁的小路穿过去,看到了一处院落。大家进去之后更觉阴冷,门口有人站岗,院里有便衣巡逻,戒备森严。这时,他们才感觉被骗,但是已经来不及了。

学生们被骗到汉中特训班。它的前身是浙江特训班，刚刚迁到汉中不久，对外称"天水行营游击战术干部训练班"。特训班是国民党军统局专门为培训特务设立的，受训结束后被派往陕甘宁边区，招收的学员大多是中学生和知识青年，军统特务头子戴笠兼任特训班班主任。

白亮被分配由一个姓吴的教官带他，吴教官询问了白亮一通，交待今后不准使用真实姓名，他给白亮起名"胡维西"，代号"秦岭豹"，白亮不明白，为什么给他起这样古怪的名字，看来教官的文化水平也不咋样。白亮身上的东西，除了一支自来水笔之外都被收走了，从里到外换上军服。

吴教官反背着双手，面无表情地向他宣布纪律：一不准见了熟人打招呼，二不准在受训期间抽烟，三不准把真实姓名和住址告诉其他人，四不准和其他学员交头接耳，五不准在受训期间请假外出，六不准在受训期间理发洗澡，七不准向外写信和会客，八不准在本部院子中单独走来走去，九不准在课堂上说一句话，十不准不经请示离座上厕所。吴教官一口气讲了十个"不准"，白亮不解，前九个不准还能说得过去，第十个不准随便上厕所，这也管得太细了吧！他很奇怪，这哪里像是学校，简直和监狱一样！

白亮被送到一个房间里面。同屋有几个和他一起被抓来时在路上认识的人，可是互相都不敢说话，有的还暗示不要交谈。白亮到了厕所，才有人悄悄告诉他，这里很可怕，千万不能随便说话，否则稍有不对就会被关起来，或者失踪，或者丢到硫酸池里面！昨天，刚刚有两个学员因为逃跑，被抓住毒打一顿后就失踪了。

房间睡觉的地方是两排草铺，一人一尺多宽，早来的学员因为不许理发洗澡，所以都满脸胡须、满头长发，看起来很狼狈，他们躺下后，人人都累得一动不动。白亮躺在草铺上，想着有没有机会逃跑。

特训班的日程安排十分紧张。早上五点半起床升青天白日旗，晚上十点降旗睡觉，上午、下午各上四小时课，晚上还要加课。最让人不可思议的是，在这里吃饭还有仪式，饭菜摆好后全体起立，等到班主任到场，教官一声"立正"报告人数，然后班主任发出命令"开动"，大家才能开始吃饭。听说寺庙里的僧人吃饭有严格的仪式，但吃饭时间很宽余。在这里，只给五分钟时间，教官就吹哨停止就餐，大家狼吞虎咽，不管你吃饱没吃饱，都得站起立正，目送教官出场，而后列队慢跑十五分钟，上厕所五分钟，接着就是上课了。一天三顿饭，顿顿有仪式。

特训班的课程非常庞杂，据说是戴笠采纳了国外的训练课程，融合了中国的现实情况，并经过蒋委员长亲自审查。课程的内容包括总理遗教、总裁言行、国际政治、中共问题、西北民情、群众心理等政治社会课程，另有政治侦探、交通学、射击学、爆破学、通讯学、兵器学、药物学、擒拿术、化装术等各项特务专业技能。

大多数学员比较感兴趣的课是"密文传递"，"密写"要用米汤、白矾、唾液、糨糊，显现要用碘酒、火烤。密电可以用明码加

"密约",还有"隐身法""先横后直""先直后横"。白亮是个聪明人,有些课程虽然以前不知道,但他一学就会,比其他人节省了许多时间。

白亮一直没有放弃想要逃跑的念头,但在特训班几乎没有可能。白亮试了几次都失败了,还差点丢了性命。一次,他完成了课程作业,突然有一只好看的野山鸡跑到院子,白亮试探着追上去,还没追两步,站岗的一排子弹就打过来,幸亏他机灵,就地翻滚了回去,才没有被打中。这里的管理很严格,只要你超越划定的范围,立刻会被就地处决,不问任何理由。

在学员的眼里,吴教官脸上只有一个表情,透着一股杀气,在他眼里杀人是随便一个动作的事,大家都很怕他,他当着大家的面,亲手枪杀了两位冒犯他的学员。吴教官公然用他个人的歪理论宣称,要学习德国希特勒和意大利墨索里尼:"你要怠工,后面有人鞭答你!你要叛逃,后面有人打死你!"学员迟到就挨打,上课说话也挨打。有一次,白亮上厕所时,朝两边东张西望,被发现后关了半天禁闭。一次上课,有个学员无意间腿碰响竹桌,教官上来就是一个耳光,让他站起来,怒斥他心不在焉,必另有所思。这里每个人都受够了,分明就是人间地狱!

在严酷的高压下,白亮还发现一个不可思议的事,这个特训班十分重视讲授歪曲共产党的课程,什么"第三国际是苏联组织的国际间谍网""中共是苏联的武装间谍团""只有消灭中共,中国才能复兴;中国复兴,太平洋才能太平"之类厥词,甚至还编有《中共内幕》的小册子大谈"共产共妻"。白亮却从毛泽东的《论持久战》等书中看到了另外一面,仅从自己知道的那些事情分析,共产党绝不是他们说的那样,国民党才不是真心抗日。

他下决心要尽快出去,但从这里出去的唯一出路,就是取得信任,提前毕业。

下定决心之后,白亮反而能够更适应这里的生活。他假装心甘情愿,学习相当积极,训练比别人更加卖力,不到一个月时间,擒拿格斗技能就超越了其他学员,得到了吴教官的赏识。

为了以后有用,白亮利用学习机会,悄悄地记住特训班的组织、人员代号。吴教官竟然表扬白亮学得好,号召大家向他学习,在特训班很少有这种情况,白亮不知道是福是祸。他每天都忍受着巨大的煎熬,在这人间地狱,到处都充满死亡的气息,连同那些平时好看的花草和树木。

吴教官向学员训话,语气很坚定,眼睛瞪得浑圆,好像共产党和他有着杀父之仇,连讲话都充满杀气:"你们来学习就是为了多杀共产党,彻底搞垮共产党,都给我记住了,今天学得好,是为了出去后为党国效力,也是为了自己保命。不成功,便成仁!即使累死在这里,也是为了党国!"他不讲话或者讲话停下来的时候,牙齿咬得咯咯响。

这天,吴教官把所有人都集合到操场上,他要当着众人面,对白亮进行一次示范,要让大家看到自己至高无上的威力,同时,对学员们进行一次擒拿训练，他给大家讲解如何出奇制胜的一招。

吴教官两腿站定，双手背后，两只眼睛放射着凶光，他命令道："白亮，出列！"身穿训练服的白亮，知道吴教官的意图，如果硬碰硬肯定会吃亏，但一定要借此杀一下他的威风。白亮有了主意，他勇敢地走出队列。

吴教官以白亮为例比画着："你们都给我看好了，当对方从后面搂住你的脖子时，这样，往前弓腰，一个反转，用肘部力量，猛击其肋部。来，白亮，你试一下。"

教官突然从后面搂住了白亮的脖子，白亮按照他讲的，先将腰用劲往下弓，做出准备用胳膊肘打击的虚假动作，但他的力气根本达不到，弓腰是徒劳的。突然，白亮趁其不备，反其道而行之，一脚踩在教官的脚背上，教官疼得还没反应过来，白亮一个背手反转把教官摔倒在地。学员们一片掌声，有的人竟高兴得流出了眼泪。

由于白亮的出色表现，他只训练三个月就提前毕业了，他是第一个提前离开的学员。经过忠诚度和技术能力等考察，白亮顺利过关。

吴教官给他编了一个代号108，交代了对他潜伏延安的要求。潜伏期间横向不可发生任何联系，也不得主动同上级进行联络，只是作为闲棋冷子，等候时机，配合国军进攻延安，伺机进行刺杀中共党政军领导人，破坏军事设施，搞乱经济环境，炸毁桥梁、道路、仓库等重要活动。

秦岭深处，一座座高大的山脉连绵起伏，望不到边。各种树木花草茂盛生长，流水潺潺。小鸟在树丛中欢唱，白亮走出戒备森严的围墙，他感觉外面的空气都是新的，他终于有机会逃离这梦魇般的魔窟，他感觉自己又回到了人间。按照规定，从特训班出来的人，要根据上峰的安排，以进步学生的身份，巧妙地渗入延安共产党内部。

白亮来到西安，他要按照上峰的指示，在得到联络站的安排后，才能顺利打入延安。

西安在古代被称为长安，曾经是皇帝住过的地方，难怪城墙修得这么宽厚，城墙在当时可是对付敌人的最好办法。他抬头望着城墙，由于多年的战火，城墙上狼藉遍布，墙砖参差不齐，一个一个的墙垛有一块没一块地剥落。他又一次见到这巍峨的城墙，心中感慨万千。第一次看到城墙，是和陈诗雨走了几个月刚刚到西安，那一瞬间，他们是多么激动！陈诗雨因为路途饥饿劳顿，看到城墙后竟然激动地晕倒了，他背着她寻到一个门店，要了一碗水才使她苏醒了过来。此刻，心爱的人，你在哪里呢？让这古老的城墙保佑你平安吧！

白亮来到一个羊肉泡馍馆门口，很快找到了接头人。接头人五十岁上下，戴着水晶石头眼镜的脸黑得像个骷髅。他长得十分精瘦，二指宽的脸没有一点肉，只有两块高高突起的颧骨。他们分别走进泡馍馆，找了两个不同的桌子，背对背地坐下。老板热情地招呼他们。按照约定的暗号对上后，他们各自点了一碗羊肉汤和两个烧饼。不一会儿，高颧骨吃完了，他在碗下边压着提前准备好的去延安的介绍信，转身离开。白亮快速地坐到他的位置，移开他的碗，把介绍信揣在怀里。

吃饱喝足，白亮喊老板结账。老板结完账后，先探出半个身子到门外，警惕地左右看了看，又退了回来。他给白亮使了个眼色，白亮走出羊肉泡馍馆。

白亮从泡馍馆出来后，总感觉后边好像有人跟着，他几次停下来试探，却什么人也没有看见。可能是自己多心了，从汉中到西安，不会有人知道的，自己是提前悄悄出来的，特训班里面的人出不来，西安的人都不认识，要有问题只能是泡馍馆老板。

他找了个偏僻的小巷子，脱掉学生装，快速地装扮成一个老年乞丐，再次来到羊肉泡馍馆门前，想证实一下自己的感觉。只见一个算命先生手里举着"赛神仙"的旗子，正好和他撞个满怀。

这人就是和他接头的高颧骨，他怎么又成算命先生了？怎么他又回来了？莫非有什么问题没交代？隐藏得够深啊，幸亏自己折了回来。白亮明白了，一定是汉中那边担心自己中途反悔，拐道不去延安，去别的地方。这些家伙，刚刚离开就对他不放心。

算命先生把他全身上下打量了一遍，像是自言自语地嘀咕，又好像对着他说："天地玄黄，多吃皇粮。走南串北，丈夫担当。北斗七星，回头莫望。八百里路，昼短夜长！"

"赛神仙"摇摇晃晃地从他身边过去了。白亮感到自己的化装术绝对不会露出破绽的，但"赛神仙"的话，看似颠三倒四，却好像专门说给他听的。我这样一个年迈的乞丐，值得算命先生去关注吗？而且说的那么入骨，"多吃皇粮"不就是指的我要忠诚党国吗？"北斗七星，回头莫望"就是让我坚定信心去延安，不要犹豫，鼓励中带着威胁。看来这高颧骨还真是个"高人"呀。

有上面精心的安排，白亮一路很顺利就到达延安。像他这样的进步青年，每天来延安的很多，因为是学生身份，到延安的手续比较简单，他又有介绍信，很快就被安排住下，接受边区政府最后一道程序"政审"。

白亮连续等了两天，也没人通知他，凭直觉他意识到，可能出现问题了。到了第三天，他被中央军委二局直接叫去谈话。

此时，在看押窑洞里，白亮再一次回想起那段经历，他长叹了一口气，决心把自己知道的全部向组织交代。他走到窑洞门口使劲地拍打门："我要坦白！我要交代！"看押的战士来到门口，严厉地说："不许喊！"白亮说："我要马上见常组长！"

常有福听说白亮要坦白，急速地赶过来："白亮，你想通了，我就知道你不是那种顽固不化的，有什么事，说吧。"白亮说："常组长，我愿意将功赎罪。"常有福给边上的战士示意一下，那位战士走了出去。白亮说："我把我知道的全都告诉组织。"常有福赞赏地看着他："党的政策你是知道的，只要你老实坦白，我会向上级说明，争取宽大处理。"白亮停顿一下，说："不过，我有个条件。""你说吧，我尽量满足你。"白亮压低声音："我要直接见二局的首长。"

常有福意识到白亮要交代的情况很重要,他不敢有丝毫大意,他知道对待特别行动组的每一个人都不能大意,他们都是上级挑选指派的,稍犹豫了一下说:"可以,我答应你,我马上给上面发报,请求派人来绥延。"

"不行!"白亮打断他。

"我说白亮,你该不会是动其他歪脑筋吧。"

白亮有点生气,他说:"常组长,绥延发生的一系列事情你不是不清楚,这里到处都是耳目,我请求送我去延安。"常有福一想,也对,再不能出问题了,如果他再出问题,那就都是自己的责任。他对白亮说:"就按你的想法,我立即带人送你去延安。"

白亮的想法是对的。就在他们去延安以后,陈诗雨发现了新的情况。

陕甘宁边区银行绥延分行所在地,是一个三层窑洞的山坡,审讯室在最高一层。为了吸取王掌柜被刺杀的教训,陈诗雨专门设置计划,想抓住从窑洞上面偷听的人,让她万万没想到的是,狡猾的特务这次又使出了新招。

当常有福带白亮离开后,陈诗雨和沈东方来到审讯室,仔细地查看四周墙壁,特别对通气烟洞和烟道进行了检查,没有发现什么异常。他们带上门走出来时,陈诗雨又突然想起一个地方,她重新返回窑洞仔细检查,在被审问人坐的凳子下面的地上,她发现了一个非常细的小孔，不注意根本看不出来。

这样的小孔在墙壁上有很多，是一些黄土里的小昆虫的巢穴，地上这个孔虽然很小，却很圆很规则，像是有人故意而为之。

"东方，你看这个。"

沈东方走过来蹲下，用手摸了摸说："好像是蛐蛐洞。"

陈诗雨又认真地摸着说："不对，这个孔的一圈是硬的，这周围其他蛐蛐洞都是土，用手一动就散了。"

沈东方又摸了一圈说："好像是这样。"

陈诗雨立马站起来，她果断地说："有情况！我们只注意了窑洞上面，这次特务是从下面偷听，快，我们下去查看。"

沈东方："下面也是窑洞呀。"

陈诗雨："对，应该就在窑洞里面。"

她突然意识到：白亮有危险！敌人是有预谋而来的，每个环节都有可能出岔子。她一边跑一边下命令："来人！"几名战士过来，陈诗雨道："白亮有危险！快，快给延安发报，请他们立即派人，在绥延去延安的路上接应常组长！"

审讯窑洞下面是第二层窑洞，都是银行员工宿舍。正对着的是一孔较小的窑洞，里面住着两个女员工，其中一个叫王雪梅，是一位首长的夫人，半个月以前生小孩后，一直住在老乡家没有回来过。另外一位，正是刘小婉。

沈东方看了一下窑洞，没有发现不一样的地方，他给刘小婉多次在这里讲课，也没有发现她有什么异常。陈诗雨站在凳子上，一点点地在上面找着,窑洞顶上布满了密密麻麻的小黑洞,看不出来到底哪一个有问题。她一个个地细心排查,用一根小树枝轻轻地拨着上面的土,忽然,她发现其中一个小黑洞在拨开土后,露出一个细小的竹子圆孔,正好斜对着后上方的审讯室……

刘小婉是特务?所有人都不敢相信,这么一个性格开朗整天乐呵呵的漂亮小姑娘,怎么会是特务?

"立即提审刘小婉。"陈诗雨不敢耽搁,问题很严重,特务在我们眼皮底下窃听,差点忽略过去。沈东方显得很气愤:"刘小婉,算我瞎了眼,请老实交代你的罪行。"刘小婉嘤嘤地越哭越伤心:"我不是特务,我也不知道是谁挖的那个孔,我是被冤枉的。"沈东方指着她,丝毫不留情面,厉声说道:"平时伪装得很好,事实就在面前,你还敢狡辩?"

陈诗雨摆了摆手说:"小婉,把你知道的都说出来,这个小洞就通在你住的窑洞里,要窃听上面的审讯,只能是在你的窑洞。"刘小婉哭得梨花带雨:"可我什么也不知道呀!"沈东方有点不耐烦了:"你不说,是吧,那就证明你是特务,潜伏得够深的啊!"陈诗雨看刘小婉很委屈的样子,将自己的手绢递给刘小婉,"你好好回忆回忆,平时来你窑洞里都有哪些人?"刘小婉擦着眼泪说:"大家都对我很关心,怕我年龄小想家,他们有空就到我这里聊天,我们一起唱歌。"陈诗雨递给她一张纸和一支笔说:"你把来过的人名字都写上。"

陈诗雨来到外面,她望着一层层的沟壑,陷入深深的思考。

沈东方跟了出来，对陈诗雨说："这个刘小婉真顽固，都暴露了还在那里装无辜！"

陈诗雨问道："你相信她是特务吗？"

沈东方说："铁证如山，还用说吗！"

陈诗雨继续看着远处说："她有可能被人利用，你想，这么小的一个洞，要向斜上方挖通，一般人都很难做到。另外，即使挖通了，如果没有其他工具做辅助，在下面也根本听不清楚。况且，以刘小婉的性格，她的窑洞经常来各种人，她又是一个闲不住的人，很少自己一个人待在窑洞里。"

沈东方略微沉思一下说："如果有人想偷听，她这个地方倒是最适合的。"

陈诗雨心事重重，她已经看出刘小婉是个替罪羊，有人利用她的弱点，让她在无意间帮了特务一把，连她自己都不知道。"直觉告诉我，这次窃听不是刘小婉，退一万步，即使她是特务，也不会用这种方法。当然，只有抓到真正的窃听者，才能证明刘小婉的清白。"

陈诗雨对沈东方说："其实，我现在最担心的是白亮。他可能也是被人诬陷的，敌人就在我们身边，各种机会和巧合都被他们利用到极致，扰乱了我们的视线，甚至不惜抛出他们自己的棋子，以达到最终的目的。"

沈东方安慰她："诗雨，你不要太有压力，白亮虽然隐瞒了一些事情，但我相信组织上一定会调查清楚的。上次，在抓捕萧剑尘时，他的表现就很让我佩服。"

陈诗雨满脸愁容地说："我们从小一起长大，我对他很了解，想不到，唉，也不知道他能不能躲过这一关。"她现在心都提到嗓子眼了，和白亮好不容易再次重逢，却发生了这样的事，白亮，你不能出任何问题，虽然你没给我讲清楚你的一些情况，但是我知道你一定有不讲的原因，你千万不能有事呀，一定要活着，好好地给我活着。

沈东方不知道自己怎样才能让陈诗雨放心，在这段时间的共事中，他感到陈诗雨身上散发着一种魅力，一种不可抗拒的力量，他觉得自己越来越喜欢眼前的这个女人，但他同时也明白自己的任务，他下决心要保护她，甚至觉得如果在需要选择的时候，他愿意为她豁出去一切。

第 9 章
有惊无险

不得不承认,在关键的节点上,常有福还是能把握住轻重的,比如在押送白亮这件事上,千万不能有任何闪失,否则,上级将会追究他的直接责任。为了确保白亮的安全,常有福对路途做了周密的安排,他抽调了行动组十个骨干战士,每个人都配备了枪支和充足的弹药,从力量上进行加强,同时,为缩短路途时间,还给每人借了马匹,一切都安排周密,以求万无一失。

前面三个战士打头阵,白亮走在中间,常有福和另外三个战士一边各两人,后面三个战士断后,他们保持着这个队形,一路上谨慎前行。临行时常有福特意叮嘱大家,这次任务意义非同一般,必要时,就是付出自己的生命,也要保护白亮同志的安全。

白亮觉得常有福有点过分紧张,自己也是军人,有能力保护自己,没必要带那么多人。他问常有福:"常组长,你是不是担心我会逃跑?"常有福勉强笑了笑说:"以你现在的身份,你跑得了吗?"白亮故意说:"那可不一定,你看这沟沟峁峁的,我跑了就是你的责任,有人会说咱俩是同伙。如果我死了,也是你的问题,有人还会说咱们是同伙,是你有意杀人灭口。"常有福骑在马上,晃悠着说:"确实是这样,所以我要把你安全送到。不过,说句心里话,我怎么看你都不像特务。"白亮问:"难道特务脸上还刻有字?不过,我还是得感谢你。"

一行人小心翼翼地行进着。白亮说得对,常有福心里十分清楚,无论白亮出现什么事情,都与自己有关联,他只求把这个烫手山芋尽快送到延安。

他们走着就到了一个沟底。这里是一片洼地,两边的高处灌木丛生,在陕北,像这样的地方并不多。常有福提醒大家:"注意,这里地势险要,加强警戒,尽快赶路。"

真是怕什么来什么,常有福话音未落,突然枪声大作,火力密集迅猛,明显是有备而来!

走在最前面的一个战士的马被射中倒下,那个战士身手敏捷,就地打个滚,立即举枪还击。其他同志见状,迅速调整状态,展开了激烈的反击。

战士们虽然都是挑选的精英,但架不住地势恶劣,他们全部暴露在敌人的下方,毫无遮掩,大家只能一边还击一边紧紧护住白亮。

白亮观察了一下地形,敌人是要置他于死地,这个位置根本没有任何掩体,只能先回击。他大声喊道:"大家不要管我,朝敌人打!"无奈白亮没有枪,只能向大家喊。敌人准备充足,来势汹汹，战士们折损大半。白亮捡起地上一个倒下战士的枪，一边还击一边对大家喊："同志们，注意隐蔽，分散开来！"

常有福用身体护住白亮，拼命还击。他的左肩在抓捕萧剑尘时负了伤，还没有完全恢复，白亮坚决不让他保护，用力推开他。

"常组长，你不用管我。"白亮说。

常有福命令道："少废话！快，给老子躲起来！"

白亮半开玩笑地说："你的心意我领了，这次是你救的我，我就是死了，也会记得你。谢谢！"

"你死了我也活不长。"

"咱们是同党吗？你放心，我不会拉你下水的，我写的相关证明材料和你没有任何关系"

"算你小子有良心。"

敌人的火力越来越猛烈，在危急关头，白亮发现了敌人的漏洞，他大声说："大家听着，右侧小山头没有火力，边打边退，向右边山头靠拢。"敌人发现了白亮他们的意图，攻击更加猛烈，子弹雨点般从高处倾泻而下。常有福让大家围成一个圈，把白亮围在中间，边打边退。战士们一个个倒下，只剩下常有福和两个战士了，常有福几乎用身子贴着白亮，白亮只能逮住空隙进行射击。

眼看就顶不住了，这时沟上面响起了枪声，两边的枪声从密集到减弱，后来慢慢地没了声音。

原来，边区保安队接到绥延那边发来的电报，立即组织人员前来接应。他们研究了从绥延到延安的路线，认为这里地势险要，敌人极有可能在这里打埋伏,就紧急行军,直接兵分两路,及时赶到,从背后袭击并消灭了全部敌人。这是一支由国民党特务纠集的当地土匪武装,有三四十号人,武器配备精良。幸好有边区保安队同志们及时增援。

军委二局对白亮的情况非常重视,直接接手这个案子,对白亮实行单独立案审查。上级首长表扬了常有福,说他护送有功,常有福长长地舒了一口气。

当常有福回到行动组听到新发现的情况后,他那稍微放松的心又提了起来。怎么?刘小婉有重大嫌疑!

沈东方坚持认为,刘小婉是特务。

陈诗雨不认可他的意见,两人争辩了起来。沈东方对常有福说:"她这种外表看起来比较单纯的人,最善于隐蔽,潜伏的也最深,我们决不能被她蒙骗了。"他把刘小婉与杨天锡的交往、主动和行动组的人靠近、请他讲银行故事等等行为联系到一起,他甚至怀疑刘小婉就是"老汉"。

沈东方讲了自己怀疑的三点依据:其一,那天,他在窑洞里正在给刘小婉讲上海银行的事情,白亮进来告诉他紧急集合,而且说漏嘴,要去抓捕萧剑尘。此时,部队正在下面集合,等沈东方一离开,刘小婉完全有时间通过特殊的渠道把消息传递出去,等行动组赶到时,萧剑尘刚刚离开。其二,当她再次请沈东方给她讲课时,无意间提到了"兔子",她马上对此很敏感,可见她也知道敌人的行动代号"兔子计划",而这只有行动组内部人才知道,她突然失口,是一种潜意识行为。其三,还是在那天,她主动邀请沈东方去窑洞上的山坡散步,她以散步为由,其目的是给窑洞上那位拉毛驴晒太阳的"老乡"通风报信,沈东方顺其自然,把"老乡"支走,帮她达到了让"老乡"赶快离开的目的。

　　沈东方分析得有一定道理,每一件事都有理有据,都和刘小婉有关联。

　　陈诗雨却不同意他的看法,她说:"以上的几次行为,都可以解释为一种巧合,偶然的巧合,算不上证据!你和刘小婉交流多,难道没有看出来吗?根据我的分析,刘小婉心直口快,她经常喜欢给人炫耀,她和谁在一起干了什么。就第一种情况来说,当她听到要抓捕萧剑尘的消息后,觉得自己知道了一个大新闻,即使她无意间告诉了其他人,说者无心,听者有意,完全有可能被听到的人第一时间知道,才给萧剑尘通风报信。当然,也有另外一种可能,就是白亮有问题,故意说漏嘴。"

　　沈东方沉不住气了:"陈诗雨同志,像你说的,那么,刘小婉房间的偷听小孔又做何解释?也是一种巧合吗?"陈诗雨一下无法应对:"小孔的事我正在调查,目前还没有确凿的证据。"沈东方说:"所有证据表明,刘小婉应该就是那个给'旱獭'传递情报的'老汉'。"

　　"'老汉'已经有人见过了,怎么可能是刘小婉?"

　　"刘小婉怎么不可能是'老汉'?"

在没有发现新的证据前,陈诗雨不想和他再争辩。常有福听着他们两人的分析,觉得都有道理,但又不能马上做出准确的判断。

就在常有福犹豫不决的时候,突然,有战士来报:刘小婉自杀了!

一波未平,一波又起。他们火速来到刘小婉住的窑洞,门口站岗的战士说,他中午给刘小婉送饭,估摸她已经吃完,等他进去取碗的时候,发现刘小婉用摔碎的碗的锋利瓷片割破了自己的手腕。陈诗雨立即撕下一块布条,扎住刘小婉的手腕:"快!马上送医院!注意保护现场。"

医院走廊里,医生告诉大家,由于送来得及时,刘小婉的生命并无大碍。

常有福觉得,这个姑娘性格很刚烈,她平时看起来嘻嘻哈哈的,像一只无忧的蝴蝶,怎么会出现这种状况,难道我们真的是冤枉她了?陈诗雨也同样在想,刘小婉一定是受到很大的委屈,特务这个罪名,对她来说,简直就是要了她的命,她怎么能承受得起这样的诬蔑。看来,她确实是一个单纯的姑娘。

刘小婉醒来的时候,发现陈诗雨坐在她的病床前。她要起来,陈诗雨急忙按住她:"小婉,别动。"刘小婉流着眼泪说:"陈副组长,我不是特务。"陈诗雨安慰她说:"我知道你不是特务,你是个好姑娘。"刘小婉有点想不通,自己又没有害别人,可为什么有人千方百计诬陷她。

陈诗雨给她拉了拉被子说:"你说有人诬陷你,是谁和你过不去?"刘小婉摇摇头:"我不知道,我也没有得罪过谁呀!"陈诗雨笑了笑,说:"你就别胡思乱想了,你要相信组织,我们是不会随随便便怀疑自己的同志的。这段时间,谁和你来往多一些?除了平时经常去的,还有谁去过你的窑洞?"

刘小婉突然眼前一亮,说:"对,我想起来了,还有一个人。"

陈诗雨立即警觉起来:"谁?"

"老兰。对,就是他!"

"老兰,是食堂的厨师老兰吗?"

刘小婉说:"是,但他只来过一次,前一阵我的凳子坏了,我请他来修的。"

那天,刘小婉刚坐在木凳子上,一转身,发现凳子的一条腿掉了。她很奇怪,凳子早上还好好的,可自己怎么也安不上去。她就想找人帮忙,正好老兰刚开过饭没有事。老兰平时是个热心人,也会一些修修补补的活儿,她就请老兰帮她看看。

这时,沈东方来找她,说他有时间可以给她讲课了,他们就一起出去了。老兰单独留在窑洞里给她修凳子。

陈诗雨立刻警惕起来,问她:"沈东方来叫走了你?老兰就来过这一次吗?"

刘小婉说:"就这一次。老兰平时做饭忙,从来没有时间串门的。"

陈诗雨告诉她:"你说的这个情况很重要,千万不要对任何人讲。"刘小婉点点头说:"我明白。"陈诗雨站起来:"你好好休息吧,有空我再来看你。"

这是一个新情况。老兰的出现,引起了陈诗雨的重视,敌人真的是无孔不入。银行食堂的厨师老兰,有重大嫌疑,她立即派人把老兰监视起来。

沈东方一夜没有合眼,他失眠了,在他的记忆中以前从没有过这种现象。在对待刘小婉的问题上,他和陈诗雨意见不一致,虽然没有发生激烈地争吵,但这种弱对抗,更容易伤害他们的感情。他不希望这样的事情发生,但在工作上,他是个认真的人,有什么话就要讲出来,他不想藏在心里。

如果刘小婉没有问题,陈诗雨可能就要怀疑自己,她强调的几个巧合,说明她在心里已经怀疑上了自己。让刘小婉承认这一切,自己就可以洗清嫌疑,陈诗雨又会像以前那样对待自己。他不知道为什么现在特别在乎陈诗雨对他的看法。

客观地说,他觉得刘小婉真的有问题。他搞特工这么多年,对方的一个眼神,一个小动作,他都能看出端倪。陈诗雨也是屡破大案,为什么她看不出来呢?还是看出来了装作不知道。有一种可能,就是组织对自己不放心,刘小婉、陈诗雨都是"探测器"。假如还有另外一种可能,不管刘小婉、陈诗雨还是自己,都在等待一个大机会。他不愿意往下想,也不想往下想,现在关键是他想见到陈诗雨,解开两人的心结。

他曾经发誓要对陈诗雨好，无论遇到什么情况。沈东方觉得他这是爱上陈诗雨了，三年前第一次见到她时的那种感觉，最近常常袭来。他知道她心里有白亮，可白亮已经被隔离审查，白亮也承认他有欺骗组织的行为，她心里是容不得半粒沙子的，白亮既然有过这一段不光彩，不仅欺骗了组织，也欺骗了她，即使白亮回来，她还能原谅他吗？沈东方决定要单独和陈诗雨见一面，这是最好的机会，借机修复一下他们的感情。

就在沈东方准备邀请陈诗雨的时候，陈诗雨却主动来找沈东方，她也觉得他俩之间应该找个机会好好谈谈。在对待刘小婉的事情上存在不同的意见，都是为了工作。沈东方是她参加革命的引路人，她的每一个进步，都和沈东方的引导是分不开的，她要对他表现出对老师般的尊敬和感谢。

陕甘宁边区银行绥延分行的业务发展迅猛，不论是百姓储蓄存款还是农村信用贷款，都在边区各分行里名列第一。为了庆贺取得的成绩，边区银行特别邀请延安的抗战艺术团于当天晚上到绥延分行举办一场晚会。陈诗雨得到消息后，专门来请沈东方陪她一起去，据说著名演员顾青现在是艺术团团长，她也要出场，这可是个难得的机会。

太阳还没有下山，绥延分行门前的小广场上就挤满了人，一些小孩子在人群里钻来钻去，大家都期待着这场演出。陈诗雨和沈东方也提前到场了，他们找了一个好点儿的位置站住，等待演出开始。

顾青这个名字陈诗雨听说过,她在陕甘宁边区几乎是众人皆知,是边区的著名演员,陈诗雨一直想见见这位边区的艺术明星,今天机会终于来了。

陕甘宁边区各地区经常举办晚会,极大地活跃了战士和百姓的文化生活,晚会也是政治经济文化教育活动的重要载体,有着独特的时代气息,是典型的时代符号之一。延安,作为中共中央所在地,从这里吹响了代表民族之声的抗战号角,成千上万的知识分子汇聚到延安,先后成立了不少文艺社团。陕北的各类晚会非常有特色,每逢周末和传统节日,不同单位举办各类晚会,节目类型丰富多彩,内容有声有色,话剧、平剧(京剧)、合唱、相声……应有尽有。

虽然在边区的其他地方,单位也经常举办晚会,但大多都是自己同志在一起联欢,只有在重要节日或者重大活动时,才邀请延安的"名角"来演出,观看晚会甚至成为一种仪式性狂欢。

每逢举办晚会的日子,许多学校、团体都提前放假,有时,在开场之前,台下还有各单位之间热闹的"拉歌",场面实在叫人兴奋。那样的场景有时还会延续,晚会结束后,各自走向自己窑洞的时候,人们意犹未尽地唱起歌儿,歌声此起彼伏,响彻夜空……

烽烟为幕,大地为席。在硝烟与铁蹄之下,文艺在这块古老的黄土地上,以从未有过的强大的生长力与感召力,凝聚着万众之心,淬炼着民族之魂。边区军民因物赋形、因地制宜,无论是陕北当地艺术家、中央红军,还是来自国统区的文艺工作者,都深深扎根于脚下的土地,以艺术的表达,为民众代言,为全民族的抗战填充精神的子弹。

顾青就是这个队伍中的一员,从上海来到延安,从一个普通学生成长为一个文艺战士。她是中国女子大学的首批学员,从一开始,她就决心把自己锻炼得像校歌中唱的那样:"一个个锻炼得如铁似钢,争取民族社会和妇女的解放!"她永远也忘不了那天开学典礼的情景。

在杨家岭中央大礼堂,主席台上悬挂着女大校旗,四面墙壁上张贴着妇女运动的宣传标语,冼星海带领鲁艺的师生们演奏着欢快的音乐,开学典礼在《国际歌》、女大校歌等歌声中正式开始。毛泽东出席会议并做了重要讲话,他指出:"假如中国没有占半数的妇女的觉醒,中国抗战是不会胜利的……全国妇女起来之日,就是中国革命胜利之时。"

那一瞬间,顾青觉得满腔热血沸腾,她好像又回到了以前的自己。在她短暂的二十年里,经历得太多太多,那些同龄人难以想象的事情她都经历了,她喜欢文艺,唯有艺术才让她感觉自己真正活着,她要把自己全身心融入艺术中,让艺术完全占领自己,让艺术涤荡自己的灵魂!

舞台设在绥延分行第二层窑洞门前的小广场上,台下和四周的山坡上,高高低低一层又一层地站满了人。演出开始前,首先由陕甘宁边区银行来的领导向大家贺喜,祝贺绥延分行提前完成全年任务。随后,报幕员上场,晚会正式开始。

抗战艺术团还是下了很大的工夫,他们对晚会节目进行了精心编排,第一个节目是庆祝绥延分行完成任务的快板,接着,有独唱、舞蹈,舞台节奏张驰有度。最后一个大戏,则是大家期待已久、由顾青压台的《放下你的鞭子》,台下瞬间掌声雷鸣,人潮鼎沸,人们期待着她的出场。

台上,一位衣衫褴褛的老汉,敲打一面铜锣,引导戏中的群众演员围成一圈。他拉起胡琴,催促一位长相俊俏的姑娘出场,她就是顾青扮演的"香姐"。陈诗雨低声问沈东方:"她就是顾青?"沈东方说:"应该是她。"因为距离太远,又化了装,陈诗雨看不清她的面孔,但她隐隐约约地觉得好像在哪里见过。陈诗雨对沈东方说:"她让我想起了一个人。"沈东方认真地看戏,似乎没有听见她说话。

剧中的姑娘呜呜咽咽地开唱:"高粱叶子青又青。九月十八日,来了日本兵。先占火药库,后占北大营……"姑娘一阵咳嗽,老汉向观众作揖,逼迫姑娘继续。姑娘明显饥饿疲惫,已经力竭声嘶,老汉暴怒,举起手中鞭子狠狠地抽打,姑娘扑倒在地。演员观众中冲出一位青年,他大声喝止:"放下你的鞭子!"全场惊呆。

老汉痛哭流涕地告诉大家,姑娘是他的亲生女儿,因为日寇占领了家乡,他们只好四处流浪。女儿则恳请大家谅解父亲。

一时间,台下的观众情绪沸腾,跟着台上的演员观众同时高呼口号。陈诗雨很佩服这个剧的编剧,通过这种"戏中戏"的方式,让一些演员隐藏在观众中,台上、台下都有互动,打破了以往观与演的界限,带动了大家的情绪反应,产生了良好的演出效果。

在台上演员的带动下,台下的群众异常激动,大家高呼:"打倒日本帝国主义!""日本人滚出中国去!"

就在大家情绪激动的时候,突然,有人手里拿着一把菜刀,冲到了台上,他举刀砍向那个老汉,老汉左右躲着,顾青也帮老汉躲闪。整个活动现场完全乱了,呐喊声、小孩的哭声、吵闹声混成一片。陈诗雨指挥着大家退出现场:"大家不要乱,请按顺序退场!从中间这里,对,左、右两边分开,左边跟好了,走到最边上的第一个窑洞口散开;右边请从这边到小广场,好。大爷请小心点。"

在陈诗雨指挥大家退场的时候,只见沈东方一下子跃起,他挤不过去,竟然跳起来踩着前面混乱人群的肩膀,如飞一般跃上舞台,就在持刀人的刀要落在保护老汉的顾青身上的时候,他一把抓住那人的手,反扭住他的胳膊,将刀夺了下来。

顾青吃惊地看着他,刚张开嘴,只说了个"你"字,就收了回去,随后又变成被吓坏的样子。

前面的人群已经被惊吓得退到后面,台上每个人的一举一动都很清楚。陈诗雨站在下面,这一切都看在了眼里。

第10章
暗流涌动

那个持菜刀砍人的人，不是别人，正是绥延分行食堂的厨师老兰。

《放下你的鞭子》这部戏剧在其他地方演出时，也出现过类似的情况。这个剧题材选自日本占领东北的故事，开始演的时候是街道剧，为了带动大家的抗日情绪，在街道边随便就能演出。一方面是剧的编排方式，许多人不明真实情况，特别是让演员提前隐藏在观众里，演到高潮时，隐藏的演员以观众的身份突然出现，可以直接出场。另一方面是演员表演太逼真，已经完全融入其中，对那些和剧中有过同样经历的人来说，很容易把戏当成现实。在抗日的大潮下，《放下你的鞭子》火遍全国，特别是对那些感同身受者来说，很快就会入戏，控制不住自己的情绪。老兰就是把戏当成现实这种人，可他为什么偏偏在这时候要举刀杀人呢，面对一个因为思念家乡而性格变得暴烈的老头，他用鞭子打自己的姑娘，也不至于要杀死他吧。

沈东方在调查了老兰的身份后，对陈诗雨说："老兰是吉林人，日本人占领东北后，他家里留下老婆和不满三岁的孩子，就随东北军来到西安。'西安事变'后，他和一部分东北军投奔延安，整天盼望着有朝一日能打回老家去。看戏的时候，他动了真感情，忍不住才发生了刚才的事情。"

陈诗雨有点不能理解，看戏生气就要杀人，他和演员有私仇吗？这一点根本解释不通。"把他先关起来！"她觉得老兰这样做，肯定是有其他原因的。

其实，这段时间陈诗雨一直派人暗中监视老兰，戏剧的内容只是引发他行为的导火索，即使砍了一个演员，对老兰来说，又能有多大的意义呢？

这时，顾青和演员们卸完妆过来，陈诗雨看着她一下子愣住了。

这不是黄丽丽吗？一别三年，她以为黄丽丽早已经不在人世了，可眼前真真切切的就是黄丽丽啊！她比以前长高了，也更有气质了。陈诗雨一把抓住顾青的手，激动地说："丽丽！黄丽丽！怎么是你呀？"顾青却没有一点诧异，依然平静地微笑着说："对不起，我叫顾青，如果没猜错的话，你就是陈诗雨，陈副组长，咱们边区有名的女福尔摩斯。"

陈诗雨一下子陷入了尴尬，说："哦，对不起！顾青，你和我认识的一个人长得太像了，我一时之间……"顾青握着她的手说："是吗，那有机会你给我讲讲她的故事。"沈东方过来解围："诗雨，黄丽丽她已经……她们俩是有点儿像，我也搞晕了，你也不要太难过了！"旁边的顾青也说："哦，她已经不在了？诗雨同志，没有关系的，你看我长得像她的话，就叫她的名字好了，只要你心里觉得好受。东方，你说对吗？"

沈东方意味深长地一笑，没有回答。

陈诗雨还在想着黄丽丽，但顾青的这个举动让她觉得更加奇怪。她直接叫出了沈东方的名字，还没有互相介绍啊，她怎么能知道沈东方的名字，而且叫得那么自然，那么熟悉。刚才发现他俩在台上的对视，就感觉不对劲，莫非他们以前认识？还有，三年前的那次遇见，沈东方应该对黄丽丽印象深刻，一个手无寸铁的女学生，为了救他竟然不顾一切，宁肯舍弃自己的性命，也要冲向敌人，为他争取离开的时间。可顾青和黄丽丽两人长得这么像，第一次见面，他却没有一点的惊奇，而且显得十分淡定。

这也太奇怪了吧！是我想多了吗？陈诗雨思忖着。她本想问沈东方的，但理智让她把冲到嘴边的话一下收了回去。

常有福和陈诗雨商量，决定对老兰进行秘密审问，事情一桩桩一件件接连发生，肯定不是孤立存在的，它们之间一定暗含某种关联，沈东方身上的嫌疑依旧不小。

老兰很快招供了，他持菜刀上台砍人，确实是受了剧情的感染。那天晚饭后，老兰和大家一样兴冲冲地来观看晚会，等他收拾完一切赶到时，临时舞台四周已经没有地方了，旁边的山坡也已经挤满了人，一层又一层，好在食堂门口距离临时设的小舞台不远，他就近找个地方站在人群里观看。

《放下你的鞭子》看得他仿佛又回到了东北老家，当年和妻儿难分难舍离家的情景，再一次涌上心头。他痛恨日本人，痛恨那些欺压妇女的汉奸，面对剧里老汉的鞭子，再也无法容忍，他头脑一热，就转身回食堂拿了把菜刀，不顾一切地冲上去。

"九一八"事变爆发后，张学良将军带领二十万东北军入关，他们先到华北，后被调到西北剿共。受中国共产党建立抗日民族统一战线号召的影响，张学良和杨虎城发动"西安事变"，"西安事变"后来和平解决，张学良将军送蒋介石去了南京，杨虎城则被送去国外"考察"，他们都再也没有回来，而留在西北的二十万东北军，一下子陷入群龙无首的状态。在主战和主和的问题上，东北军内部发生了对立和纷争。老兰当时是张学良的私厨，他积极主张国共合作，两派的争斗非常激烈，在共产党的调停下，好不容易暂时平息下来。

这时，国民政府对东北军实行了分化策略，部队分别被派往豫南、皖北和苏北等几个地区，老兰毅然决然地选择投奔延安。他跟随少帅多年，他相信中国共产党，赞赏共产党的主张，相信在中国共产党领导下的抗日民族统一战线，一定会打败日本帝国主义。

就在他去延安的前夕，事情败露了。和他一起计划去延安的十多个人都被残忍地杀害了，只留下他一个人的性命。老兰被人要挟，目的是让他去延安长期潜伏下来，以厨师的身份做掩护，具体任务以后有人会随时联络他。老兰宁肯死也不愿意苟活,他去延安是为了抗日,不是为了对付共产党,与其这样不如去死。

要挟他的人并没有透露他们的身份,看老兰态度强硬,便拿出几张照片给老兰。老兰看了照片后,一下子瘫倒在地。照片上,是他的老婆和孩子,被关押在一个看起来很窄小的房间里,穿得破衣烂衫,蓬头垢面,看着老婆孩子无助的眼神,老兰彻底崩溃了。他不顾一切地扑过去:"你们不许动我老婆孩子!我不会放过你们的!"他被人按住。那人威胁道:"只要你乖乖听我们的话,他们会没事的,如果……"老兰流着眼泪,跪在他们面前说:"我求求你们,放过我老婆孩子吧,我按你们说的做就是了。"

常有福很同情老兰的经历,了解到这些情况,但他又爱莫能助,也找不到一句合适的话安慰他。他给老兰倒了碗水,老兰一口气喝了下去。

常有福问:"那你这次砍人的行为,不是完全把自己暴露了吗?"

老兰痛苦地说:"这事一直压在我心里,我不忍心看着老婆孩子死,这么多年了,老婆孩子是死是活都不知道,但我又不想替他们干活,这种日子我实在是过够了,我不想这样下去了。"他揪扯着自己的头发,一副痛不欲生的表情。

常有福问:"他们给你的任务是什么?"

老兰回答:"多年来都没有人联系我,我以为这事就过去了,可就在十几天前,我在食堂里发现一张纸条,有人让我想办法窃听审讯室的重要情报。为了能得到一点我家人的情况，不管老婆孩子是死是活，就是死了，能让我知道消息，给他们烧点纸我也好安心，我就想着做这一次。可怎么做呢？我一个食堂做饭的，连审讯室门都进不去。"

陈诗雨盯着他说："所以，你就想到用竹筒打孔来窃听？还嫁祸给刘小婉？"

老兰急了，他站起来："不是的，不是的。我本来没想到用这种方法，那天，刘小婉请我给她修凳子，我刚进去，她就被人叫走了，我无意间听到隔壁其他窑洞的说话声，以为是老鼠洞传出来的。那几天我正在为完成任务发愁，就突然想到用这种方法。"他停了一下继续说："我该死，我绞尽脑汁，用一根细竹筒把中间的竹节掏空，一点一点斜着捅上去，正好上面一层对着的就是审讯室。"

常有福惊奇地看着他："你真有本事，亏你想得出来。你为什么偏偏要选择刘小婉住的窑洞？"

老兰低着头说："我没想害小婉，她是个好姑娘，可那天就特别巧，她请我修凳子，又自己跑出去了，我知道，她平时不喜欢待在屋里，如果要偷听，在她的屋里也比较方便。"

老兰确实只是颗棋子，他连给他下达任务的人的身份都不知道。在刘小婉的窑洞里实施计划，表面看起来是巧合，但这一切明显是有人设计的，而且绝不是一般的人，他对这里的环境和人员了解得非常清楚。老兰被人巧妙地利用了，自己还不知道。

陈诗雨还有一个疑问，一根细小的竹子筒，又通过斜上方那么长的距离，怎么可能听清楚上面人讲话？她带着老兰来到刘小婉的窑洞，老兰拿出一个里面全空的竹子烧火棍，往顶上的那个小竹孔一对，另外又拿一个破了一个洞的铜盆子，把烧火棍的一端插进盆子的破洞里。神奇的现象出现了，上面审讯室说话的声音瞬间被放大，虽然有点模糊，但大概的意思很容易让人猜出来。

事情搞清楚了，嫌疑人也抓到了，可惜线索却中断了！

刘小婉伤好出院后，沈东方第一个来看望她。他希望刘小婉能原谅他审讯时的态度，说那也是为了工作。

但是，令他没想到的是，刘小婉竟然很坦然，说她完全能理解，这事已经过去了，她反倒劝沈大哥，不要有太大的心理负担。

她越是不纠结，沈东方越是感到不安。有几次，刘小婉请他继续为她讲课，他都找借口推辞了。沈东方也想知道，刘小婉窑洞顶上的小孔到底是怎么回事，在她的屋子里，她能一点都不知道吗？闹这么大的动静，就不了了之了？说她心理素质好吧，她遇到事情想不开就自杀；说她胆子小吧，有时候淡定的程度，不仅自己就连常有福都吃惊。

刘小婉经过被冤枉这次事件，表面上没变化。可沈东方觉得，她心里似乎变得更强大了，强大到和她的年龄有点不相称，他不由得对眼前这个女孩另眼相看。刘小婉和陈诗雨一样，骨子里都藏着让人琢磨不透的东西，从某种意义上说，刘小婉好像有过之而无不及。刘小婉呀刘小婉，你真让人难以琢磨啊！

沈东方心事重重，对老兰的审讯是秘密进行的，他不知道审的结果，老兰到底有没有招供？如果他是看演出时出于激动，拿菜刀砍人也没造成什么后果，关几天就没事了。毕竟他是东北军出身，思念家乡心切，大家都能理解。但如果他是潜伏特务呢？如果他和窃听案有关那就麻烦了，凭陈诗雨的机警，她会对每个接触过刘小婉的人都再过滤一遍。

必须要彻底洗清自己，不能让陈诗雨怀疑。沈东方决定马上去找她，不能让自己在她心目中的好形象受到影响。

到陕北以后，令沈东方感受最深、最激动人心的就是唱歌。

唱歌在陕北，是一种盛极一时的风气，部队里唱歌，学校里唱歌，工厂、机关里也都在唱歌。每逢开会，大家是踏着歌声而来，踏着歌声回去，开会之前唱歌，中间休息也唱歌。歌曲有《信天游》《兰花花》，又有代表民族抗日精神的《黄河怒涛》。高亢有力的放声歌唱，是一种集体的抒情，是一种情感的巨大释放。陕北热气腾腾的文艺生活，在歌声中体现得淋漓尽致，山沟沟里到处都是歌声，来自五湖四海的革命青年和有识之士，用歌声表达着他们坚决抗日的心声。歌声在陕北是一种共同的语言，认识的和不认识的，通过歌声互相传递着志同道合的信仰。

傍晚时分，夕阳西下，满天漂浮着胭脂般的红霞。

沈东方站在沟道，远处传来了一群女战士的歌声：

> 夕阳照耀着山头的塔影,
> 月色映照着河边的流萤,
> 春风吹遍了坦平的原野,
> 群山结成了坚固的围屏,
> 啊,延安,
> 你这庄严雄伟的古城,
> 到处传遍了抗战的歌声
> ……

沈东方也特别喜欢这首《延安颂》,在优美的合唱声中,他看见陈诗雨和几个女战士端着洗衣盆走过来,晚霞落在他们身上,如一幅美丽的剪影。霎时,沈东方沉醉了,在他的印象中,小时候在海边想象过这种情景,眼前的一切,像是在梦中,对,是在梦中,那个他做过无数次的梦。他屏住呼吸,尽情地陶醉在这优美的画面中。

陈诗雨看见他,远远地朝他喊:"东方同志,这边,上这边。"沈东方走上前,接过她手上的洗衣盆,他们边走边聊。

沈东方说:"诗雨,你又帮我洗衣服了,谢谢你。"

陈诗雨笑着说:"你和我还用这么客气啊,不就是洗个衣服嘛,反正我的衣服也要洗,顺手的事。"沈东方看着她,因为走路唱歌,她的脸上粉红粉红的,额头上渗出细小的汗珠,几缕头发贴在耳边,袖子挽在胳膊肘上,露出两条雪白的手臂,浑身上下洋溢着青春的气息。

看到沈东方在看她,她有点不好意思,急忙放下挽起的袖子说:"东方,我正好有事找你,走,咱们去那边山坡。"

二人来到山坡上,肩并肩坐在一起。

西天上,夕阳的余晖越来越暗淡,刚才的火烧云,这会儿已经变成浓浓的暗红色,远处,断断续续地传来信天游的声音:

> 抽上一根纸烟喝上一杯茶,
> 好不容易和妹妹坐在一搭搭。
> 想妹妹想得迷了窍,
> 抽烟含住了烟脑脑,
> 差点把哥哥嘴烧了。
> 前半夜想妹止不住咳,
> 后半夜想妹坐起来,
> 手上拿个烟袋找烟袋。

沈东方一反常态,有点害羞起来。他说:"这歌唱得好直白,把心里想的都唱出来了。"

陈诗雨笑了笑:"在陕北,我就喜欢信天游,在歌唱中,思想信天而游,无拘无束,它不仅代表了陕北人民的性格,也是千百年来长在这黄土地上的'一棵大树',信天游的根深深地扎进黄土,

'树冠'却在老百姓的心里,那是他们发自内心的声音,朴实而真诚。"

沈东方心情放松了一些,此时,他心里重复出现另一句歌词"山蛋蛋开花背洼洼红,有那些心思你搁在心中"。他大胆地正眼看了她一眼:"是呀,这块土地,最适合中国革命生长,将来一定会在历史上留下闪亮的一笔。"沈东方不知道为什么,却说出了这样一句和自己想法完全不一样的话。

陈诗雨转过头对沈东方说:"对,我们不仅是亲历者,更是见证者。我们不能给自己留下遗憾。"

陈诗雨凝视着远处最后的光亮,她的脸上,光线越来越暗。她对他说:"那天见到顾青,我心里很不是滋味,她和黄丽丽简直太像了,每一个眼神,每一个动作,都那么像!你说,天底下怎么会有这么像的人?可惜,她不是黄丽丽。我们再也见不到黄丽丽了!"陈诗雨说着,流下了眼泪。

沈东方把一只手放在她的肩上,心情沉痛地说:"我知道黄丽丽是为了我牺牲的。我引开鬼子就是让你们跑,可是……她为了救我,却……"

陈诗雨伤心地说:"那天晚上,她没有按时赶到我们约定的地方,我就知道她出事了,当天,正好是她的生日,16岁的生日呀!她就这么走了,连一声告别的话都没有来得及说。"陈诗雨略停了一下,继续说:"为了不让你落入鬼子手里,我们几个决定分头引开鬼子,给你争取时间逃跑。"

天慢慢地变成了黑灰色，已经能隐约看得见天上的星星。沈东方看着远处仅有的一点点细小的微光落下，陷入回忆，那天的情景至今仍然历历在目。

天已经完全黑了，沈东方收起思绪，他想起陈诗雨说找他有事，便问道："诗雨，你找我什么事？"

陈诗雨说："你对刘小婉的事情怎么看？"

沈东方不清楚她为什么要问这个问题。在刘小婉的事情上，他只是客观地分析，丝毫没有掺杂个人感情，直到现在，他还是对刘小婉有些看法，他也不愿意说出来。看来，陈诗雨已经看出来了，有可能她还是不信任自己。

"哦，我认为，对我们周围的每个人，都应该提高警惕。"他这句话刚出口，就觉得是多余的。

陈诗雨知道从他口中也问不出什么，他干特工这么多年，该说的不该说的，把握得很清楚。

她笑了笑说："我就是随口问一下，刚才，当着那么多人面，我只能说有事找你。你看，我们能一起出来看落日，多好。"

"谢谢你，诗雨。这是我来延安后，第一次这么静静地观看落日，黄土高原上的落日也这么好看。"

夜幕降临了，星星在天上眨着眼睛，他们静静地坐着，安静得能听得见对方的心跳。

第 11 章
兔子出窝

边区政府经过推行一系列促进经济发展、稳定货币的政策,经济有了一定回暖,市场摊位和店铺里的货物明显比以前多了一些。在绥延地区任家洼市场的街道上,人来人往,依稀重现出往日的热闹景象。

在一家杂货店内,一位后生进来买东西。老板热情地迎过来:"您来了,要买点什么?"后生环视了一圈说:"我要买一把锄头。"老板用手比画着,八元五角。后生似乎觉得有点贵了:"老板,能不能便宜点?"老板拿出几把锄头让后生挑:"最低八元,不能再低了。"后生挑好其中一把就要付钱,老板笑盈盈地说:"兄弟,店里有新到的雪花牌香皂,给你家婆姨买一块吧,你闻闻,多香。"后生闻了闻老板手上的香皂,犹豫了一下。老板悄悄地靠近他:"你家婆姨肯定会喜欢。"后生听了笑着说:"好,买一块。"他扛起锄头,把香皂揣进贴身的口袋,不放心又拿出来闻了闻,这才满意地离开了。

沈东方一个人漫无目的地走在街上,他看到那个后生走出店铺,脸上露出甜蜜的微笑,还有点羡慕。

此刻,沈东方心里很矛盾,表面上看,陈诗雨对自己很好,她的眼神里,始终带着对他的崇拜和尊敬,帮他洗衣服,平时也很关心他的冷暖。但是,他却怎么也感受不到那种感情。难道她心里没有往那方面想?

不可能,凭直觉沈东方明白自己在她心里的位置。自从白亮被隔离审查后,她对自己的态度变化很大,白亮的事对她造成一定的伤害,虽然他们不可能一下子断绝来往,但终究是向有利于自己的方向发展,机会要靠自己把握。沈东方想到这里,不觉心里一下敞亮了许多,他的步子也变得更轻快,他看到街上的人好像都在冲他笑,鼓励他为他加油。

沈东方走进刚才那个后生出来的杂货店,老板满脸堆笑:"同志,您要买什么?""我,哦,随便看看。""您看我这里应有尽有,五金百货、各种文具、棉毛布匹还有食品药材,许多都是刚进的新货。"沈东方在摆放化妆品的地方停住了,这部分东西大多来自国统区,花花绿绿的包装设计,在众多的商品中特别显眼。老板走出柜台,笑眯眯地盯着他:"嘿嘿,看出来了,您也需要这个,我帮您拿,这个,这个,还有这个,您选一个吧。"

老板拿着雪花膏和几个百雀羚的小盒子递过来:"怎么样?"沈东方没接他的话。老板急忙放下来,又殷勤地拿出一块香皂,不怀好意地做个鬼脸:"我知道了,您需要这个,婆姨洗完澡后,全身都香喷喷的。"他闭上眼睛,做出鼻子闻香味的样子,"闻哪儿哪儿都香。"沈东方被他逗笑了。"您别笑,真的,您闻闻。不瞒您说,我一天卖掉十多块,您进来前有个后生也给她婆姨买了一块。"他身子堵在门口,一副不买不让走的样子。沈东方不好意思推辞:"那就来一块吧。"

走出杂货店,沈东方想象着把香皂送给陈诗雨的情景,他不由得高兴地笑出了声。白亮已经好多天没消息了,如果他有问题,陈诗雨肯定会和他分手,自己也可以大方地去追求,这个机会绝对不能失去。

自从上次边区银行绥延分行的晚会演出后,抗战艺术团又在其他几个单位连续演了几场,才踏上回延安的路。顾青感到很疲惫,老兰的突然出现,使剧团里的人都受到了惊吓,加上连续演出,大家都很累了。在回去的卡车上,一车人坐着靠着或半躺着,都没有说话的力气。

顾青的情绪也很低落,她想,那个陈诗雨果真是名不虚传,她看上去聪慧干练,一双睿智的眼睛是侦察员特有的,她一见面就叫自己黄丽丽,看来黄丽丽在她的心中很重要,她一直没有忘掉她啊!

那天演出后陈诗雨告诉她,黄丽丽从小和她一起长大,后来又一起上学,她们的感情很深。陈诗雨一直觉得她对不起黄丽丽,没能逃出上海一同来延安,是她一生的悔恨。顾青被她当时的真情所打动，看得出来，当她说出自己是顾青的那一刻，陈诗雨是那么的痛苦和失望，她真想把自己变成黄丽丽，那样，陈诗雨就会得到一丝安慰。

车子在坑坑洼洼的道路上行驶，前面传来了一阵唢呐声，那声音仿佛抓去了车上人的心，带到遥远的天外。在陕北辽阔的垄沟里，唢呐发出的声音，可以顶住山窝的积压，可以在万垄之上凝结成气，那看似直直的小管道里发出的声音是如此得倔强，荡着一股子冲天的豪气，那迂回的长鸣声爬遍整个山脊，与这山、这地、这人一脉相契，似高天上的流云，摄入天地之气，再灌入每个人的灵魂。

顾青特别喜欢这样的声音。这声音，是陕北高原赤裸的黄色的皮肤，是吹起一座座黄土馒头的内生力量，是陕北这块土地上火辣辣的爱恨情仇。声音游走在山里的道道峁峁，与这片高原融为一体，仿佛搅动漫天的黄沙尘土，震撼古老的苍天，顾青被这声音迷住了。

一支迎亲的队伍迎面走来，顾青让车停在路边，车上的人都下来观看。

唢呐队悠悠地上来了，只见四个彪悍的陕北汉子吹打着而来，眼球凸鼓，腮帮满圆，一尺长的唢呐吹天吹地，满山沟沟都是带韵的吼声了。唢呐声悠扬悦耳，亢奋激越，气势磅礴，把勃勃的生命激情向四方张扬！后边，是一头肥嘟嘟的毛驴，耸着耳朵，喷着响鼻，额头上、脖子上红红绿绿系满彩绸。套杆后是一辆架子车，车头坐着位新娘,花一样秀美,小白菜一样鲜嫩。路边的男女老少都驻足观看,指指点点,围观人的情绪被调动起来,他们跟着唢呐的节奏欢快地跳起来。一群孩子站在高高的山丘上,挥扬着胳膊,欢呼着,跳跃着。

忽然间,顾青发现人群中有一个穿军装的人,那人是白亮!

白亮在延安接受上级直接审查后,因为表现较好,提供了重要情报而立了功,上级让他回来继续担任特别行动组下辖的行动队队长。在回来的路上,正遇上老乡迎亲的队伍,他就高高兴兴地参与其中。他到陕北后,经常参加唢呐队的活动。这时,他走在人群中,已经忘记了心里的不快,组织上为他洗清了冤屈,他手执一个大铜锣,闭着眼睛忘情地敲打着。他要让这结婚的喜气,冲淡这段时间埋在心头的阴霾。

唢呐声打破了寂静的山村,打破了山沟的宁静。吹唢呐的汉子头上扎着白羊肚手巾,时而仰面朝天,时而弯腰俯地,时而面对面吹,时而背对背吹,那鼓起的两腮,一会儿似乎要爆裂了,一会儿似乎要沉陷了,一会儿又似乎走在平坦的大道上。顾青看迎亲队伍过去了,就立即招呼着:"大家快上车,我们抓紧时间回去。"

白亮夹杂在队伍中,已经走过去了,他突然发现顾青有点眼熟,回头一看,她正在指挥大家上车。那脸蛋,那身形,还有那声音……等白亮找到接替他打锣的老乡,交接完铜锣赶来寻找时,顾青坐的车子已经开走了。

旁边的老乡告诉他："那是艺术团顾团长，你怎么连顾团长都不认识，戏演得可好了！白亮回忆着她的面孔，自言自语道："太像了！天底下怎么会有这么像的人！"

特别行动组召开案情分析会，常有福在会上传达了上级对白亮的审查结果。白亮立功并官复原职，无异在行动组中响起一声炸雷，沈东方怎么也没有想到会是这个结果。他和陈诗雨的关系眼看有了新的发展，却杀回个程咬金，而且，是立了大功回来。上级只说立大功，到底立了什么大功？看来，对白亮的审查反倒成全了他。

常有福接着向大家通报了当前形势。他说："最近一段时间，边币与法币的较量依然很尖锐，国民党丝毫没有放松对边区金融的干扰，不断有奸商、特务乔装成商旅潜入边区，他们同时收买社会闲杂人员，以法币或非必需品抛入边区吸收边币，蛊惑人心，扰乱市场，致使已经得到控制的边币与法币的比价再度持续下跌。"他让大家各自也发表一下意见。

陈诗雨说："上级对目前的形势把握很到位，我们边区银行成立时间短，刚刚发行的边币信用程度确实不高、流通领域也不广，导致了'外汇'黑市的出现。而要解决'外汇'黑市的问题，又不能只靠简单地取缔和打击。"沈东方接着她的话："是呀，诗雨同志讲得对，在目前的条件下，银行的法币只有出，没有进，黑市又不可能避免，这就是问题的本质。边币初创，法币共存，边币暂时无力全面收兑法币,这样,在一定范围内,两者发生交易在所难免。"

常有福站起来:"所以我们的任务越来越艰巨,经过这段时间的调查取证,我们已经掌握了敌特的一些情况。上级指示我们,坚决不让一张假币流入,同时,要一层层拨开画皮,尽快揪出潜伏的幕后特务。"他略停了一下继续说,"白亮同志这次带回来了最新消息,下面,请白亮同志介绍情况。"

白亮说:"感谢组织和同志们对我的信任和宽容。从延安回来前,我们得到一个重要信息,据西安八路军办事处传回的情报,最近,特务又有一批非必需品运进来,而且,极有可能夹带大量伪造的边币,和上次的情况有点像。上级要求,借这次机会,把他们的头目彻底挖出来!"

常有福补充道:"任务已经非常明确,货币暗战具有一定的复杂性。东方同志,你是货币专家,还有什么强调的?"沈东方清了一下嗓子说:"目前主要是要严控边币被恶意吸纳,保持物价稳定,否则,我们得印多少钞票呀。"

虽然白亮通过了审查,组织也进行了认定,但在沈东方的眼里,白亮已经有了"污点",他也极力想把这种想法传递给陈诗雨,让陈诗雨对白亮死心。

街道上,陈诗雨和沈东方走在前面说着话,沈东方对陈诗雨低声说了句什么,引得陈诗雨捂嘴笑起来。白亮一个人跟在后面,他心里很不是滋味,三个人的关系怎么会变成这样了?

街上商贩们"火柴""香烟""肥皂""水粉"的吆喝声此起彼伏。沈东方手在兜里捏了半天,他想把那块香皂送给陈诗雨,但又担心被拒绝,正好旁边摊位上有摆的,他马上来了主意,直接走过去,拿起香皂闻了闻:"这个真香。"他把香皂递到陈诗雨鼻子跟前,陈诗雨嗅了嗅:"还真是。"沈东方一下子来了勇气,他干咳了一声:"我……"

就在这时,白亮突然说:"你们等一等,好像不对劲。"快步追上他们俩。

沈东方立马变了脸色,怎么在这个关键的时候打断他。他故意话外有音地讽刺道:"怎么了,白亮,你发现'学员'了?"

白亮憋得满脸通红:"你什么意思,沈东方,我告诉你,我是通过组织审查的。"沈东方冷言冷语地说:"你是通过了,当年你不是因为进步快,也提前通过才出来的吗?"

"你!"

陈诗雨一看他们要争吵,赶紧上前:"你们别争了!白亮,你发现了什么情况?"白亮冷静了一下说:"这街上卖的东西有问题,从国统区过来的非必需品怎么会突然多了起来?"陈诗雨和沈东方仔细看了一下周围,确实是这样。

沈东方装作不理解,故意说:"这有什么大惊小怪?边区人口这么多,大家也需要这些东西。"陈诗雨也说:"是呀,目前边贸在一定范围内是允许的。"

白亮坚持地说:"不对不对,这些非必需品增加太多,说明是有人为因素,前期是先让边币贬值,接下来可能会以物资再'做空'市场。"陈诗雨疑惑地看着他:"做空?"

沈东方一看该自己说话了,他对陈诗雨说:"是有这种说法,在法国有一种叫股票的东西,就是这种玩法。"陈诗雨似乎听懂了:"你们是说先让边币贬值,逼迫大量发行,接着,又以物资把边币全部吸走?造成通货膨胀。"白亮说:"是,是这样的,关键是这些物资都是非必需品。"陈诗雨思考了一下说:"走,我们回去商量。"

三个人急匆匆地往回赶。突然,陈诗雨发现前面一个熟悉的背影,她不容分说:"快,跟上前面那个人。"他们快步跟上去,前边街道拐了一个弯,等他们赶到转弯地方,却是一个几条街交汇的岔路口,那人已没了踪影。

陈诗雨立即警觉起来:"那个背影我见过,我们分头追。白亮,你留在原地。东方,你和我从这两条道分开追!"沈东方关心地对她说:"诗雨,你注意安全!"白亮望着他们两人分头离去,脸上的表情很不好看。

他们刚刚离开,白亮猛一转身,却发现那个影子从旁边一间店铺闪了出来,朝另外一条巷子跑去,他紧跟着追了上去。

白亮追到巷子尽头,影子忽然又不见了。他正在左右寻找,却从身后传来一个声音:"你不用找了,我的声音你听不出来吗?108号——秦岭豹。"白亮没有回头,他吃惊地说:"教官?怎么是你?"吴教官冷笑一声:"想不到吧,我该叫你胡维西,还是白亮?举起手来,你不要转过来,凭我的身手,如果想脱身还不容易?"

白亮警告他:"这是在边区,都是我们的人,你跑不了的。"

吴教官冷笑一声:"哼,你们的人?你是不是昏头了?"他紧接着厉声说:"你给我听着!你能躲过共党的审查,说明你还是有些本事的,不过,你以出卖我们的兄弟为代价,本该马上送你上西天,念在党国尚在用人之际,希望你能信守承诺。三天后,有人会联系你,给你新的任务,这次别再动歪脑筋,否则,你在上海的家人……"

吴教官加重了语气:"听明白了吗?108号!"白亮知道,为了达到目的,他们会使出各种阴招,他假装害怕地说:"三天?我听教官的。"这时,传来陈诗雨他们返回来的声音:"白亮——"

白亮猛地转回身,却发现只有陈诗雨和沈东方从远处跑过来。他们两人过来后,看白亮背过身,举手站在路中央,不由得怀疑起来。

他们警惕地在四周查看着。

兔子终于出窝了!回到特别行动组,白亮将遇到吴昊的情况毫无保留地作了汇报了。

常有福认为一场面对面的较量即将拉开:"特务公然在我们的眼皮子底下出现,说明那批货已经进到边区了。"

陈诗雨谈了自己对形势的看法，她说："前段时间，国民党伪造的假边币被我们堵住进不来，他们又通过法币兑换企图让边币贬值的行为也被我们挫败了。但是，他们一计不成又生一计，这次和以前的方式完全相反，是把一些非必需品偷运进来。大家注意，是'非必需品'，销售这些东西，是要把我们的边币集中吸纳销毁，让边币市场从通货膨胀一下子又变得资金紧缺。如果让他们的阴谋得逞，我们印刷厂印钞票都来不及，其用心极其险恶。"

她盯着沈东方，希望他能发表意见。沈东方明白她的意思，这是最好的表现机会，她能让自己说而没有问白亮，说明她对白亮还是心存芥蒂。沈东方极力地想展现自己，他说："诗雨同志分析得正确，我完全同意她的意见，除了大面积倾销非必需品吸纳边币以外，敌人还会继续加大黑市交易，多渠道把边币控制住。"陈诗雨说："如果我没有猜错的话，吴昊应该就是在绥延地区实施这个计划的负责人，所以，我们要抓的那个"老汉"很有可能就是他，他一定会再次出现。"

常有福果断地说："他们有货物过来，吴昊不会离开很远，立即跟踪吴昊！陈诗雨同志，由你负责，沈东方和白亮同志配合执行，你们务必尽快查出运到绥延的那批货物的隐藏地点。"

陈诗雨、沈东方和白亮三人同时回答："是！"

"兔子"又现身了！

一条幽深的巷子里，依旧包裹得很严实的吴昊行走在人烟稀少的小巷里。陈诗雨他们三人远远地跟在后边。吴昊感觉后面有人,他猛地一转身,停了下来,三人急忙躲到旁边的隐蔽处,吴昊没有发现他们。

吴昊上了山坡,他们快速地跟上,等追到坡下沟底,只看见吴昊远远的背影。

沈东方有点纳闷,他对陈诗雨说:"我们跟踪他几天了,怎么一点动静都没有?我怀疑到底有没有那批货。"

陈诗雨说:"消息不会有错,可能是我们的跟踪被吴昊觉察到了,他故意诱导我们兜圈子。"

白亮提议说:"我认为,我们同时跟踪目标太大,容易惊动他,咱们三人应该分开来,每人一个时间段。"

沈东方怀疑地望着他:"分开跟踪?你是不是有另外的想法?"

白亮很生气:"不许你侮辱我!组织已经给我下了结论,我们是同志,可信任的同志!"沈东鼻子里哼了一声:"我知道你是'同、志'"。

陈诗雨实在看不过去了,她批评沈东方说:"东方,你这样就不对了,不要随便的怀疑,我们应把精力放在办案上。我觉得白亮同志的意见有道理。"

白亮听到陈诗雨称沈东方为"东方",把他称为"白亮同志",他感到很失落。才几天时间,他们就变得这么亲近。我已经得到组织的认可,怎么还这样对我?他一把将自己的帽子扯下来,使劲地攥在手中。陈诗雨故意装作没有看见,她说:"从现在开始,咱们分头行动,每次一个人跟踪,这样目标小不容易被发现。"

兔子一旦出窝,就慌张地乱跑乱撞,这是套兔的最好机会。

吴昊这只大兔子已经出来了,其他的兔子也藏不住,会纷纷出现。常有福想到自己小时候套兔子的情景,他要再来一次,牢牢地套住这只狡猾的"兔子",这次要是成功,一定会得到上级的嘉奖。

第 12 章
杨家沟枪声

一夜冷风,黄土高原上的土像被刮走一层,整个土坡看上去似乎矮了一截。大风刮过的天空,显得瓦蓝瓦蓝的,连鸟儿也不知道被刮到什么地方去了。瑟瑟发抖的太阳,尽情地把大把大把的阳光挥洒下来,想证明它的抗争与温暖。

陕北高原从来就是这样,越是阳光照射得明媚,就越显得天气的寒冷。天空,像一个巨大的蓝色冰块,将太阳牢牢地冻在里面。偶尔在太阳周围,折射出七彩的光线。陈诗雨把脖子上那条灰色的围巾下意识地往上拉了拉,想尽量挡住一点严寒。前面是一个大土坡,她远远地盯着包裹严实的吴昊,看着他稍显肥胖的身影走上了那道坡。就在他即将下到坡底时,却猛地停了下来,毫不犹豫地又掉头朝坡上走来,而且走得很快。

陈诗雨一惊,难道吴昊发现了自己,仓促间她反应迅速,一个顺势平躺在地上。好在距离较远,加上她动作很快,对方并没有发现她。吴昊沿坡往上走了几步,狡猾地四下看了看,这才放心,又回头朝坡下走去。陈诗雨想，这家伙不愧为老手，如果自己稍微慢一点就被发现了，一般人不会像他这样，正在好好地朝前走，却猛然回头朝后走，稍不注意就会被发现。幸亏自己在他回头的瞬间躺在地上，她起身紧走几步继续跟踪上去。

下了坡，便是几条沟壑纵横交错、地形复杂的沟道口。这几条沟统一叫杨家沟，沟口就像大城市的十字路口，呈放射状向不同的方向分开，如果没有在黄土高原生活多年的经验，看每条沟都是一样的，无任何区别。吴昊站在沟口，他朝几道沟里分别看了看，沿着其中一条走了进去。

陈诗雨来到沟口，她不知道吴昊进了哪一条沟，只能先选择其中一条沟进入。到底是哪条沟呢？

她仔细地寻找着标记，希望能够准确判断出来。突然，她发现地上有两块石头叠放在一起，这种现象在黄土高原上很普遍，表面上看起来好像是有人故意垒起来的，其实，有时候走路的人不小心踢到一个石块，也会发生这样的情况，一般人不注意根本发现不了。但眼前的这两块，分明是有人故意摆放的，且做得很自然。凭着她对吴昊的了解，绝对不会是这条沟，吴昊是国民党特工出身，这种低劣的方式只能是迷惑对方的。肯定不是这条沟。

她从原路退了出来，沿另外一个沟口继续寻找，这条沟口堆放着几根干树枝，也明显是人为做的记号。难道是这条沟？她朝前走着，发现地上有许多人的脚印和车辙。不对，特务们偷运物资肯定不会这么大意，专门留下痕迹，有可能是通过这条沟绕到另外一条沟的，如果顺着走下去，恐怕天黑都找不到。

陈诗雨只好回到原来的地方，在沟道口停了下来。这两道沟都有明显的标志，敌人是大意了，还是故意制造的假象？几条沟口除了方向不一致，每条沟大小、形状都很像，根本分辨不出来。她在几条沟口蹲下来认真地查看，猛地她的眼前一亮，就是这条道，地上有一堆毛驴粪便。肯定是这条，如果是其他人可能会把粪便掩盖起来，但像吴昊这样的人，一定是故意留下的，最笨拙的思维往往是特工最高的智慧。

杨家沟养毛驴的人很多，在陕北的牲口交易市场，如果说是杨家沟的毛驴，一定会卖个好价钱。杨家沟的毛驴体质结实，骨骼和肌肉发达，体型呈现方形，结构匀称，给人一种健壮的印象。皮毛光亮，精神饱满，脖子较长而宽厚，背部和腰部平直，关节强大有力。特别是它们的排泄物，粪便硬度适中，外表光滑湿润，这是和其他地方毛驴最大的区别。陈诗雨对陕北的毛驴做过专门研究，请教过许多养毛驴的陕北老人。她在沟口另外做了自己的记号，便沿着这条沟道快步追了进去。

狡猾的吴昊似乎发现有人在跟踪自己，他故意从这道沟又绕到另外一条沟，滑得像条泥鳅。这是他下的一盘大棋，他为了党国、为了自己的信仰不惜牺牲一切，他希望行动队的人能够发现，但又不希望立即发现，一旦共产党的人找到这些物资，自己的计划就成功了一半。但他也知道共产党不是那么容易上钩的，特别是陈诗雨，她的精明让他佩服，他要抓住和利用陈诗雨的这一点，亲自出面来诱惑陈诗雨,让她按照自己设计的圈套往进钻,哪怕把自己陷进去,也要为实施计划铺好路。这段时间,吴昊策划的搞乱行动组的几件大事,受到了上级的嘉奖。只有让行动组的人互相猜疑,自相残杀,"兔子计划"才能顺利实施。

走到沟的中间,在他面前呈现出几孔表面看起来很破旧的窑洞,他看四周没有人,闪身进了其中一个窑洞。

陈诗雨一路跟上来,她清楚地知道,这批物资一旦分发到边区各地,将会对边区经济再次产生巨大的影响。国民党高层机关算尽,用那些非急需用的肥皂、火柴、香烟等物品吸纳百姓手上的法币,又将边区的土布、棉花、粮油等紧缺物资通过黑心商人收购外运,这对于边区原本物资奇缺的生活无疑是雪上加霜,他们的目的就是要冻死、饿死、困死八路军。

想到这里,她不由得一阵刺心的寒冷。时令已经进入深秋,她和战士们还都穿着单衣,平时吃饭都是按量分配,自己身上除了这条围巾,几乎没有什么可以御寒的。当年在上海,白亮送她这条围巾时,她感到非常的温暖。白亮把围巾系在她脖子上的那一瞬间,一股暖流涌遍全身,她觉得自己是世界上最幸福的女孩。可是,那么好的一个人怎么就会变了呢?他不应该向组织隐瞒曾经发生的事,虽然组织已经澄清事实,他也立了功,但陈诗雨心里就是过不了这道坎。

他们的相知是从上海开始的,现在,在这陕北高原上,每当夜幕降临,心疼就开始陪伴着她,那种伤痛难以言表,白亮在国民党汉中特训班的那段不光彩的历史,经常让她痛彻心扉,他们的感情再也回不到从前了。陈诗雨从思绪中回过神,她用手摸着脖子上的围巾,感觉眼睛一片潮湿。

她顺着另外一条较窄小的沟道进去,发现了远处的几孔破窑洞。货物很有可能就藏在这里,她马上提起了精神,准备悄悄地摸过去。

突然,她发现不远处的一棵小树上拴着一头毛驴,从外形来看,皮毛、骨骼、脖子、关节等,是典型的杨家沟毛驴。她一下子想起了什么,急忙躲到一个土坡后面,她看半天没有动静,才一步步靠近那边的窑洞。这时,那头毛驴突然一声长鸣,接着,打了三个长长的响鼻,声音在沟底里回荡,陈诗雨赶忙又躲了起来。她从一个土堆后面望着那头毛驴,奇怪,怎么又碰到了它?

陈诗雨的脑海里立即浮现出一幅幅画面。在南瓜店老板家的后门,当她追那个戴着帽子、裹着脸的神秘人时,一头毛驴在柴垛堆里啃着干草,一个老头悠闲地靠在墙边晒太阳;当发现接货人被害,她和常有福来到窑洞上面的烟筒通气孔查看时,窑背上一眼望去没有一个人影,远处却有一头毛驴在静静地吃草;在边区银行院子里,常有福在给特别行动队人员训话时,陈诗雨环顾四周,她发现银行窑洞上面,湛蓝的天空下,一头毛驴在吃草。对,就是这头毛驴!它鼻梁上有一缕白色的鬃毛格外显眼。

陈诗雨立刻警觉起来。这畜牲的"一长三短"声音,可能是给它的主人报信，有陌生人来了。没错！就是这里，东西一定藏在窑洞里！她拔出手枪上了膛，双手握着枪，慢慢地朝窑洞方向靠近。当她快要靠近窑洞门口的时候，里面传来了一个男人的声音："既然来了，就请进来吧！"

陈诗雨小心翼翼地持枪走了进去。里面的身材肥胖的男人丝毫没有感到诧异，背对着她身子都没有转过来："陈诗雨，陈组长，我佩服你的智慧和胆量！"陈诗雨一惊，他认识我？这个人一定是吴昊，她决定先发制人，厉声道："吴昊，举起手来！"

吴昊这才不紧不慢地转过头来，他依旧戴着帽子，围着一条大围巾，只露出两只细小的眼睛，根本看不清他的真面目。那两只眼睛里放射出逼人的凶光："我的毛驴已经给我报信了，它早把你认出来了。"

毛驴？难怪陈诗雨多次见到这头畜牲，原来它确实是特务们用来打掩护的。

陈诗雨怒视着吴昊，说："你作恶多端，还不快举手投降！"吴昊一听，哈哈大笑："看来你都调查清楚了，我老实告诉你吧，王掌柜、张所长他们都是我的人杀的，你们用边币干扰党国的经济，这是国民政府绝对不能容忍的，必须坚决阻止！在边区，所有的一切都是我干的。怎么样？在你们的地盘上，这场仗也就是你们说的货币战，目前看来是我们赢了，边币对法边现在都九比一了。你明白这个兑换比例的意义吗？我是党国的大功臣！"

吴昊越说越来劲，他底气十足地比画着："怎么着，还不服气吗？不服气就拿出真本事。我承认你们共产党打仗有两把刷子，可没有钱你们拿什么打，靠喝西北风去打？"

陈诗雨鄙视地看着他，严厉地说："呸！你们搞这些小动作，叫真本事？全民族都在打鬼子，你们却在背后掐我们的脖子，拖我们的后腿，你们还是中国人吗？你死到临头，就等着接受人民的审判吧！"

吴昊冷笑着："我死到临头？哈哈哈，死到临头的应该是你。"他指着陈诗雨，向旁边递了一个眼色，说："老汉。"一个男人不知道从什么地方冒了出来，冰凉的枪口顶住了陈诗雨的头，另一只手一把将她的枪夺过去，并退了枪膛："你给老子老实点！"

吴昊得意地抬起头，自信地说："陈诗雨，我告诉你，最后的胜利是属于我们的，你们的边币现在已经变成了一堆废纸，接下来，马上就会彻底的消失，永远地成为历史。"他朝前走了几步，"不过，也许可以作为收藏品，说不定若干年以后，还能当作古董值点钱。"

他说着又转回身，背后的手向"老汉"一甩："干掉她！"

等了半天，怎么没听到枪响。他回身一看，却发现白亮用枪抵着"老汉"的脑袋。"老汉"紧张地说："白亮，别、别开玩笑，都是自己人，小心走火。"白亮毫不理会，命令道："'老汉'，把枪放下！"

吴昊立刻变了脸色："白亮，你疯了？忘了是谁保你出来的？忘了你是谁？"白亮严肃地说："少废话！我一直就没有想成为你们的人。"吴昊也掏出了枪："白亮！你敢背叛党国？共产党能真的相信你吗，别做梦了。"

他说着又转回身,背后的手向"老汉"一甩:"干掉她!"

等了半天,怎么没听到枪响。他回身一看,却发现白亮用枪抵着"老汉"的脑袋。

"我从来就不存在背叛，我一直就是中国共产党员！"

"你……你原来是潜伏进'汉训班'的共党卧底？"吴昊这时才猛然醒悟，他失望地说："唉，我吴昊搞了半辈子特工，培养了那么多党国的谍报精英，没想到，却被你白亮一个无名之辈蒙蔽了，也罢，你现在回头还来得及。"

陈诗雨大声地说："白亮，别听他的，快开枪。"

就在这时，外面突然间枪声大作。

吴昊吃惊地："这……这是怎么回事？""老汉"也顾不上那么多了，他猛地把白亮一推："头儿，他们打过来了。咱们快跑吧！"吴昊撒腿就往窑洞外冲。陈诗雨想上去抓住他，却被老汉死命地抱住。

这时，窑洞门外出现一支黑洞洞的枪口，直接对准了白亮，随着一声枪响，白亮倒在地上，他挣扎着一枪打死了"老汉"。陈诗雨追出窑洞，却没有看到开枪的人。

窑洞外，常有福带着行动队的战士正在和特务们激战。陈诗雨跑回窑洞门口，抱起白亮痛心地叫道："白亮！白亮！你不能死呀！"白亮躺在她怀里，艰难地抬起手，想摸她的脸："诗雨，我、我……"

陈诗雨明白了他的意思，她把白亮的手拉到自己脸上，含着泪水说："白亮，你别说了，我相信你，我永远都相信你没有叛变。"白亮的脸上露出欣慰的微笑，他想说什么却说不出来。陈诗雨把耳朵贴近他的嘴，白亮费了很大的劲还是说不出话。陈诗雨抓住他的手,他吃力地在陈诗雨的手心轻轻地点了三下,就慢慢地闭上了眼睛。

陈诗雨想起他们从小一起玩耍,白亮像哥哥一样呵护自己,他们一起上学,又一起参加抗日运动,为了保家卫国又一起瞒着家里奔赴延安,他为救自己几次差点丧命,还被国民党抓去汉中特训班,好不容易历尽艰险才抵达延安,他们再次走到一起,却因为隐瞒那段经历而受了处分,遭到大家的冷落,特别是白亮把自己当最心爱的人,自己却怀疑他。陈诗雨非常难过,她紧紧地抱着白亮,失声大哭:"白亮!白亮——"

杨家沟里,枪声渐渐地稀落下来。吴昊带着几个手下一边还击一边朝沟的另外一个出口撤退,常有福带领行动队的战士紧追不舍。就在吴昊等人快要逃出去的时候,一抬头发现沟口站着一排八路军,原来常有福早有安排,在几个出口分别布下埋伏。

特务们绝望地向八路军战士射击,换来的是暴雨一样的子弹,几个特务被击毙,最后只剩下吴昊一个。

常有福举枪对准他:"吴昊,吴团长,束手就擒吧!"

吴昊冷笑着说:"常队长,你未免高兴得太早了!告诉你,吴某的任务已经完成,今天这点物资都送给你了,做个人情吧,哈哈哈!再见!"突然举枪朝自己的脑袋扣动了扳机,倒了下去。常有福等人上前一看,吴昊已经断气。

几个窑洞门上的柴草被揭掉,窑门被打开,露出里面的货物,这些全部是特务们运进来还没有来得及分发下去的物资。常有福、沈东方和几个战士一起来到另一孔窑洞,看到白亮已经牺牲,常有福难过地说:"诗雨,我们来晚了。"陈诗雨伤心地抹着眼泪。常有福安慰道:"白亮是个好同志,你放心,组织上一定会给他客观公正的评价。"沈东方过去扶陈诗雨起来。

沟底,白亮和几名牺牲的战士躺在地上。大家站成一排,集体向战友敬礼告别。

陈诗雨慢慢地抬起头,她极目望向远方。她要用心的声音告诉白亮,他们永远都在一起;她要用心把白亮的灵魂翻山越岭送回他的家乡上海,让他魂归故里;她要用心告诉白亮的父母,你们的儿子回来了,你们的儿子是优秀的中国共产党员,你们应该为有这样的儿子而骄傲!

一层层的黄土高坡。陈诗雨的耳边,似乎隐隐约约听到信天游的歌声,声音不知道飘自哪道沟,又好像从天边传来。她知道,那一定是白亮通过这种方式,在回答她的心声。白亮,我听到你的回答了,你安心地走吧!

羊啦肚子手巾呦三道道个蓝

咱们见个面面容易哎呀拉话话难

一个在那山上呦一个在那沟

咱们见不上那面面那就招呀招那手

要不见个村村呦要不见个人

我泪格蛋蛋抛在哎呀沙蒿蒿林

　　一个在那山上呦一个在那沟

　　咱们见不上那面面那就招呀招那手

　　要不见个村村呦要不见个人

　　我泪格蛋蛋抛在哎呀沙蒿蒿林

　　我泪格蛋蛋抛在哎呀沙蒿蒿林

　　陈诗雨目光呆滞,她轻声地跟着反复哼唱起来:"我泪格蛋蛋抛在哎呀沙蒿蒿林,我泪格蛋蛋抛在哎呀沙蒿蒿林,我泪格蛋蛋抛在哎呀沙蒿蒿林……"

　　常有福声音低沉地对陈诗雨说:"白亮担心你有危险,不放心你一个人去跟踪,当发现你去了杨家沟方向,就立即向我报告,他根据掌握的情况,怀疑特务的货物就藏在杨家沟一带,请求行动队支援,他自己一个人先过来保护你。幸亏报告得及时,我们才赶了过来。"

　　陈诗雨自言自语地:"他确实是我们的同志,一直都是!"

　　常有福十分肯定地点点头:"一直都是!"

　　太阳已经翻过了一道山梁,把一大把的玫瑰色毫不吝啬地涂抹在天上一条宽阔的云上,就像悬挂在空中彩色的河流。沟道里却变成了黑魆魆的阴凉地,沟道与天上那条玫瑰色的河流一一对应。天上一条河,地上一道沟,从此,沟仰望着河,河在天上涂成一道沟。

常有福指挥着大家将窑洞里缴获的货物搬出来,准备全部运走。

一位战士过来向他报告:"报告常队长,这次行动大获全胜,共歼灭敌特十三人,缴获全部物资。"常有福看了一眼正在搬运的货物,指着已经堆放在一起的东西说:"大家加快速度,天黑以前把所有货物全部拉回去。"他停顿了一下,皱着眉头叹了口气,"可惜只是便宜了那只'旱獭'。"

旁边,沈东方安慰着陈诗雨:"诗雨,你听到了吗,我们胜利了,特务'老汉'、特务头目'旱獭'终于得到了应有的惩罚。"陈诗雨擦了擦眼泪,握住沈东方的手:"谢谢战友们,白亮终于可以安心地走了。"

沈东方看她从悲伤中逐渐缓过来,心情也好了许多:"诗雨,特务都肃清了,我们可以开始新的生活,再也不用担心他们扰乱边区金融的事了。"陈诗雨看了他一眼没有说话,她一个人朝沟口方向走去,沈东方急忙跟上去。

陈诗雨叹了口气,边走边说:"国民党反动派是不会就这样轻易放弃的,抓捕萧剑尘时几次消息泄漏,至今没有找到原因。在边区的一些地方特别是国共交界区,有的还在拒绝使用边币,边币和法币的汇率也是时高时低。这一切说明我们的任务还很艰巨。"沈东方听她说得不无道理,心里愈发钦佩她的聪明和干练,发自内心地对她更加爱慕。

两人慢慢地走出沟口,层层叠叠的黄土沟壑展现在面前。

来延安这么多年，这种地貌他们已经习以为常，虽然每天面对黄土高坡，但他们的心情和边区的军民一样，始终充满火热的激情。三年前，沈东方第一次认识陈诗雨、白亮时的情景至今难忘，那时，他们是一对抗日热血青年，白亮的热情单纯、陈诗雨的纯洁天真，都是那么的让人羡慕，是沈东方给他们指明了一条革命的道路，并引荐他们奔赴延安。短短的几年时间，一个走了弯路差点背叛革命，一个成长为勇敢干练的革命战士，岁月真的不可回头呀！

沈东方想到这里，扭头仔细地端详着陈诗雨，陈诗雨发现他看自己，脸上一片绯红："我有什么好看的？"沈东方突然感到自己失态，语无伦次地："我、我就是觉得你好看。"

经过这段时间的接触，沈东方打心眼里越发喜欢陈诗雨，当年那个有点害羞的小姑娘，竟然变得如此有胆识。革命真是一个大熔炉，这样的转变也只有在延安、在陕北才会发生。白亮的牺牲，沈东方心里也不是滋味，毕竟他们是一起出生入死的战友。虽然在白亮被审查的时候，自己做过一些对不起白亮的事，但在自己心里还是很佩服白亮的，他是边区出色的侦察员，是从一名青涩的少年成长起来的坚强战士，革命的队伍里需要这样的人，他死得太可惜了。沈东方暗暗在心里发誓，白亮，你放心走吧，我一定会保护好诗雨的。

走出沟口，太阳又出现了，刺眼的阳光从天上射下来，他们一起走上高坡，站在坡顶上，像陕北当地老乡那样，用手遮在额头处"瞭天"。湛蓝的天空下，一对人儿在黄色的土坡上显得格外亮眼。

第 13 章
针锋相对

杨家沟围歼战取得巨大胜利，特务头子吴昊畏罪自杀，联络人"老汉"被击毙，然而，这些战果并没有让特别行动组感到轻松，相反，大家都觉得案情更加扑朔迷离。

明明得到的情报说，有一批假币藏匿其中，但从实际收缴到的东西看，只是非必需物资，假币去了哪里？难道是情报有误？

在案情分析会上，沈东方坚持认为，这次根本就不存在国民党印制的假边币，敌人故意虚张声势，他们主要是把大量的非必需品倾销到边区，借此吸纳边币，使得刚刚发行的边币在市场上出现紧缺，即使我们不停地印刷货币也来不及补缺，这样就给法币的继续流通创造了条件，也就是"抽血"。假如国民党这一招失败了，他们就会采取第二招"放血"，也就是真正的"兔子计划"，放出所有的"兔子"，开始大范围地私下用法币兑换边币，再把边币以更低的购买力给老百姓换回去，使边币贬值，这样，就可以彻底击垮边区新建立起来的货币信用。

他的分析有一定道理，常有福也同意他的说法。敌人这次根本没有运送假边币，是我们太过紧张，错误地以为敌人重点是输入假边币。陈诗雨站起来，说出她的看法："从目前情况来看，敌人确实大量向我边区输入非必需品，但货币的黑市兑换也一直没有停止。查得紧了，他们就停下来，一放松，黑市又开始猖獗起来。"沈东方打断她的话，有点按捺不住地说："所以我说，我们已经取得了决定性的胜利，连续堵住了非必需品的输入，挖出了特务头目吴昊，接下来，只要严格管控黑市货币兑换，就能保证新生的边币市场健康发展。"

陈诗雨放下手中的铅笔，说："我不完全同意东方同志的意见。东方同志的分析从大的方面来看是对的，但是，有一点我们不能忽视，假币！根据情报，国民党在配合输入非必需品、黑市兑换货币等手段的同时，已经把重点放在输入假币上，通过假币来扰乱经济，敌人'兔子计划'的主要内容应该就是输入假币，而且是其中最核心的部分。大家不要忘了，上次王掌柜的案件，就已经出现了边币假钞。王掌柜案件可能只是一次试探。"

听了陈诗雨的分析，大家议论纷纷。沈东方再次站起来阐述自己的观点："我还是坚持我的看法，在假币问题上，我们仅发现了一次，而且粗制滥造，老百姓一眼就可以辨认出来，这极有可能是敌人在麻痹我们，分散我们的注意力，他们不可能大批量地制造出边币。敌人的重点应该还是在边币与法币的兑换上，目前黑市上这种巨大的差额，让不法商人趋之若鹜。"

"我们能造出来,敌人为什么就不能?"常有福忍不住问。

沈东方清了清嗓子,郑重其事地说:"常组长问得好,问题就在这里。大家想一下,一九三七年十月,我们陕甘宁边区银行在延安成立,半年后,边区银行以光华商店的名义开始发行'光华商店代价券',也就是老百姓说的'光华券'。当然,我们都知道,光华券里'七角五分'的面值券,现在看来,这种面额的钞票在世界货币史上也是绝无仅有的。'皖南事变'后,也就是从半年多前开始,边区银行正式发行边区货币,仅印钞这一项任务,对我们来说就非常不容易。"

沈东方声音变得低沉了一些,他显然在回忆着。"同志们,大家可能不知道,我们自己印制钞票的印刷厂是多么的艰难。那年,我奉命把一台铅印号码机从敌占区秘密运送到延安,沿途历尽艰险。秘密交通线的地下工作者为护送我们,不知牺牲了多少人,与我同行的十多位同志全部牺牲了,就剩下我一个。等到延安一看,印刷厂设在一个叫'孤魂沟'的山坡上,这哪里是什么印刷厂,只有职工自己打的六孔土窑洞,既是厂房又是宿舍。在如此艰苦的条件下,印刷厂职工没日没夜地工作。如果只是大家辛苦还说得过去,但我们连起码的印钞纸都没有,逼得我们自己用马兰草发明制造'马兰纸'。大家试想一下,我们的马兰纸、我们这种条件下的造币方法,还有我们的加密系统,敌人模仿得了吗?"

常有福也有点激动:"东方同志确实付出很大,还有那些牺牲的同志,他们为我们边区的金融事业发展做出了很大贡献。目前,敌人使出了各种手段，对我边区新建立的信用体系进行破坏，让我们防不胜防，一切手法皆有可能。刚才诗雨同志也提到了，我们在追查黑市货币兑换的同时，一定不能放松警惕，我们能造出来的，敌人迟早也会造出来，只是时间问题，这一点，绝不可掉以轻心！"

他的话让沈东方多少有点不高兴，沈东方继续讲他的观点："我们的印钞技术不是先进，而是落后，落后得让敌人无法复制！"他说这句话的时候，露出一副无以言表的样子。"当然，我们的防伪技术也是非常保密的，设有多种防伪手段。在这种情况下，敌人不会大批造假，起码目前绝对不会。"

常有福看他很坚持自己的意见，也不好再继续争辩下去，只好看着他说："你的意见有一定的道理，但是，我们依旧不能放松对市场的监督，在严查黑市边币、法币交易的同时，一旦发现有假币的踪影，就立即铲除这颗毒瘤，绝不允许一张假币在边区的地界出现，这是我们的底线，也是上级对我们特别行动组下达的政治任务！"

他停顿了一下，问道："其他同志还有什么意见？"陈诗雨说："我再强调一点，我坚持我的意见，杨家沟战斗还没有结束，收缴的物资只是部分，特务们有可能把假币藏在另外的地方，我相信上级的情报不会有错！"

陈诗雨不明白，沈东方这是怎么了？上级的情报很明确，敌人的做法也显露出来，其目的只有一个，就是输入假边币。这次虽然没有发现假币,不等于敌人放弃了假币输入,他在会上坚持说不会有假币,到底是为什么?常有福也迎合他的说法,说暂时没假币,以后有可能会有。他们一唱一和,配合得那么自然,无非是让大家放松警惕。陈诗雨不敢往下想。

这天中午,天空格外得蓝,太阳照在人身上暖洋洋的。刘小婉穿了一件陕北姑娘常穿的红色碎花棉袄,一根粗壮的大辫子,从左肩上垂下来,自然地落在胸前,扎辫子的那根红色的毛线头绳,在她乌黑的头发梢上很是显眼。陕北的女娃娃都是白脸子、细腰身,穿窄窄的小袄,蓄长长的辫子,笑起来甜甜的。刘小婉的身材不比陕北女娃娃差,她这身打扮,看上去完全是一个陕北小姑娘。

自从经历了那些事情后,她好像长大了许多,而且也完全从惊吓中走了出来,又恢复了以前开朗乐观的性格,似乎那一切不是发生在自己身上,和她没有一点关系。

刘小婉想到了陈诗雨。这些日子以来,陈诗雨像大姐姐般细心关怀和开导她,不仅帮她走出阴影,还让她明白了许多革命道理。她一有空就去找陈诗雨。在大家眼里,她们两人好得如同亲姐妹,几乎整天形影不离。

当刘小婉出现在陈诗雨面前时,陈诗雨很惊奇,眼前的刘小婉俨然一个陕北姑娘,和她平时的风格一点也不一样。

以前的刘小婉看上去总是有一种江南小妹妹的感觉,清新、婉约,即使天气很冷,她也喜欢穿裙子,搭配白色的厚袜,像一只蝴蝶一样飞来飞去。可今天,她完全变了,成了一个地地道道的陕北人。陈诗雨用陕北话开玩笑地说:"瞧,这谁家的女娃娃呀,咋长得这么俏!"

刘小婉故意装出陕北姑娘的样子,略带着一点害羞的样子,她摸着胸前的大辫子,没有说话,清了清嗓子开口唱了起来:

青线线那个蓝线线,

蓝格盈盈的彩。

陈诗雨看她认真的样子,微微笑了一下,就和她一起唱起来:

生下一个兰花花,

实实的爱死人……

她们的声音顺着山梁传了出去,飘荡在空中。远处,从山峁的后面,传来不知道谁家后生回应的声音:

五谷里那个田苗子,

数上高粱高,

一十三省的女儿呦,

就数那个兰花花好。

一听远处竟然有人应和,俩人一下子来了精神,他们拉起手,对着声音传来的方向,一起放声唱起来:

> 正月里那个那个说媒,
> 二月里订,
> 三月里交大钱,
> 四月里迎。

山那边的人又接着唱起来了,两人高兴地笑成一团。这种神秘的"天外"回音,虽然见不到人,却能感受到唱歌后生声音里的痴情。这是陕北特有的习俗,在无垠的大自然中,经常会有信天游的歌声突然飞出来。

对方唱完,她们接着唱:

> 我见到我的情哥哥有说不完的话,
> 咱们俩死活呦长在一搭。

两人面对面重复着唱最后一句,唱着唱着,她们的笑声却变成了哭声。刘小婉很激动,她庆幸自己遇到这样一位好姐姐,其实,来到延安后,她每天都觉得很幸福,这里的生活就是她一直向往的。为了把日本鬼子赶出中国,她认为自己当初的选择是对的,她流下的是幸福的热泪。

泪水模糊了陈诗雨的双眼，对面和她拉着手的刘小婉，突然间好像变成了白亮。在学校两人就想一起去延安，好不容易有机会来到延安，他却为了救自己而受尽委屈和磨难，等他们终于又一次相逢，白亮却永远地离开了他，老天好像故意和他们开玩笑，注定不让他们在一起。陈诗雨很伤感，她知道从此，这个世界再也没有白亮，这一生只能在梦里相见了。

陈诗雨突然感觉她拉着手的，又好像成了黄丽丽，她日夜思念的好妹妹，你在那边还好吗，你知道我有多想你呀。咱们三个人现在只剩下我一个了，你们好狠心啊！黄丽丽、白亮，希望你们在那边无忧无虑，每天都开开心心。

她眼前又变幻出顾青的模样，黄丽丽和顾青，两个人的神态来回变化，她不由得喊出了声："黄丽丽！"

刘小婉吓了一跳："陈姐，你，你没事吧？"

"我，我没事，刚才我突然有点晕。"陈诗雨回到现实中来。

刘小婉拿出手绢，为她擦去额头的汗珠："陈姐，我陪你去山上转转吧。"

她们来到一处高坡上，静静地坐着，阳光洒遍她们全身。她们两没有说话，一边感受着这大自然的赐予，一边互相倾听对方心跳的声音。

展现在她们眼前的，是一片黄色的"大海"，一望无际的沟沟壑壑，由近到远，从大到小，一层又一层，一圈又一圈，就像谁家捣蛋的顽童，在黄色的水面上打出的水漂。黄色泛滥成灾，向四面肆无忌惮地流去。天上，没有一缕云，那满天的深蓝，蓝得仿佛要倾泻下来，世界都被漂染蓝了。太阳奇怪地歪着脑袋看着她们，在这黄色的土地上，出现穿灰色、红色衣服的两个人，把大地点缀得顿时有了生机。极目远眺，黄色一直延伸到天际，和蓝色最终连到一起，在起伏蜿蜒的天尽头，形成一条"五线谱"，演奏着无声的交响曲！

刘小婉尽量让自己心情放松，她时刻不忘自己的职责和使命，在陕甘宁边区银行绥延分行里，她只是一名普通的员工，可在她心里，自己永远是一名忠诚的中国共产党员。她曾多次报名去战场上打鬼子，组织上给她做工作，经济工作有时比上战场更重要，她现在也终于明白了这一点。

特别行动组又接连破获几起投放非必需品输入案，挫败了国民党企图通过特殊物资大量吸收边币的阴谋。与此同时，陕甘宁边区政府严控金融市场，连续下发了"快邮代电""万万火急密电"，限制法币流通。在一系列打击措施下，货币市场逐渐得以正常运行。

这天，边区银行绥延分行门口，敲锣打鼓，人声鼎沸，百姓和银行员工们兴高采烈，人们载歌载舞地扭起了秧歌，庆祝初战告捷。

跟着秧歌队"伞头"的节奏，刘小婉活跃地走在秧歌队伍中间，她看见常有福、陈诗雨等人过来，就急忙跑出来，拉着他们加入队伍中。陈诗雨接过跳舞的扇子，和大家一起扭起来。常有福不愿意过去，被刘小婉连推带拉，带进了队伍，他扭秧歌的姿势像正步走一样，逗得大家哈哈大笑。

刘小婉手把手认真地给他教起来，她一边示范一边讲解："常组长，扭秧歌主要在'扭'，跟上节奏，腰胯自然协调地扭动起来，像我这样，开始，走，对，边扭边动，很自然地转跳。注意脚下的十字步，一、二、三、四……"常有福顾了脚下，就顾不了上面，顾了上面，又顾不了下面，动作很不协调，他紧张地头上直冒汗，边跳嘴里还嘀咕着："把他家的，这扭秧歌看着简单，怎么跳起来这么难呢！"陈诗雨正好转了过来，故意逗他说："常组长，还要注意表情。"常有福咧嘴一笑。脸上的表情更难看，周围的人都被他惹笑了。

陕北秧歌，是陕北独特的地域风情，民谣里说"上至九十九，下至刚会走，会走路就会扭秧歌"。秧歌是一种融歌、舞、戏、乐为一体的民间歌舞艺术，其中的"舞"在表演中占有比较长的时间和相当重要的地位。单行队形由伞头领着，踏着锣鼓的节奏，随意自由地扭动着向前行进，整个扭走的人流犹如长龙，要跟着伞头走出各种图案。陕北秧歌伞头领走的图案包含着复杂玄机和深远意义，通过扭动队伍的流走将天地山川幻化成阴阳变化的各种图形，以祭上苍诸神，祈保风调雨顺，求得人寿年丰。折射出了陕北人民敬先追远的族群心理以及悠久渊源的文化内涵，同时吸纳了中华民族传统文化儒道佛和易经八卦、阴阳五行千百年来在陕北大地上留下的印痕，是陕北人求生存、谋幸福的心里慰藉和精神依托。通过扭秧歌来表达喜悦的心情，确实是最好的方式。

远远地，沈东方跑来，他向常有福和陈诗雨招手，叫他们出来。常有福正在用心地扭动着，他被卷到了人群中间，锣鼓声很大。沈东方双手举成喇叭状喊着："常组长，常组长！"常有福根本就没有听见，急得沈东方想钻进人群里，但这种秧歌阵法，外面人很难进入。它是采用卦象式组合排列的，和谐顺畅，完美统一；阴阳分明，层次清晰；错落有致，繁而不乱。陕北秧歌的场图变化，流传着四句总结：秧歌流走图和径，太极八卦和五行，天圆地方黄河阵，阴阳交汇万象生。沈东方只能在外面眼巴巴地干着急。

好不容易等到一曲结束，沈东方冲上去，一把拉起常有福就急匆匆地往外走。刘小婉不解地问他："有事吗？才刚刚学会走步子。哎，扇子，把扇子给我。"常有福出了人群，一看手上还拿着扇子，又挤进去把扇子还给她。

边区保安处派来一位新同志，接替白亮的工作，担任特别行动组的行动队队长。他叫李拥军，是地道的陕北后生，一米八的个头，说起话来却有些腼腆，还会不好意思地习惯性用手摸后脑勺。常有福一见面就露出很喜欢的神情："李拥军？欢迎你啊，你们看，这后生长得有板有眼的，把他家的，还别说，感觉还有点像我。"他上下端详着眼前这个大个子年轻人，举起拳头赏识地在他肩上就是一拳。

陈诗雨和沈东方听了他这最后一句,再看看李拥军年轻帅气的脸,和常有福那张苦大仇深的脸根本不沾边,都忍俊不禁"扑哧"地笑出声来。

李拥军给特别行动组带来了最新的情况:根据边区在其他地方抓获的特务招供,敌人确实已经将一批伪造的边币输入绥延地区,而且藏得十分隐蔽。为了迷惑特别行动组,吴昊故意亲自出面,把视线引向物资这边,掩护假币偷运进来,假币才是"兔子行动"的重点,假币的隐藏地只有几个人知道。同时,李拥军还带来另外一个重大消息,敌人已正式启动"兔子行动",他们唤醒了一批潜伏特务,在整个边区发动地痞、流氓、土匪和不法商人,在每一个区、每一个村大范围地私下进行边币与法币兑换,目的就是为了让边币大量且快速贬值。他们就像陕北的野兔一样,从许多小洞里冒出来,让共产党无法应对。

行动组再一次遇到严峻的挑战。为阻止国民党特务的"兔子行动",行动组决定针锋相对,采取"以大化小"的方式,分头深入各村采取行动。

在出征会上,常有福给大家做动员讲话:"同志们,我们要针对特务的'兔子计划',实施套兔行动。兔子很狡诈,它们喜欢在有荒草、荆棘掩护的地方留洞口,就是村庄里最隐蔽的地方。兔子不喜欢人多嘈杂,我们就分散行动,抓住一个是一个。要在每个洞口挽好'套口',兔子一旦进了'套口',就一直往前窜想逃跑,我们的套要让它越挣扎越紧。"他的比喻非常形象,一听就知道是个有过真正套兔经验的老手。

他看大家听得入神,讲话底气更足了,挥动手以助力讲话的气势:"当然,大家要注意安全,各小组互相之间隔一定时间要有一次联系,一旦发现情况,可以就近进行增援。要坚决拔掉每个地下货币交易点,把兔子一只一只地揪出来,同时,一定要找出匿藏假币的地方!"

常有福挥起的手故意停顿了一会儿才放下。他对李拥军说:"可以出发了。"

李拥军站到队列前边,大声宣布:"各小组,按照划定的目标,出发!"

夜晚,漆黑的黄土高原,只有黯淡的星光在天上闪烁,偶尔传来一两声夜莺的叫声,更显出夜的宁静。

刘小婉走出窑洞去上厕所,寒冷的夜风刺激得她打了一个寒颤,她急忙缩了回去。行动队的人外出执行任务了,他们住的窑洞都没有人,刘小婉望着夜色,心里竟有一丝的胆怯。她回窑洞里找了一圈,拉起炕上的被子,随意地裹在自己身上,立刻感到暖和了许多。

她就这么裹着被子,沿着熟悉的土坡,朝厕所方向走去。

突然,她发现前面有一个黑影,她以为自己看错了,又揉了揉眼睛,确实有一个人!这么晚了,会是谁呢?她悄悄地跟着黑影,努力地想着她熟悉的人,但由于天黑,轮廓很模糊。不会呀,银行里的员工整天在一起,每个人我都很熟悉,行动组的人大部分也照过面。这个人一定是像我一样怕冷,身上穿着加厚衣服。不对,肯定有问题,如果是男同志,他们小便也不用跑这么远,如果是女同志,那个头应该没这么高,他到底要干什么?

刘小婉住的窑洞,是绥延分行的第二层,下面是银行办公区,上面是行动组驻地。为了搞清情况,她悄悄地跟了上去。黑影下到坡下的一层,绕过银行这边的一排窑洞,直接拐进了后面的一条小沟。那里有两个已经废弃的破旧窑洞,其中一个已坍塌了一半,洞口覆盖着杂草。听说在这个山峁还没有开挖这三层办公窑洞时,那两孔旧窑洞就已经存在,可能是很多年以前有人住过,因为随时都有可能塌下来,所以也没有人去那里,多年的荒草几乎遮蔽了洞口。

黑影走到洞口停下来,向四周张望了一番,见没有什么动静,就慢慢地移开一些杂草,一闪身钻了进去。

刘小婉大吃一惊,她悄悄地蹲在一边,屏住了呼吸,心想,他来这里干什么?那人进去没有停歇,不多久就出来了并将洞口继续覆盖好。她等那人走远了,又过了一会儿,见没有什么动静,她才一步一步地走过去。

窑洞里面更黑,一点都看不清楚。她用手摸着朝里面走,忽然,脚碰到了一个很硬的东西,疼得她差点儿喊出声来。她顺着硬东西往上摸,原来是摞起来的木箱,她使劲推开最上面的箱子盖子,用手一摸,天啊!她感觉好像是一捆捆的钞票。难道是特务运进来的假币？他们真会找地方，竟然就藏在银行的旁边。

事情重大，必须尽快给特别行动组汇报。刘小婉慢慢地退出来，用杂草盖好窑洞口，匆忙跑回住的窑洞。慌乱中，身上披的被子把她头上的蝴蝶结蹭掉在路上，她也没有发现。

整整一个晚上，刘小婉都在煎熬中度过。行动组的人都去各村执行任务了，这个消息应该向谁报告？想了半天，她决定去找陈诗雨，因为只有陈诗雨值得她信任。

天亮了，刘小婉终于拿定主意去找行动组。可是，她又为难了，这次的行动很分散，所有人都分头行动，到底应该去哪个村呢？

第 14 章
高原兰花花

一大早,刘小婉匆忙来到银行,她向股长请了假,说自己身体不舒服。为了不引起过多人的注意,她故意穿了一身旧衣服,化装成一个普通老百姓,便急忙上路了。

绥延在陕甘宁边区是一个较大的地区,人口比较密集,自古就是商贸重地,在明代中期曾达到鼎盛。这里,与国统区交界,加之历史和人为的原因,自然形成了一个相对集中的贸易区域,各种人流混杂。百姓对绥延流传着这样的口头语:"六十六道沟,九十九条梁,一沟套一沟,一梁望一梁,要数沟梁多,绥延路上忙。"陕甘宁边区政府成立后,按照自然村和人口居住情况,这里划分了二十六个村。整个地区山山峁峁,沟沟壑壑,如果进了一条沟,没个一天半天的工夫,是很难走出来的。

怎样才能尽快找到行动组的人?

此刻,刘小婉犯难了。她第一次感到在这黄土高原上,要找一个人有多难,那绝不亚于大海捞针,大海里的针虽然小,如果知道它沉到海底的位置，还能有个方向，可在这布满"皱纹"的高原，即使你能看见要找的人在对面，也不一定能够一下子走到跟前，等你绕过几条沟过去，要找的人可能早不见了踪影。

怎么办？时间非常紧，一旦特务转移了藏假币的地方，一切就都来不及了。

关键时刻，她突然想到一个地方。云雾观！对，干脆去云雾观。云雾观位于云雾山上，去云雾观不是要抽签算卦，而是因为那里山势复杂，山上香火旺盛，各种人等都去那里，货币黑市交易很有可能会出现。行动组大范围出动，不可能没有一点消息泄露出去，那些求财、保财、想发财的人，一定会去庙里求神拜佛，或者乞求不被抓住，或者侥幸能在那个人多的地方，悄悄地交易两笔，通过兑换得到一些好处。也许，在那里能打听到陈诗雨他们的消息。

想到这里，刘小婉对自己的判断有些得意，她要把自己发现的秘密尽快告诉行动组，让敌人的阴谋不能得逞！目标确定了，她也来了精神，快步地朝云雾山的方向走去。

晌午时分，刘小婉路过一个村子，这里是通向云雾山的必经之路。远远看去，村子里的炊烟袅袅升起，她感觉肚子有点饿了，早上走得太急，也没有带干粮，她打算进村去找点吃的。

就在这时，她发现村里走出两个穿八路军服装的人，她惊喜万分，正要喊，却看见几个穿老百姓服装的人迎上去。她想，难道是行动组便衣在抓兑换货币的特务？不对呀，这几个人不像是行动组的,也没有发现周围有其他陌生人,他们为什么那么警惕?还是躲起来看看再说吧。

刘小婉看见村口有一个破草房,上面歪歪扭扭地写着"土地庙"三个字。她没有地方可去,只好急忙藏了进去。草房里面很小,仅可以容纳两三个人跪下磕头,中间用石块垒起一个稍高一点的小台子,上面写着"土地爷"三个字,地面上铺满了干草,显然是有过路的可怜人在这里歇过脚。她立即蜷缩到小台子边,这里正好能藏下一个人,她用地上的干草覆盖在身上。好在她个子小,从外面一点看不出来。

草房外面的几个人走了过来,其中一个人探头进来看了一圈。刘小婉很清楚地听到他们的对话声。

进来的人走出去说:"头儿,里面没有人。"

一个低沉的声音,像是在命令又像在询问:"那个事安排妥了吗?"手下人回答:"按照您的吩咐,已经布好了口袋,等她钻进去。"头儿说:"不能出任何纰漏,给她点教训就可以,记住,不许伤她性命!否则,要你们的狗命!"

又听到他对另外一个手下严厉地说:"你慌慌张张的,有什么事!"

刘小婉觉得这个声音怎么这么耳熟,虽然那人故意变化了声调,但还是觉得这声音好像在哪里听过。

另外一个人似乎拿出一个东西,递给他说:"我们在大洞附近发现了这个。"沉默了有半分钟,那个被称为"头儿"的人,好像突然拿出了枪,听得见上膛的声音。"简直是一群废物,留着你们有什么用!"递东西的人连连求饶:"头儿,饶命吧!我一直守在洞外没有离开,所有东西都在。"头儿停了一下说:"还敢狡辩,明显已经被人发现了!这个蝴蝶结,好像是那丫头的。对,对,我想起来了,是那个叫刘小婉的。"

刘小婉听他们提到自己的名字,这才想起可能是昨天晚上着急,头发上的蝴蝶结掉了。自己怎么这么大意,给特务们留下把柄。

那个为首的阴阴地说:"大洞里的货要尽快转移,灭了那个死丫头!"

"是,头儿。"

听到他们走远了,刘小婉才慢慢地爬出来,她生气地自言自语道:"哼,你们死期到了,还要杀了我,看谁死在前面。"她拍打着身上的柴草,猛然间停了下来,她突然想起一个人来。

天啊,不会吧,那个人是他?

可能是我想多了!不对,那声音应该就是他,他怎么会是……绝对不会,如果是他,那麻烦就大了。平时一点也看不出来,隐藏得够深呀,看来上级的怀疑是有一定道理的。她突然间明白了组织的意图,成立"特别行动组",不仅是要全部清缴假币,也是为了挖出潜藏在我们内部深层的特务,他们不到万不得已是不会跳出来的。时间不敢耽搁了,得马上找到行动组的其他人。

再说昨天,按照行动组的安排,陈诗雨带着两个战士来到任家沟,任家沟在云雾山的脚下,山上就是著名的云雾观。

一到任家沟,他们就开始走访群众,经过耐心细致地做工作,他们从一个铁匠铺了解到,今天有几个外地商人来,私下里兑换法币。三个人提前埋伏在他们事先约好见面的小树林里,只等着"兔子"上套。

约定的时间到了,几个人出现在他们的视野里。陈诗雨这时才发现,这个兑换点,大大超出了她的预计,前后来了几十个群众,根本不是她想象中,私下里只有几个人的小范围交易。她想,一定要保护好群众的安全。她对其他的同志说:"你们到时候看我的眼色行事。"

外地商人一直没有出现,有人等不及要离开,喊道:"各位乡亲,等这么长时间还没有来,我店里门还开着,他们是不是骗我们,今天不来了。"大家七嘴八舌地说:"不来了,我们走!"铁匠铺老板按陈诗雨事先叮嘱,一遍一遍劝大家,"我们已经来了,请再耐心等一等。"

就在大家准备离开的时候,来了几个"外地商人",他们把所有人都集中到一边,让大家排好队。其中一个对大家说:"都不要乱,一个一个来,单个人去那边兑换。"那几个外地商人分工明确,几个人在外围分隔站开,背对着人群警戒着,其中两个人负责维持秩序,另外两个人负责兑换。

群众里第一个人走出来,来到另外一边,和外地商人讨价还价,然后开始数钱。陈诗雨突然站出来,向他们大声命令道:"所有人都别动,都蹲在地上!"那几个外地商人一看被八路军发现了,便立即朝他们开枪,一时间现场大乱,群众也四散奔跑。

陈诗雨他们怕伤及群众,不敢随便开枪,特务们乘机向他们射击,其中一个战士受伤。陈诗雨举起枪一边往前逼近,一边看准一个就开枪,一个、两个、三个敌人倒了下去,另外几个撒腿就跑。陈诗雨也没有多想,她对战士说:"你们留下来保护群众,我去抓住他们。"她一个人沿着山路追了上去。

陈诗雨刚刚离开,刘小婉却正好来到了山下。她看到混乱的场面,帮忙扶起受到惊吓的群众。铁匠铺老板蹲在地上浑身发抖,她上前询问怎么回事。老板告诉她:"陈副组长上山追特务去了。""陈诗雨?你说是陈诗雨?"旁边的战士点点头。刘小婉二话没说,起身就往山上跑去。

云雾观又名云雾庙,位于绥延地界边缘的云雾山上,濒临黄河,蜿蜒跌宕,景色壮观,因庙依山而建故得名。这里云雾缭绕,松柏苍郁,在绿色的树丛中庙宇林立,和周围的整个黄土高原地貌截然不同,仿佛上苍造物专门落下的一笔。

云雾观创建于明万历三十三年,清代多次重修并扩建。数百年来,经过不断扩建修葺,规模越来越宏伟,气势壮观。里面的所有建筑依山势高低起伏而建,殿、亭、阁、楼参差错落,星罗棋布。观内底层建筑为五龙宫,再往上为四道天门,青龙、白虎、朱雀、玄武四神祠分列其上。最上面的真武殿是云雾观的主要建筑,屋宇崇高，辉煌雄伟。殿前有钟鼓楼，钟楼的钟声可以传到很远的地方。

这一带的地形非常特殊，山往往与深沟相连，从山上看沟壑纵横，从沟底看夹缝中起山峦。在山顶上看，一道道梁峁，一条条沟壑相互交错，体现了大自然的巧夺天工。

此时的刘小婉，哪有心情欣赏这山里的景色，她心里只有一个念头："一定要尽快见到陈诗雨！刚才，那个人说钻口袋，什么意思？他们是不是要抓陈诗雨？对，敌人佯装逃跑，是故意设局引她上山，他们要抓陈诗雨，我要尽量抢在他们的前头！"

她朝着山上拼命地往上爬，山路陡峭，狭窄的山路上，上上下下的都是一些上香的信徒，一时之间根本看不到陈诗雨的影子。她是不是从另外一条路上去的？不行，我一定得找到她。刘小婉上一层山坡找一圈，一间一间的殿堂里寻找，她不放过任何一个地方。山上的大小禅房、殿堂很多，没有找几圈她就累得气喘吁吁，实在累得不行了，她就靠在树上稍微休息一会，然后继续寻找。

山上，有许多鬼鬼祟祟的人，有几个人似乎注意到她，用奇怪的眼神看着，她已经来不及顾及这些了，就算是豁出自己的性命，也要找到陈诗雨，把她救出来，绝不能让她出事。

虽然气候寒凉，但她已是满头大汗。刚才在山下还是晴空万里，可一会儿工夫，山上便阴云密布。山里的气候就是这样，据说云雾山名字的来历，就是因为经常云雾笼罩，这更增添了它的神秘感，与周围干旱的黄土高坡相比，形成明显的反差。又爬了一段台

山上，有许多鬼鬼祟祟的人，有几个人似乎注意到她，用奇怪的眼神看着，她已经来不及顾及这些了，就算是豁出自己的性命，也要找到陈诗雨，把她救出来，绝不能让她出事。

阶,天上竟下起了雨,她抬头看了一眼天空,一片乌黑的云朵正好罩在山顶,这是过云雨,下几滴就停了。爬到山的这层房间多了起来,已经能看见山顶上的主殿——真武殿,她隐约听到大殿前传来的钟声。那悠扬的钟声,仿佛在鼓励她再加一把劲。

终于,她登上了山顶。山顶上是一片平地,正中间是金碧辉煌的真武殿,善男信女们在排着长队磕头上香。刘小婉没有贸然进去,她看了一下四周,左右各有两个独立的房间——晨钟殿、暮鼓殿,在下面听到的声音就是从这里传出的。在这两个殿的后面,各有一排佛堂,每个佛堂却都关着门。她有点儿纳闷,这些小佛堂是供香客朝拜的,为什么都关着门?她又仔细查看了一下,发现没有一个道人,全部是上香的百姓。

有问题!怎么会没有一个道人呢?她立即意识到特务们就藏在周围,陈诗雨一定被他们关在某一个佛堂里。

她拿了一炷香,学着其他香客的样子,挨个在那些关着门的小佛堂周围转悠。她发现在"送子观音殿"的门口,有几个人不停地左右张望。她判断陈诗雨可能被他们关在这个殿里。

她装作急着拜佛的样子,趁他们不注意,一下子冲了进去。门开了,她一下傻眼了,里面关的全是云雾观的道人。旁边看押的几个人过来用枪抵住刘小婉,喝道:"想找死啊,滚开!"她故意大喊:"我要拜送子观音,我要拜送子观音,让我进去!"那几个人抬起她,一下子将她扔出去好几米远。疼得她半天才爬起来。

没有在这间屋,到底在哪一间?她举着点燃的香,在每一间门口都做出要冲进去的姿势,看周围有没有反应。当她来到药王殿门前时,旁边有许多人向她靠近,她赶紧离开。心里说:肯定就是这一间,没错!

刘小婉的判断是对的。原来,陈诗雨所在的小组刚到任家沟,就被特务盯上了,她的一举一动都在特务们的掌握之中。那些逃跑的特务,是故意引诱她上山。陈诗雨一路紧跟,一直追到山顶,她想,是不是山上就是特务的老巢,或者那批假币就藏在山上。她看见两个特务溜进了药王殿,就悄悄地跟进去。

刚踏进药王殿的门,她就发现自己上当了。突然从屋顶掉下来一张大网,将她牢牢地罩住,两个特务哈哈大笑:"终于抓了条共党的大鱼,哥们,头儿会不会给奖励?""奖励个屁,你不知道咋回事?把她吊起来。"特务把她吊在了半空中。

陈诗雨在网里动弹不得,枪也掉到了地上。她大声地喊:"狗特务,你们放开我!"一个癞痢头特务用枪指着她说:"你死到临头了,还嘴硬,看我不收拾你!"他猛地抓起旁边的一根棍子,照着网里的陈诗雨就是几下。

旁边一个瘦个子特务一把夺过光头特务手里的棍子:"你不要命了,你知道她是什么人?"

癞痢头特务立刻清醒了,说:"你不说我倒忘了,头儿不让她死。"他说着,盯着陈诗雨仔细地看了看,"嘿,你还别说,这妞儿还有几分姿色,挺水灵的,头儿真他妈的艳福不浅!"

瘦个子特务急忙制止他说:"你又在胡说八道,小心头儿听见了。"

癞痢头特务一听更来劲了:"听见了又咋的?他不会来的,山上藏的那批货比他的命还重要,他拉屎都恨不得拉在上面。"瘦个子特务赶忙捂住他的嘴,说:"得得得,就你话多!"

陈诗雨从他们的对话中了解到,他们说的那批货一定是假币,原来就藏在山里,怪不得我们行动组到处找不到。一定要想办法脱身,尽快找到那批假币!

就在陈诗雨想办法如何脱身时,突然,一个人用身子撞开了殿门。来人身手非常敏捷,举起枪"啪"的一声打在网上面的绳子上,网子掉了下来,又一个翻滚,奋力将自己的身子垫在网下,好在网挂得并不高,陈诗雨落下来压在她身上。她顾不上撞击的疼痛,快速跃起,两个特务围过来想抓她,瞬间,她一手死死掐住一个特务的脖子,同时飞起一脚踹向另外一个特务,那个人重重地碰在墙上断气了。

"刘小婉?"陈诗雨大吃一惊!这么好的身手,她一下愣住了,怎么也和平时那个打扮漂亮、看起来柔弱的姑娘联系不起来。

刘小婉快速地关上殿门,隔着门往外射击,只听见外面特务中枪倒下的声音。她边还击边腾出一只手,从身上抽出一把短刀,"蹭蹭"两下挑断陈诗雨身上的网绳。陈诗雨从地上捡起枪,和刘小婉一起朝外面开枪。

陈诗雨还没完全回过神来,她问刘小婉:"小婉,怎么是你?"刘小婉回答她:"陈姐,时间紧迫以后再解释。我刚才查看过了,左边这几个佛堂连接的是用纸糊的屏风,用力一捅就破了,你可以从这边出去,后山有条小路,直接就下山了。"陈诗雨焦急地说:"咱们一起撤!"刘小婉态度坚决地:"我掩护你,快撤!不然咱们一个也走不了。"外面火力很猛,殿门几乎被打成了筛网。刘小婉一推陈诗雨,就在这时,一颗子弹射进来,正好打在刘小婉的胸口处,她身子一震,倒在了地上。

"小婉!"陈诗雨一把抱起她,流着眼泪说:"我不能丢下你!"刘小婉笑了一下,用手替她抹去眼泪,断断续续地说:"我……我是2号,假币……就在……银行……"她挣扎着,艰难地举枪还击。又一排子弹打进来,她用身体护住陈诗雨。陈诗雨抓住她的手,她已经不能说话了,吃力地在陈诗雨手心里点了三下,就闭上了眼睛。

陈诗雨大声地喊着她的名字:"小婉!小婉……"

外面的特务一看里面枪声停了下来,大喊着:"快,冲进去!抓活的。"突然,特务们的背后,李拥军带人赶到,双方激烈地打起来。陈诗雨正要从侧边刘小婉说的地方冲出去,门开了,李拥军带人冲进来:"陈副组长,快走,他们人太多了,这里不宜久留。"陈诗雨含泪说:"带着她。"李拥军背起刘小婉,一行人按刘小婉指的路线,撞开连接佛堂的一个个侧面屏风,边打边撤……

开满鲜花的山坡上,刘小婉、白亮等牺牲战友的墓碑一字儿排开。

常有福、陈诗雨等人站在墓碑前,每人手里都托着脱下的军帽,风把他们衣角吹起来。常有福表情凝重地给大家介绍刘小婉的情况:"上级已经明确,刘小婉同志,其实也是我们特别行动组的成员,她的代号'2号',主要任务是以银行职员的身份作掩护,在暗中配合和保护陈诗雨同志,不到万不得已,她就一直不能暴露。"

陈诗雨哽咽地说:"为了彻底挖出潜藏的特务,刘小婉同志严守党的纪律,保守党的秘密,为配合完成任务,不惜牺牲自己的名誉甚至生命,即使自己的生命受到威胁,也依然坚守。她和白亮同志,都是我们特工战线当之无愧的英雄,是我们的好同志、好战友……"她难过地说不下去了。

陈诗雨泪流满面,此刻,她无比怀念那些牺牲的战友。刘小婉为了救她,献出了自己年轻的生命,想起和她相处的这些日子,她心里很不是滋味:"小婉,我的好妹妹,你放心地走吧,我一定会完成你未竟的事业,为你、为白亮、为那些所有牺牲的同志们报仇!"

她对着刘小婉的墓碑,轻声地唱起了《兰花花》。这是刘小婉生前最喜欢的一首歌,她相信,刘小婉现在一定在天上笑着看着她,正在听她唱这首歌,她可能会一起唱起来:"青线线那个蓝线线,蓝格盈盈的彩。生下一个兰花花,实实的爱死人……"

站在她旁边所有的战士都跟着她低声地唱起来:

> 五谷里那个田苗子,
>
> 数上高粱高,
>
> 一十三省的女儿呦,
>
> 就数那个兰花花好。

　　陈诗雨的视线模糊了,她仿佛看见刘小婉扎着蝴蝶结,像兰花花一样,在战士们的歌声中,正笑盈盈地朝着她走来。是的,刘小婉没有离开我们,她也不可能离开我们,她要坚持看到最后的胜利,她永远和我们在一起并肩战斗!

第 15 章
神秘对手

刘小婉牺牲前断断续续地说出了一个秘密，假币就藏在银行。

她是怎么知道的？陈诗雨一时难以做出准确的判断。她想，刘小婉一定是发现了假币藏匿地，然后，匆忙赶来向自己报信的，具体藏在银行的什么地方，刘小婉没有来得及讲清楚，行动组一直在追查的假币，竟然就藏在自己的眼皮子底下。特别行动组就设在边区银行绥延分行，特务把那么多假币藏在银行，藏在行动组驻地，这胆子未免也太大了吧。另一方面，说明我们的对手确实不一般，他们一定就藏在我们身边，一定随时都在盯着这些假币，输送假币打入边区，是他们的终极目标。

可是，在陈诗雨被特务关押起来的时候，她清楚地听到那两个特务的对话，假币就藏在云雾山上，而且是他们的头儿一直亲自守护着。难道是敌人把假币分几个点藏起来了吗？她觉得不可能，因为得到的情报说，敌人行动计划的时间很紧，他们根本来不及分配，再说，如果分开看管，他们也没有那么多人力，反而不利于保密。

那么,这批假币到底藏在什么地方?是云雾山还是银行?刘小婉冒死向自己报告,肯定是亲眼见到了东西。莫非敌人是有意让我听见的,他们确实说到藏货地,而且是失口说出来被我听见的。还说到不能让我死,要留活口,如果是这样,那这帮特务简直太狡猾了!我们必须赶在敌人把假币分发下去以前,找到藏假币的地方。陈诗雨想到问题的严重性,立即向常有福汇报了自己的想法。

但到底谁是那个潜伏的特务,直到现在还没有露出蛛丝马迹。前面几次泄密,给行动组造成很大损失,如果这次再让敌人得到消息提前转移地方,要再想找到假币就很难了,一定要做到万无一失。

特别行动组的大部分同志都分散在各村上还没有赶回来,时间不等人。陈诗雨和常有福商量,决定双管齐下,立即采取行动。一方面,由常有福、李拥军带上特别行动组现有的同志,公开搜查云雾山。同时,请绥延地区警卫队配合,由陈诗雨指挥,秘密搜查边区银行绥延分行周围。常有福本来心里想,让陈诗雨去云雾山,自己带人去查银行,但陈诗雨态度坚决地做出安排。在特别行动组,根据上级指示,具体的侦破行动由陈诗雨说了算,所以,他只好把想好的话咽回去。常有福集合了所有人,故意放出消息,说要包围云雾山,缉缴特务藏在山里的假币。

与此同时,陈诗雨也开始了秘密行动。绥延警卫队的同志全部化装成普通老百姓,有放羊的,有赶路的,也有去地里劳动的,他们包围了绥延分行方圆五里的地方,从外往里一点一点拉网式搜查,悄悄地逐步缩小包围圈。

陈诗雨想,扰乱陕甘宁边区经济,破坏新建立起来的边区货币信用,是国民党高层展开的新一轮经济战,是一场没有硝烟的战争,绝不会是几个小特务能完成的任务,一定有更大的人物在暗中操纵着。他们故意泄露假币藏在云雾山,让自己听见,分明是敌人设的一个声东击西的圈套。但是,特务口中提到的那个人会是谁呢?他还喜欢我,不想让我死,难道是他?怎么可能,虽然我曾经也怀疑过他,可是他的革命热情那么高,为了革命事业甚至不惜自己的生命,他的付出是巨大的。他是有缺点,但不至于是特务,如果他是潜伏在行动组的特务,那问题就大了,他知道的关于边区货币的东西太多了。陈诗雨不敢往下想。

这时,有战士来报,边区银行绥延分行左、右边的两条沟已经全部搜索,没有发现任何情况。银行正对面的是一个大的山崦,光秃秃的黄土,根本没有办法藏匿。陈诗雨感到刘小婉反映的情况是真的,最危险的地方往往是最安全的,敌人把假币藏在银行,一般人很难想到。刘小婉冒着巨大的危险上山,就是想把这个情况尽快告诉自己。

银行!目标已经很明确了,陈诗雨下命令:"所有人提高警惕,立刻收缩包围圈,从现在开始,包围圈里的任何人都不得放过!"

银行办公区位于这个山峁最下面一层的窑洞，一眼看去，有六个用石头砌的柱子，接着是一个横着的长长的走廊，顺着走廊过去，中间是一个门开得较大的窑洞，这便是营业室。营业室是由几孔窑洞在里面连续打通的，十分宽敞，前边一排摆着高一点的柜台，柜台后边是银行员工办公的场所。在营业室内的左右两边，各套着一些小一点的窑洞，分别是会计科、出纳科、农业贷款调查科、储蓄科、秘书科等。

陈诗雨带人来到营业室，她对正在忙碌工作的银行同志说："大家不要紧张，我们在执行任务，请积极配合。"警卫队的战士挨个进行搜查。营业室负责人过来，陈诗雨问："银行办公除了这些地方外，还有哪里？"负责人回答："还有金库。"负责人显得有点为难。陈诗雨拿出特别检查证让他看了看："谢谢配合，请带我们去！"

经过对银行金库里的货币进行检查，没有发现一张假币。

陈诗雨有点纳闷：刘小婉冒死找到我，告诉我假币藏在银行，怎么会没有呢？是她看错了吗？这么大的事她不可能没有看清楚就来报告。是敌人把东西转移了？更不可能，那么多假币，他们只能在夜间转移。那么，到底能藏在哪里？

陈诗雨脑子里突然灵光一闪，敌人把这次行动叫"兔子行动"，兔子就离不开兔子窝，兔子的特点就是打洞，既然刘小婉肯定地说假币藏在这里，就一定要找到。

陈诗雨向大家说："同志们，我们要找的东西，肯定就在这里，就藏在某一个洞里，大家围绕银行这个山峁四面搜索，不要放过任何一个细节。行动！"

战士们仔细地搜索着，包围圈越来越小，就在这时，在银行后面偏侧的一条小沟里，突然冒出一群人，对着他们疯狂地射击，大家没有提防，几个战士中弹倒了下去。看来，敌人还是有准备的，陈诗雨想不通，这次行动，只有他和常有福等几个人知道，其他参与者都是临时得到通知，消息怎么又被泄露了？不过，从对方的情况看，敌人人数并不多，说明他们得到情报的时间也不长，还没有来得及调集更多的人过来。

陈诗雨对敌人喊话："放下武器！你们被包围了，负隅顽抗只有死路一条！"这是一群亡命之徒，根本不听劝告，死不投降，双方激烈地交火。

毕竟特务人少，很快就被全部消灭了。陈诗雨带人冲了过去，在两个快要坍塌的破窑里，发现了被干草覆盖着一箱箱的假币。这是国民党仿制的陕甘宁边区货币，一旦散发出去，后果将不堪设想。

常有福他们在云雾山也抓获了一些特务，但都是进行货币兑换的。缉缴假币的工作取得初步胜利，国民党精心策划的、企图搞垮边区货币信用的"兔子行动"，受到了重创。特别行动组得到边区政府的嘉奖。

沈东方执行完任务回来，他来不及喘口气，就急匆匆地跑来见陈诗雨。他不顾一切地一把抱住她,急切地问:"诗雨,你没事吧?"陈诗雨看他这么关心自己,安慰他说:"我这不好好的嘛。"

沈东方有点不放心地说:"听到你被特务抓走的消息,我非常担心,让我看看,伤到哪里了?能平安回来就好,能平安回来就好。"

陈诗雨笑了笑说:"看把你急的。我们找到了敌人伪造的假币,并全部销毁,这一仗我们胜了。"

沈东方这时才察觉自己的失态,他镇定了一下说:"是呀,我们不仅堵住了假币进入边区,而且,政府采取的一系列打击黑市交易的政策,也制止了法币的使用,经过边币、法币的斗争,边区货币终于成为主角。看来,我前段时间对形势的判断不准,没想到啊,敌人这么快就仿制出这么多假币。"

陈诗雨看着他:"人又不是神仙,不可能什么事都预测到。"她这么一说,沈东方感到轻松了许多。他忽然好像想起什么:"哦,刘小婉她……对不起,以前我误解她了。"陈诗雨伤心地说:"小婉是我们最忠实的战友。那么多同志为此牺牲,我们要永远记住他们。"沈东方转移了一下话题:"今天不谈工作,走,我陪你逛街去。"

为彻底打败国民党反动派对边区的经济封锁,在金融货币战的同时,边区军民开展了自力更生、丰衣足食的大生产运动,不仅度过了大半年的财政困难时期,而且也为今后的自给自足打下了基础。边区的布匹生产有很大发展,纸张能够达到一半的自给,药品、毛织品和粮食也基本实现自给。

要保证一两年后完全达到自给自足，单靠生产运动是不够的，还需要同步实施节约储蓄运动来辅助，控制消费过多的行为，倡导节约储蓄。银行用储蓄资金来发放贷款，支援军民发展自给生产，党政机关和部队、学校，通过银行贷款支持，开办各种小型工厂、作坊等，保障部分生活用品的供给。于是，陕甘宁边区政府决定开展节约储蓄运动，由陕甘宁边区银行统一发行"有奖储蓄券"，组织动员广大军民参与有奖储蓄。

银行发行"有奖储蓄券"，这在边区是新事物。对此，延安出版的《解放日报》专门列举了"有奖储蓄的十大好处"，报纸上这样写道："中了头奖，独得万元，奖金惊人。六十张中，一张中奖，机会很多。得奖与否，一律还本，空前便宜。"同时还写道："节俭美德，质朴作风，民族传统。发展经济，完成自给，两全其美。"边区军民积极响应，气氛空前高涨。边区政府主席签发《告边区同胞书》，宣传节约储蓄的意义，劝老百姓购买奖券。

边区银行成立了"劝储团"，各地区、县也分别成立了劝储分团，成员由地方政府要员、公营商店员、商会、绅士名流等组成。同时，派出劝储巡演组，深入各地进行文艺演出，助力宣传有奖储蓄。边区老百姓兴高采烈，他们认为，用自己暂时不用的零碎钱买奖券，即可储蓄，又有得奖机会，银行把这些钱聚拢起来，有计划地发放贷款，能够实现大规模的集中生产，这是一举多得的好事情。

在绥延分行的门口,一场劝储宣传文艺演出正在进行。

沈东方和陈诗雨转街回来,看到热闹的人群,他们不由得停下来观看。两人同时发现,在台上宣讲的不是别人,正是顾青。

顾青什么时候来绥延的?只见她在上面举着一个大喇叭侃侃而谈:"乡亲们,同志们,有奖储蓄,近得利息,远得还本!勤俭节约,是我们几千年来的传统美德,是我们质朴的作风。如果您有暂时不用的闲钱,请加入有奖储蓄的行列,买一份奖券,就是对边区经济的一份支持,就是您未来生活的一份希望,就是对抗战的一份贡献。一万元,一万元的大奖等着您来拿,不要再犹豫了,经济需要您,抗战需要您,人民需要您,用行动来支持吧!"这是顾青热情洋溢的宣传。

她的一席话很有号召力,立即得到台下群众的响应,有人带头高呼口号。大家纷纷拿出钱,在旁边设的销售点购买奖券。她大声喊着,嗓子都有点哑了:"乡亲们,不要拥挤,请大家排好队,每人都能买到。"

看到沈东方和陈诗雨,顾青把喇叭交给旁边人,微笑着下台阶走过来,热情地和他们握手打招呼:"陈副组长,沈东方,我们又见面了。"

陈诗雨像见到老朋友一样:"顾青,你什么时候到的?"

顾青莞尔一笑,说:"早上刚到,这不刚刚到绥延就开始工作,这次是专门宣传有奖储蓄,就住在绥延分行,我们会常见面的。"

沈东方蹙了一下眉头问:"顾青,你们要在绥延待多久?"

"这个吧,不好说,应该有一段时间吧,要等这一期奖券销售完,然后开奖仪式举办以后,我们才能离开。具体要看奖券销售情况。"顾青说。

陈诗雨拉着她的手,关心地说:"你们的宣传任务也很艰巨,一定要注意劳逸结合,听你嗓子都哑了。"

顾青道:"谢谢!我会尽量安排好的。"这时,有人喊顾青,她不好意思地说:"我那边还有点事,回头我去找您。"

顾青走了以后,陈诗雨问沈东方:"东方,你有没有觉着,她和黄丽丽说话的语气简直是一模一样。"沈东方有点心不在焉,他不否定也不肯定地说:"哦,是吗,世界上确实有长得很像的人。"陈诗雨看着远处顾青忙碌的身影,她还是不能说服自己,这也太像了!其实,在她心里,已经把她当成黄丽丽了,刚才让她注意身体,她说话时眼神里透露出无法遮掩的关切。这一切沈东方都看在眼里。

在社会各方面的大力宣传下,不到一个月的时间,本期的有奖储蓄券就销售完了,劝储巡演组可以休息一段时间,准备开奖的时候再举行一场大型演出。顾青好不容易闲下来,她想去找陈诗雨。

从昨天夜里开始,天气就一直很阴沉,满天的黄尘,吹得人鼻子嘴里都是土味。绥延地区虽然处在黄土高原,和其他地方相比,这样的天气并不多见,一年四季大部分是晴朗的天。但这次却不一样，一大早天就昏沉如暮，灰蒙蒙的天，使人的心情也感到很压抑。刺鼻的黄土味，弥漫在整个沟沟洼洼。

风比昨天晚上小了，偶有呼啸声过，天空里浮尘好像愈发浓黑。看不见朝阳东升，看不见彩霞满天，那吟唱花儿的小蜜蜂也不知躲到了什么地方？能看到的就是阴沉沉的天空，黄尘侵占的天宇，即使太阳间或地露出笑脸，也是羞涩里带着惶恐，极不自在，才刚露脸，瞬间就消失得无影无踪，天地复陷昏昏沉沉。

顾青走出窑洞，望着眼前的一切，心想，那远古的混沌天象莫不就是如此？

当顾青用一条围巾捂着半个脸突然闯进来时，陈诗雨着实吓了一跳，顾青哈哈地笑着："陈副组长，是我。"陈诗雨看清楚了："是你呀，黄……顾青，这么冒失。"陈诗雨不知道为什么又想起了黄丽丽。

眼前的顾青，从她闯进来的那一刻，那眼神、那动作、那熟悉的笑声，特别是这种闯进来的方式，分明就是当年的黄丽丽，可她为什么不承认呢？不对，是自己太想黄丽丽了，昨天晚上做梦还梦见她。那天鬼子分开追她们的时候，她远远地听到了枪声，晚上黄丽丽就再没有出现。陈诗雨觉得自己有点失态，就道歉道："对不起，你看我，老是想着她。"顾青笑着说："没有关系的，你提到的黄丽丽是怎样一个人？她和我很像吗？"

顾青的到来，让陈诗雨因为天气而不适的心情一下子好了许多，她好像在地球的末日突然又见到了太阳。她捋了一下头发，凝视着顾青说:"太像了,她和我还有白亮,我们仨从小一起长大,是非常好的朋友。黄丽丽的爸爸是一位远洋海员,那年,她爸爸在出海中遇到台风,被巨大的旋涡吞没了。她妈妈得到消息后,不久就疯了,在一个晚上跳海自杀。黄丽丽一个人很可怜,她一边上学一边靠给人擦皮鞋维持生活,却经常遭到流氓阿飞的欺负,我和白亮经常为了她打抱不平,有时候,我们和她一起被人打。白亮每次都用身体护着我们俩,无论他受多重的伤,从不在我们面前哼一声。"陈诗雨想到了白亮,难过得说不下去,眼泪簌簌落下。顾青帮她擦着眼水。

陈诗雨继续说:"就在三年前,在上海的弄堂,日本鬼子在追我们的时候,正好遇到了沈东方,他救了我们,并介绍我们来延安。可是没有想到,黄丽丽却没有按时赶到我们约好的见面地方,她一定是被鬼子杀害了,凭她的性格,我们说好的事情,就是爬也会爬过来的。"顾青再也听不下去了:"这个黄丽丽命好苦啊。"她开始还安慰陈诗雨,听着听着,自己也哭得说不出话来,陈诗雨和她抱在一起哭。

几年来,陈诗雨真希望能够有这么一天,对黄丽丽诉说自己的思念。以前想着只有在梦里才能相见。自从白亮也离开后,痛苦就像一块巨石,再次重重地压在她心口,当年他们一起憧憬的目标还没有实现,她把顾青当成了黄丽丽。

显然,顾青被她讲的故事感动了,她越哭越伤心,陈诗雨好不容易才劝住她。顾青对陈诗雨说:"如果你不介意,我以后就叫你姐姐。"陈诗雨有点激动："那太好了，黄丽丽以前就这么叫我，我叫她妹妹。"

"姐姐。"

"哎——"

"妹妹。"

"哎——"

两人亲切地聊起来。

按照确定的日子，节约储蓄运动开奖仪式盛大举行。

在绥延区政府所在地的最大的一片开阔地，专门搭建了台子，台上一条灰黑色横挂的幕布，上面贴着白底红字的艺术字："有奖储蓄，近得奖金，远得还本。"四乡八里远近的男女老少有上万人齐聚在广场，见证这隆重而庄严的时刻。

从场内到场外周围的山峁上，黑压压的一层一层挤满了人，道路也为之阻塞。有的老乡拿的纸上写着整整齐齐的号码，有的把一张或者几张储蓄奖券捏得紧紧的，生怕丢了。"近得奖金"，这是许多人的美好愿望，也是对好日子的另外一种方式的向往。面朝黄土背朝天，庄稼人世世代代劳作，为的就是能够舒心地过日子。时间的钟声，对这些一代又一代生活在黄土地上的人来说，此时，已经和他们的心跳融为一个节奏。

激动人心的时刻终于到了！下午两时许，主持人上台，宣布了由各界代表和知名人士组成的开奖委员、监视委员名单，并邀请念到名字的人上台,他们包括党政军首长和要员。同时,宣布了开奖程序。

好奇的老乡们的目光齐聚台前放着的三个黄铜机球上。

随着一阵锣鼓声,边区银行派来的负责人讲解了有奖储蓄的意义。接着,开奖的主任委员声音洪亮地致辞:"有奖储蓄券的目的,在于养成人民节约储蓄的良好习惯,支持边区经济建设,开奖办法简单,也无私弊,中奖机会很多。不论摇上奖还是摇不上奖,两年后一律归还本金。"

然而,老天爷好像故意开玩笑,主任委员的话音刚落,突然狂风大作,一股沙尘蔽天飞来。但在开奖现场,无论台上台下,所有人都不受其惊动,人们的热情丝毫不减,像什么事也没发生一样。为保障摇奖公平,在众人的监督下,每次先要进行试验开奖,接着再正式开奖。

为使群众了解并相信开奖,每次都是临时随机邀请老乡上台摇机球,由报数人一个数一个数地高喊。当一组号码出来,立刻锣鼓喧天,在载歌载舞的欢呼声中,台下的获奖者直接上台对号,接着再摇下一个。

最激动人心的时刻到来了,一等奖要开奖了!一个年轻后生被邀请后,高兴地跳上了台,由他来摇号。他把双手使劲地在衣服上擦干净,把机球用劲摇了十多转,大家都笑了。报数人高喊:"023083。"另外一个报数人重复喊道:"头奖023083、023083、023083。"一时间,锣鼓喧天,人声鼎沸。

开奖仪式是先摇奖，摇到号码后再公开宣布，开奖完毕，获奖者到兑奖处集中兑奖。现场中奖的老乡们争先恐后地把奖券递到兑奖台，进行对号。顾青他们的劝储巡演组开始忙活起来了，在演出平时节目的同时，他们另外精心为大家准备了秦腔《打渔杀家》片段，人们像过节一样兴奋。

有奖储蓄取得圆满成功，但同时又出现一个新的问题：有一些摇到号的老乡，当天没有到现场，他们不知道自己中了奖。经过奖券销售单位按号码查找，获奖者没有领奖的，大多集中在与国统区邻近的边界地区几个村，还有一些是对面国统区的群众，为了保证边区金融的信用，上级把寻找获奖群众的任务交给了特别行动组。

敌人的"兔子计划"还没有终结，他们投入巨大成本造出的假币，仍然进入不了边区，怎么会就此善罢甘休，所以，一直在暗地里伺机行动，妄图将假币渗透到边区，从经济上打败共产党，让共产党无还手之力，慢慢地自生自灭。

从已经发生的案情看，行动组遇到的是一帮神秘的对手，狡猾得像狐狸一样，直到现在也没有露出"尾巴"。查找获奖群众的所在区域，是敌人进入边区的重要通道之一。这个任务交给特别行动组，表明上级的意图已经非常明确。

常有福把这项任务安排给陈诗雨和沈东方，特意强调了任务的意义，不仅要查找到获奖人，还要尽量想办法找到那只"兔王"。沈东方有点不乐意，特别行动组任务艰巨，假币的事情还没查清，怎么派去查找获奖的老乡，这种简单工作安排一些战士去就行了，何必大材小用。陈诗雨看出他不高兴，却故意装做什么也没有看到。

沈东方本来想发一通牢骚，但想到能和陈诗雨共同执行任务，心里马上感到一丝慰藉。

第 16 章
浮出水面

在陕甘宁边区和国统区的交界处,有一大片的人口聚集区,被称为东行政区。东行政区下辖三个行政村,人员居住主要集中在状元沟、冉家沟和后沟,每个村有近百户人家,这里,人员成分特别复杂。作为普通老百姓,可以随便出入两边地界,百姓们习惯称对面为"蒋统区"。

由于边币和法币一段时间存在差额,许多投机分子靠兑换货币赚差价。有奖储蓄券开始发行后,当地的群众积极购买,一些"蒋统区"的人也跟风过来购买。有奖储蓄开奖以后,许多大奖集中在这个区域,但有的百姓不知道自己中奖,特别是"蒋统区"的百姓。

陈诗雨和沈东方到达后,和绥延区东行政区办事处取得了联系。在办事处,工作人员告诉他们,在他们到来前,已经有从延安来的专员提前到达在等他们。陈诗雨见到了这个人,他自称老刘,因为边界地区比较乱,边区保安处专门派他带人来保护陈诗雨他们的安全。

老刘告诉陈诗雨,据可靠情报,敌人将有一大批假币输入边区,前几次都暴露了,这次他们将孤注一掷。另外,取代"旱獭"吴昊的那个幕后最大的人物,才是真正的"老汉",也是"兔子行动"的直接负责人,他一直就隐藏在我们内部。敌特极有可能选择东行政区作为假币输入口,上级指示,表面上借查找获奖人员,摸清这里的情况,打听到"兔王"行踪,争取一举歼灭!这才是派行动组来这里的真正目的。老刘带来的人,就是以配合找寻中奖者为名,提前驻扎在这里。

和敌特最终的较量即将展开,一场更大的战役在等着他们。

查找获奖人的工作开始了,他们从每个村着手,马不停蹄地逐户查问。陈诗雨带人一户一户细心询问,顺便查看各户的情况。第一天,他们筛查了状元沟,第二天,他们来到了冉家沟,加快了进度。又是一天过去了,共查到几十个三、四等奖,但还有一等奖没有查到,也没有发现其他可疑情况。

有奖储蓄一等奖是老百姓关注的焦点,也最能体现边区金融信用,只有尽快找到中奖者,把兑奖落到实处,才能用事实赢得老百姓对陕甘宁边区金融的信赖。这两条沟实在是太长了,几天来,马匹已经累得跑不动了,只好等第二天再查。

陕北山沟里的天,说黑马上就黑,一眨眼的工夫,周围的一切都变得墨黑。偶尔有些窑洞里的灯光像天上的星星,微弱地眨着眼,忽明、忽暗,好像稍不小心就要熄灭的样子。陈诗雨他们拖着疲惫的身体回到办事处,办事处的同志给他们准备了小米粥和蒸南瓜。连续几天的突击排查，实在累得不行了，借着油灯光，抓紧吃点东西，就回各自窑洞休息。

可能是累过头了吧，陈诗雨翻来覆去反倒睡不着，她反复思考着那个"兔王"可能是谁？眼前老是晃动着沈东方的影子，抹也抹不去。

她想，沈东方是一个入党多年的老党员，经历过无数次考验，有着丰富的地下工作经验。从他秘密打入重庆政府，取得国民党信任，再到渗透到上海日伪机关，不管是国民党还是日本人，一直没有被敌人怀疑过，是他伪装得好还是另有原因？为建立陕甘宁边区货币体系，组织上不惜代价，牺牲了那么多同志，在上海把他从日本人手里营救出来，通过秘密交通线，一路护送到延安。到延安后他不负组织的期望，没日没夜地参与研制陕甘宁边区货币，为边区金融事业立下过汗马功劳。这样的一个人，有什么理由怀疑他呢？

陈诗雨又觉得哪里不对劲，沈东方一手参与的边币印制发行工作，怎么会泄密出去，这么快敌人就仿制出来？是不是因为他对自己有那层意思，就让自己迷糊，或者说失去了警惕？不可能，在关键的时候，自己还是能把握得住的。可他对白亮的态度和他平时的一些行为，确实很让人怀疑，刘小婉说的那个人是他吗？陈诗雨想到白亮和刘小婉牺牲前，都在她的手心里点了三下，他们说的那个人，这不正是"沈"字旁边的三点吗？如果他就是那个"兔王"，自己一定会毫不留情，把他揪出来，不管他曾经有过多大功劳。

突然,她听到窑洞外站岗的战士大声喊道:"什么人,站住!"这么晚了,院子里怎么会有人?陈诗雨一骨碌爬起来,抓起枪冲出窑洞。

战士的声音惊动了其他人,老刘等人衣服没有穿好就跑了出来。大家举枪朝陈诗雨住的窑洞围过来,几道手电光照过去,只见一个人慢慢地从低洼的地方站起来,低声说:"别开枪,是我!"

"东方,怎么是你?这么晚了,你在这里干什么?"沈东方从低洼处闪出来,大家都很诧异地看着他。沈东方支支吾吾地说:"我,我,大家别误会,我说实话吧。陈组长,这里是边界,我不放心你,所以,就一直在你的窑洞外面守着。"

陈诗雨有些感动,这么冷的天,他却想着自己的安全。老刘见是沈东方,就对大家说:"都把枪收起来,散了散了!"陈诗雨过来握住沈东方冰冷的手,说:"晚上有保安处的同志站岗,你不用为我担心,快回去休息吧。"沈东方犹豫着有些不愿意离开:"那你,晚上注意点儿。"老刘说:"东方同志,你安心休息吧,明天还要工作,这里有我们呢。"

陈诗雨和老刘看着沈东方离开的背影,都是一脸的疑惑。

第二天,行动组重点开始对后沟进行查找。连续找到了好几个中奖的人,都是二、三等奖,获奖者喜出望外,全村人都沉浸在兴奋的气氛中。许多人不知道自己中奖,突然得到这个喜讯,高兴得不知道说什么好,有的已经开始筹划着领到钱后置办什么家当了。

根据银行提供的奖券销售情况，第二组的头等奖应该就在这个村。陈诗雨满怀信心地对沈东方说："头等奖快出现了，我们加把劲，看哪一个老乡运气这么好。"沈东方说："我调查过了，这里住的老乡，有一半是前几年从山东、河南逃难来的难民，如果一下能得到头等奖金，生活就完全改变了。"陈诗雨和沈东方牵着马边走边说："是啊，边区政府号召开展节约储蓄运动，起码从提倡节约、筹集资金、改善个别群众的生活方面来看，是很有必要的。"沈东方不置可否地摇了摇头，同时又叹了口气："任何事情都像一个硬币的两面，有奖储蓄是筹到了资金，把百姓手里的闲散资金集中起来，用于发展生产了，但这次筹集资金的成本有点高，动用的人力也太多了。"

沈东方的最后一句话引起陈诗雨的警觉。"动用的人力太多了"，他这句话指的是什么？是不是想到部队驻扎在边界，对他们这次的行动不利？如果是他失口说出来，那大批的假币，肯定是通过这里输入边区。陈诗雨赶紧将思绪又拉了回来，自己怎么老是把他当成特务？他是我们的同志，可他的言行为什么越来越像特务？不行，必须要有证据，我不能随便怀疑自己的同志！

他们来到一户人家，这里是距离"蒋统区"最近的地方，两条沟到这里交汇到一起，形成一片面积不大的黄土塬，双方的管辖区在这里变得一下开阔起来。有户人家住的窑洞，在旁边一个小山峁上，这里只有他们一户。对面百米左右，是双方设的关卡，一边是国民党的检查站，一边是我们的检查站。因为国共的分界大部分都以沟壑为界限，为了方便，在这样平坦的地方，自然也就成了人们出入的重要关口。

窑洞外的小院子打扫得很干净，几只芦花鸡在旁边悠悠地啄食。女主人背上背着个孩子，正在碾盘上磨玉米，她身边还有一男一女两个小孩，看上去都不到十岁。看到有人来了，还有背枪的战士跟着，女主人急忙放下手里的活迎过来，脸上露出莫名的表情问："同志，你们找谁？"

陈诗雨笑着回答："大嫂，我们是边区银行来寻找有奖储蓄中奖者的，你们家有没有买彩票？"

女主人一听来意，马上放松了一点："这个嘛，我不知道，俺家都是孩儿他爹当家嘞。"陈诗雨逗着她背上的孩子，尽量轻松地说："孩子他爹，他在家吗？"

女主人似乎犹豫了一下，有点勉强地说："他……他在。"

陈诗雨看她表情有些不自然，就说："您能请他出来问一下吗？"女主人朝院子的一个角大喊："孩儿他爹，孩儿他爹，有同志来了。"

那几只芦花鸡扑棱棱地飞起来。不一会儿，从那边的地下钻出一个满身是土的男人。

那人一上来，就乐呵呵地过来和每个人握手："同志，你们辛苦了，欢迎来俺家。"他看到大家看他的眼神有些奇怪，立即解释道，"你看我这满身的土，我在挖地窖呢，想把吃不完的洋芋存起来。你们看我这一大家的，不存一些粮食，大冬天吃饭就成了问题。"

陈诗雨一脸和气地问:"你叫什么名字,有没有买过储蓄奖券?"

"俺叫田大金,河南人,今年四十一岁,奖券嘛,我想起来了,上次赶庙会,正遇到唱大戏,许多人在排队,我不知道啥事,就排队到跟前,才知道是买奖票,我就随手也买了一张。"

"奖券在哪里?"陈诗雨问。

"你等等。"田大金返身朝窑洞里跑去,沈东方警惕地跟到门口,看见他在箱子底摸着。

不一会儿,田大金拿着一张奖券出来:"同志,你看看有没有中。"

沈东方接过来,慢慢地展开:023083!这几天他们一直在找,这个号码已经背下来了:"老乡,恭喜!恭喜!你中了头奖!"

田大金愣了半天,才醒悟过来,他双手握住沈东方的手:"同志,太谢谢你了。我中奖了!我中奖了!"他惊喜地手足无措,跑过去把两个孩子一手一个同时抱起,高兴地喊:"我中奖了!这下可以买骡子去驮炭了!"看得出来,他是发自内心的惊喜,这笔奖金对他来说,是意外的收获,他仿佛看到了妻子和儿女接下来幸福的日子。

旁边的战士在院子周边查看。陈诗雨对沈东方说:"东方,我们在这休息一下,也让马儿歇一歇。"沈东方明白她的意思,就接过她手里的缰绳,把两个人的马拉走。他故意拉马走到田大金挖地窖的地方,田大金顿时紧张起来,他立即放下两个孩子,一只手慢慢地伸向裤兜。

沈东方见状则顺势把马缰上的桩打在地上,和田大金攀聊起来:"你这地窖,好像刚刚开始挖?"田大金先是一愣,马上满脸堆笑地说:"是的,同志,刚刚挖,也就是能藏一点洋芋、白菜啥的。"

陈诗雨看到田大金的表情有点不自然,想走过去看看,沈东方却急忙朝她摆手说:"我看过了,才挖了有半米深,你不用看了。诗雨,你不是还要给老乡讲解吗?"陈诗雨被挡了回来,不好再坚持,就给田大金开始讲解:"哦,对了,老乡,你这地方对面就是国统区,平时过路来往的人肯定不少,一定要注意安全。咱们的有奖储蓄,您中了头奖,感谢您对边区经济的支持,为体现边区政府的信誉,请您后天到绥延分行来领钱,到时候,会有一个发奖仪式,给上次没来得及兑奖的老乡集中发放。"

田大金好像心里想着什么事,一直心不在焉。陈诗雨问:"老乡,您听清楚了吗?"田大金支吾地:"哦,好的,到时候我一定去领奖。我,我突然有点头晕。"陈诗雨扶了他一下说:"您没事吧?"田大金说:"没事了,刚才就那么一阵,过去就没事了。"田大金机械地回答道,目光闪闪烁烁的。

陈诗雨又把刚才讲的话重复了一遍。她觉得对方不对劲,就站起来,直接走到一个破旧的窑洞前,想一把推开门:"我想喝点水。"田大金一个箭步冲过去,他的脸色都变了,急忙堵在门上说:"水在那边厨房的窑洞,这个窑快塌了,临时做厕所用的。"

陈诗雨在那一瞬间,已经从门缝看到窑洞里堆满了新挖出来的土。

田大金中头奖的消息，轰动了整个东行政区三个村，田大金一下成了名人。

大家都在纷纷议论："人家命好，得了头彩。"

"共产党的票子不骗人。"

"这下老田家的婆姨不用那么辛苦了。"

"他家那位置风水好，在龙头上。"

通过对东行政区的暗查，陈诗雨摸到了一些线索，她第一时间和老刘私下进行了沟通。很明显，田大金有问题，一般陕北人都是把洋芋做成粉条，一年四季都能吃，留下的一些洋芋放在窑洞里，根本没有必要另外再挖地窖。田大金不是挖地窖，而是很可能要在自己家里挖一个地道，以避开上面关卡的检查，借机把假币偷偷运送过来。特务已经浮出水面，为了暂时不打草惊蛇，老刘说他们留下来继续监视，等假币全部运过来后，配合统一行动，争取一举捣毁敌人的整个窝点，把他们一网打尽。

同时，老刘代表边区保安处，向陈诗雨传达了上级给她安排的另外一项绝密任务……

陈诗雨在回去的路上还在想，沈东方肯定发现了地窖不止半米深，他为什么要隐瞒呢？为什么故意阻止我过去查看呢？是为了麻痹敌人，还是另有其他原因？如果不是我以找水喝为由，强行推开那个窑洞，不知道里面堆了那么多挖的新土，岂不是被蒙混过关？不对，当时田大金一只手就在裤兜里，好像在我后面已经用枪对准了我。陈诗雨恍然大悟,如果我坚持过去,田大金肯定会开枪,我死是小事,敌人一旦发现他们暴露,后面的假币就可能选择其他的地点入境。虽然不能证明沈东方不是敌人,但起码他一直在悄悄保护着自己。

回到驻地,陈诗雨立即向常有福汇报了工作的情况。

"你觉得沈东方有没有问题?"陈诗雨没想到,常有福会忽然这样开门见山地问自己这个问题,她不知道怎么回答。"这……"陈诗雨一时语塞了。想到沈东方对自己的好,即使他是特务,可他的眼睛里对自己始终充满着怜惜,况且,现在也没有证据证明他就是特务。她老实地说:"我不能确定他有没有问题,但我可以肯定,他对我一直很好。"

常有福严肃的表情一下转成笑脸:"哈哈,我早就看出来了,你们俩很般配。这小子,把他家的,挺有福气的。我是'常有福',人家是'有长福'呀。"陈诗雨对他说:"从我们认识的第一天起,无论在什么时候,什么情况下,他一看我,好像眼神立刻就变了,从他眼睛里,我看到一种说不出来的东西。"常有福叹了口气:"说真心话,我都有点嫉妒那小子。诗雨,如果你愿意,我可向组织提出申请,帮你们把喜事办了!"他的话很突然,陈诗雨红着脸没有拒绝。常有福笑着说:"你们俩郎才女貌,是天生的一对,东方那边我再问一下,这层窗户纸早该捅破了。"

其实,常有福也在瞒着陈诗雨。促成他们结婚是他的主意,沈东方和陈诗雨俩人的关系,他早已经看出来了,他也向上级汇报过，提前征得了组织的同意。

当常有福给沈东方说出这个意思后，沈东方非常高兴，说，"谢谢您，常组长！我非常喜欢诗雨，正打算找个机会向她求婚呢！"感谢的话说了一大堆。第一次遇见陈诗雨时的那种感觉，又一次向他袭来，他想着尽快找机会向陈诗雨表白。

这天，是绥延分行的休息日，特别行动组同志和银行员工在驻地的窑洞前，互相学着纺线。纺车飞转，陈诗雨给李拥军耐心地教着，又一名战士把她叫了过去，她俨然成了纺线指导教练。

沈东方跑过来，他在边上看了半天。陈诗雨忙得刚刚喘口气，她直起身子，发现沈东方在一旁深情地看着自己，便走过来："你等很久了？"沈东方憋了几秒钟说："诗雨，我……我们去河边走走吧。"

陈诗雨点了点头。

小河边，细小的河水像一条线一样，弯弯曲曲缓缓地流着，地上的干草丛上，镀了一层白色的霜，像老人的胡须，硬硬地竖着。沈东方和陈诗雨在河边散步，他们都不好意思第一个开口。"我有个事想和你商量。"他们俩同时说出一句同样的话，都笑了起来。

沈东方停下脚步，他看着她的眼睛说："诗雨，嫁给我吧！我会一辈子对你好的。"陈诗雨望着他："东方，我相信你，谢谢你领我走上革命的道路。"沈东方显得很激动："应该谢谢你，从第一次见到你，我就把你刻在我的心上，让我觉得每一天都活得特别

沈东方停下脚步，他看着她的眼睛说："诗雨，嫁给我吧！我会一辈子对你好的。"陈诗雨望着他："东方，我相信你，谢谢你领我走上革命的道路。"

有意义,特别有梦想,特别有期待!"陈诗雨说:"本来,我不打算考虑个人问题的,毕竟是战争年代,我们随时都有可能牺牲,我不想给自己的爱人带来伤痛。"沈东方一把抱住她:"诗雨,你不要这样想,和你在一起,哪怕只有一天时间,我这辈子都满足了。"陈诗雨被他的真诚感动了。

太阳照着那细小的水面,波光粼粼,正好有一道光反射在他们身上。陈诗雨喃喃地说:"东方,等把日本鬼子赶出中国,你打算做什么?"沈东方深情地抚摸着她的秀发,用上海话说:"阿拉想回上海,带着太太、我的诗雨,还有我们的孩子,读书、喝茶、看黄浦江……"陈诗雨憧憬着未来,在脑海里描绘着那样的画面,她甜甜地把头埋在沈东方怀里,说:"我也希望能有那么一天……"

"报告副组长,有紧急情况!"二人正在缠绵,通讯员忽然跑过来,通知陈诗雨立即赶回特别行动组。

原来,特别行动组在市场上发现了一张新伪造的边区货币。

东行政区集市,街道卖菜摊点,一男子来到摊位前,他挑了几个洋芋放在边上,从身上拿出一张边币递给摊主。摊主接过钱,刚揣到怀里又感觉不对劲,马上掏了出来仔细地看,他发现这张边币和其他的不一样,就说:"后生,这钱,能不能换一张?"男子有点生气的样子:"怎么,你这洋芋到底卖不卖?"摊主犹豫地说:"你这钱?我不卖了。"男子不耐烦了,"你说,我这钱怎么了?这是我家婆姨卖鸡蛋赚的,你什么意思?""钱是假的。""假的?你胡说!"两人争执起来,吵得不可开交。

在群众的举报下，老刘带人赶过来，没收了这张边币，并对那男子进行询问。确实是他婆姨卖鸡蛋收的钱，已经过去好多天了，集市上人来人往，也回忆不起来是什么人给的。

战士们分头对周围商贩身上的边币进行查看。一个男子背着竹筐过来，看见前面在检查，突然转身撒腿就跑。几个战士大喊着追过去："站住！再不站住，就开枪了！"那人这才停下来，经审查，"竹筐男"身上并没有发现可疑的边币，他以前偷过东西，因为害怕被抓才跑的。

行动组会议室里，气氛异常紧张。

沈东方在向大家分析情况："这张伪造的边币，是我们第一次发现，仿制技术特别高，大家看这两张五元券。"他拿出一张同样面值的钞票，两张的外形几乎完全一致，不注意看根本分辨不出来。"左边这张的纸质明显比右边这张好，我们的边区货币用的印钞纸，根本没有这么好的质量。"

他又拿出另外一张，把三张都贴在墙上，转过身说："这张，是我们前段时间缴获的国民党偷运进来的假币，这三张完全不一样。我拿掉我们真的这张，大家仔细看，即使这两张伪造的，差别也很大。这说明一个问题，伪造边区货币的，绝不只一处！"

大家议论纷纷，假币在市场突然出现，提前没有任何征兆，是通过什么渠道进入的？最大的问题是，竟然和以前抓获的几批假币完全不一样。扑朔迷离的货币战虽然没有枪声，但分明有浓浓的火药味，这看不见的硝烟，迷雾一般向着边区滚滚袭来！

常有福清了清嗓子说:"同志们,形势非常严峻,大半年来,我们下了很大工夫,终于堵住了假币的流入,没有让一张假币流到边区,并破获了敌人的'兔子计划'。可是现在,又出现不同的假币,我们建立起的防线再次崩溃!这虽然是一张,又出现在国共两党的交界地带,但我们绝不能掉以轻心!一定要查清这张假币的来源!"

　　常有福举起的手握成了拳头,表现出他对再次出现新的假币的愤怒。他瞪圆了眼睛,一副不揪出幕后者誓不罢休的样子。

　　坐在他旁边的沈东方看着他,感觉常有福好像有点反常,前几次发现假币的时候,他一直都很镇定,这次却这么激动。这个变化其他人没有注意,沈东方却看了出来。常有福这是怎么了?

　　陈诗雨一直没有说话,面对这突如其来的新情况,她陷入深深的思考中。

第 17 章
消失的新郎

终于找到了所有中奖者。为在老百姓中树立节约储蓄的好风气,总行要求未兑奖人数多的分行,重新举办一次发奖仪式,以扩大宣传效果,绥延分行是其中之一。这次发奖仪式同样非常热闹,没有兑奖的群众收到通知后,都在这天集中前来兑奖。

顾青带的劝储巡演团十分活跃,他们把宣传购买下一期储蓄奖券的内容也巧妙地穿插在节目之中,在发奖仪式上演出。顾青既当演员又当主持人,将大家的情绪充分调动起来。奖项分为十个档次,从最小的十等奖开始,九等奖、八等奖……依次递进,各等次的获奖者上台现场领钱,每发两个等次的奖后,巡演团表演一个节目。

最后颁发的是头等奖。田大金戴着大红花走上台,观众热烈地鼓掌。田大金拿着厚厚的一万元奖金,咧开嘴不停地笑。顾青上前采访他:"田大金,你中奖了能不能给大家讲几句话,表达一下心情。"田大金紧张地语无伦次:"噫!俺,中了,俺中头奖了!俺高兴！俺太高兴了！"顾青用温和的语气说："您不用紧张，一下得了一万元奖金，您想用这些钱做什么？"田大金不假思考地说："这个我早想好了，买头骡子，去山里驮炭，驮炭挣钱多。"顾青鼓励他："好想法，那剩下的钱呢？"田大金不好意思地低声嘀咕着。顾青没有听清楚，对他说："您能不能声音大点？"田大金憋足了劲大声说："给俺婆姨买个红裹兜！"台上台下的人都笑得前仰后合。

发奖仪式最后一个节目，由劝储巡演团演员和战士代表集体演唱《黄河大合唱》片段，等大家在台上都站好了，顾青向观众鞠个躬，转身开始指挥。嘹亮而雄壮的歌声回响在天空：

风在吼

马在叫

黄河在咆哮

黄河在咆哮

河西山岗万丈高

河东河北高粱熟了

万山丛中抗日英雄真不少

青纱帐里游击健儿逞英豪

端起了土枪洋枪，挥动着大刀长矛

保卫家乡

保卫黄河

保卫华北

保卫全中国

台下的人忍不住也一起跟着唱起来，歌声整齐而嘹亮，有的人边唱边拍手打起拍子，把发奖仪式推向了高潮。

发奖仪式结束后，陈诗雨和沈东方来向顾青的成功演出表示祝贺。常有福也来了，他看见大家都还沉浸在喜悦里，就大着嗓门借机宣布："都在啊，告诉大家一个好消息，陈诗雨和沈东方同志的结婚申请，组织上已经批准了，恭喜他们！"

大家群情激昂，掌声、呐喊声汇成一片。

沈东方兴奋地一把握住常有福的手："谢谢常组长！谢谢组织！谢谢同志们！"陈诗雨在一边面露羞涩，打趣道："看，美得你！"

常有福说："这是组织的关怀，也是我们行动组的大喜事，你们选个好日子，赶在下次行动前举行个婚礼，把喜事办了。"

沈东方激动地说："组长，结婚的时间还是您给定吧。"陈诗雨也说："就请常组长定吧！"常有福手摸了一下下巴，故意闭上眼睛，做出算命先生掐算的动作："把他家的，日子我来定？好，要我说嘛，宜早不宜迟嘛，我看后天是个好日子。"

陈诗雨有点急了："后天，时间太紧张了。"顾青立即说："好我的姐姐，后天一点也不紧张，我来帮你，你看，我们巡演团这么多人，我们都来帮你。"其他人也一起应和："我们都帮你。"

常有福两手一拍:"好,谢谢你们。后天,就这么定了。把他家的。"

伴随着一阵噼里啪啦的鞭炮声,窄窄的山路上挤满了人,也有八路军战士和银行工作人员,顾青带的巡演团人员同样加入了迎亲的队伍。热闹的人群中,常有福把一条红绸带两端分别递到陈诗雨和沈东方手上,他们俩穿着干净的八路军军装,拉着红绸带走了过来。

顾青站在一个较高的土坡上,等他们走过来,立即和几个女演员笑吟吟地给他们俩头上撒着野花花瓣。这一刻,顾青心里百味杂陈,看到一对幸福的新人,她想到了自己,自己这一生都不会有这样的机会,等下辈子吧,下辈子一定要好好活着,起码做个自己看得起自己的人。她望着那些抛向空中的花瓣,一片一片像雪花一样飞舞,又慢慢地落在新人的身上。她似乎感到自己成了新娘,所有的花瓣都飘在自己头上,当落到身上时,却成了一块块尖利的石头,她一下子被"砸"醒了。

按照陈诗雨和沈东方他们上海的习俗,婚礼一般在晚上举行,他们商量放在下午稍晚一点的时间。婚礼在热闹的氛围中开始,参加婚礼的战友每六人蹲在地上围成一圈,中间放着三样菜:一盆水煮洋芋片、一盆蒸南瓜、一盆凉拌粉条,每人再发一个馒头,大家以水代酒,互相碰杯。

这样的婚礼已经算是很奢侈了。在陕甘宁边区,即使首长结婚时,也只能吃一桌饭,简单的两三个菜。他们的婚礼应该是最热闹的了,几十"桌"人来表示祝贺,这阵势在八路军的队伍里是第一次。沈东方高兴的表情洋溢在脸上,这一天他盼望了无数次,现在终于梦想成真了,他很感谢常有福,没有常有福热心地张罗和向组织多次请示,就不会有这么热闹的婚礼。常有福看到行动组和银行的同志这段时间太辛苦,马上又有大行动,他也想借婚礼犒劳大家一下,让大家好好地吃一顿。为了这顿饭,为了让参加的人多一些,他向上级打申请报告,可谓费尽周折。

常有福举起水杯,高声地说:"来,我们大家一起干杯,祝一对新人新婚大喜!百年好合!"夕阳下,每个人脸上都洋溢着欢乐的表情。在这样的时间,在这样一种环境下,他们能走到一起确实不容易,人们兴高采烈地向一对新人祝福。

陈诗雨和沈东方过来向一个个围着圈吃饭的战友们举杯致谢,答谢大家。

天慢慢暗下来,常有福看大家吃得也差不多了,就大声说:"下面,请新郎、新娘,入——洞——房!"

顾青和一些年轻战士互相打闹着,将新人送进了洞房。顾青给他们关上门,一群人弯着腰贴着门缝偷听,被陈诗雨发现了,她突然从里面打开门,众人"轰"的一下都跑开了。常有福站在门口笑着说:"你们要闹洞房,就直接进去呀!"

新房的窑洞里,窗户上、墙上贴了许多剪纸,连炕上、小桌上摆得都是。剪纸是陕北民间流传的一种传统艺术,千百年来,陕北剪纸已融入人们的生活中，年年岁岁，世世代代。流传于绥延地区的剪纸，充分体现出这块古老高原上的特质，浑厚圆润，线条洗练夸张，曲多直少，人物表现充满神韵。当地人给娃找媳妇有句方言："不问人瞎好，先看手儿巧。"手儿巧就是看剪纸绣花，做爹娘的普遍认为，剪纸绣花好的女子肯定聪明，以后生下的娃娃自然也是聪明的。

新房里的这些剪纸被称为"喜花"，是婚嫁时专用的。婚礼是人生中一件十分重要的事情，喜花衬托出红火热闹的氛围，表达了人们对新人的美好祝愿。

新房的窑洞里静了下来，桌上油灯的火苗跳跃着，把屋子照得通明。沈东方和陈诗雨静静地坐着，沈东方有点不好意思地伸出一只手，拉住陈诗雨的一只手，但却不敢扭头看她，两人都没有开口说话，而是分别盯着这些红色的剪纸。窗户上贴满了剪纸，正中央是两个大大的喜字，方正、对称，结构稳定，如同此时他们两人携手而坐。在"囍"的两边，一边是鸳鸯戏水，莲花池里一对鸳鸯相互依偎，是夫妻和睦相处、相亲相爱的美好象征；另一边是一茎双花的并蒂莲，象征着夫妻二人天配佳偶。

此刻，陈诗雨根本没有雅兴欣赏这一幅幅构思精巧、造型各异的喜花。

沈东方向她靠近一些，打破了僵局："诗雨，我们终于可以在一起了。"

没想到，陈诗雨却突然变了脸，她站起来掏出枪对准沈东方：

"沈东方,你别过来!"

沈东方吃惊地看着她:"诗雨,你这是怎么了?"

陈诗雨表情严肃地说:"沈东方,你的戏,也该结束了吧!"

沈东方苦笑一下:"诗雨,你这是干什么?大喜的日子,别开玩笑了。"陈诗雨冷笑一声:"你做的一切别以为我们不知道。"沈东方感到很冤枉:"你说什么呢?诗雨,我是真心爱你的。"

陈诗雨气愤地说:"你手上沾满了同志们的鲜血,你能活得安心吗?"沈东方看她是真的发脾气了,一两下也解释不清楚,就对她说:"你冷静一下,我出去走走,等你静下来了我们再谈。"

这时,门被撞开了,常有福带人冲了进来。

常有福用枪指着他说:"沈东方,你想跑吗?你的如意算盘打错了。"沈东方莫名其妙:"我……我怎么了?你们该不会是怀疑我吧?"常有福大声说:"怀疑你?哼,我们有证据。吴昊死了以后,你就是那只真正的'旱獭''老汉',你藏得够深的啊!"

沈东方怔住了。

常有福看他不说话了,就继续列举他的罪证:"你想借举行婚礼之机,安排手下的特务通过秘密通道,躲过关卡把假币运进来,连夜再分发下去。你没有想到吧,你的诡计早被我们识破了,我们已经埋伏好了,就等着瓮中捉鳖,可惜呀,你把自己的天赋没有用在正道上。"

沈东方一听火了,大声道:"常有福,你不要血口喷人!我破获过日军四十亿的伪钞大案,我是有功的。"常有福一听更来气

这时，门被撞开了，常有福带人冲了进来。

常有福用枪指着他说："沈东方，你想跑吗？你的如意算盘打错了。"

了,他过来一把揪住沈东方的衣领:"你这个叛徒!你那个功劳,是你的主子戴老板给你的任务。在重庆时你就出卖了我们的同志,后来在上海又悄悄投靠了日本人,你以进步青年的身份潜入边区,既为日本人做事,又为国民党做事,你残害了多少革命同志,真是罪该万死!"

常有福越说越来气:"还有,你几次给萧剑尘报信,让他逍遥法外。你为了潜伏下来,干更大的事情,故意暴露吴昊等人,你是不是认为吴昊死了就死无对证,'旱獭'就永远是那个吴昊了,你就可以安心地实施你的下一步计划?做梦吧!"

常有福历数他的罪证:"沈东方,不,应该叫你'旱獭'。要说你有功嘛,还确实做过一件好事,就是你介绍陈诗雨和白亮来到延安,当然,从某种程度上来说,这也是你给自己以后到延安埋下一个有可能发展的下线。可是,他们都是坚强的革命战士。而你却心狠手辣,为了嫁祸于白亮,你竟给延安保安处写举报信,让白亮同志接受审查。你多次嫁祸给刘小婉,想让她成为你的替罪羊。你可真歹毒啊!"

陈诗雨这时沉不住气了,她一把揪住沈东方的衣领使劲地晃着:"沈东方,你这个无耻的东西,你为什么要害白亮?为什么要害刘小婉?你真让我痛心呀!"

沈东方趁陈诗雨没注意,一下勒住她的脖子,用枪抵住她的脑袋。

常有福急了:"沈东方,你别乱来!放开诗雨,你跑不了的！"沈东方对陈诗雨说："诗雨，对不起，我这样做也是迫不得已，回头我再给你解释。"

他一边朝窑洞门口退，一边对常有福说："让开，都给我让开，如果你不想让她死的话！"常有福只好退到一边，慢慢把门口让开。

陈诗雨没有一丝胆怯，她说："既然你说你是无辜的，就放开我，把事情讲清楚。"

沈东方丝毫没有放手的样子："诗雨，对不起。"

一出窑洞，他就发现外面的战士所有枪口都对着他。这时，顾青不知从什么地方跑过来，她见陈诗雨被劫持了，便猛地扑了上去。沈东方没有提防，陈诗雨倒向一边，顾青却倒在他怀里，他顺势用枪抵住顾青脑袋，把顾青当作人质。

常有福要开枪，陈诗雨连忙挡在他前边大声说："都别开枪！沈东方，别伤害顾青，你要什么条件我都答应你。"

沈东方无奈地说："我确实是被冤枉的，你们先放我走！"

这时，一名战士急匆匆地跑来，他在常有福耳边嘀咕了几句，常有福一下紧张起来。他对陈诗雨说："诗雨，我那边有点急事要处理，这里就交给你了，注意保护好人质的安全。一队留下来，其余人跟我走！"

沈东方趁他们没注意，劫持着顾青，在夜色掩护下往山上逃去。陈诗雨对留下的战士说："追！保护人质，看不清楚不要开枪！"

等他们追到山上，只有顾青被打晕躺在地上。

刚才还是新郎的沈东方，早已不见踪影。陈诗雨对其他人说："大家分头找，千万注意安全，必须抓活的！"

陈诗雨举着枪，一点点地朝山上搜索。今天是农历的十五，天上的月亮虽然很圆，但却有朦朦胧胧的云朵，一会儿遮住月亮，天马上变黑，一会儿又露出月亮，整个山峁就变成淡淡的清白。月亮在云层里钻来钻去，山峁忽明忽暗。陈诗雨看见前方有个黑影在晃动，她便追了过去。

陈诗雨和沈东方的婚礼，其实是组织上有意安排的一次行动，目的是让潜伏的敌特分子充分暴露出来，揪出真正的"兔王"。

那天在后村，老刘代表边区保安处，向陈诗雨传达了上级安排的一项绝密任务。这项任务就是让陈诗雨利用沈东方对她的好感，在条件成熟的情况下，顺其自然，看能不能举行一场形式上的婚礼，让敌人尽快暴露。

沈东方对陈诗雨的爱慕，早已经是公开的秘密，人人皆知，常有福又是一个热心人，一心要促成他们。当常有福主动向沈东方提起时，沈东方高兴地同意了。经过组织批准，这场婚礼就自然而然地举行了。一切都按照计划行事，顺水推舟，天衣无缝，但这其中的内幕只有陈诗雨知道。

果然，常有福得到的情况是，国民党特务借特别行动组全体人员参加婚礼之机，已经开始动手运送假币。

常有福带着行动组的人紧急赶往东行政区后沟的方向，刚走了一段路,他忽然意识到什么,对李拥军说:"拥军,你带领行动队去后沟,支援那边的战斗,诗雨这边我还是有些不放心,沈东方太狡猾了,我得过去帮帮她。"李拥军回答道:"是!常组长,那你带几个人过去吧。"常有福道:"我一个人去就行,东行政区那边需要人,等我抓住沈东方就立刻赶过来。"

李拥军转身对大家说:"所有人,跑步,走!"看着队伍离开后,常有福没有回特别行动组驻地,而是往另外的方向急急地奔去。

在东行政区后沟的关卡周围,老刘带领边区保安队和当地的边界驻军已经布下了天罗地网。对面敌人的边界关卡,在月光下,只有几个哨兵在移动,看上去没有丝毫的异样。老刘带人埋伏在田大金家的山峁四周,观察着院子里的动静。

田大金悄悄地披着衣服走出来,他在黑暗中掏出火柴,划着一根举在手上,朝对面晃一下,连续划着了三根。双方关卡站岗的士兵都看到了。等了一会儿后,田大金走到地窖前,轻轻地挪开覆盖在上面的玉米秸秆,露出黑黢黢的洞口。他蹲在洞口,拿出带长杆的烟锅,慢慢地抽起烟来。

抽完一锅烟,他把烟锅在鞋底上弹了弹,对着洞口咳几下,洞里的人也回复了几声。接着,从洞里爬出来一个人,那人问田大金:"有情况吗?"田大金回答:"一切正常!"那人回头对洞里说:"弟兄们听好了,开始行动!"

洞里面的人一个个像老鼠似的钻了出来,每人怀里抱着一个箱子。田大金从那孔旧窑洞里牵出几匹马，一伙人把带上来的箱子捆在马背上。

这里的一切，都被老刘他们看在眼里。等地窖里的人全部上来后，他数了数，乖乖，大概有近二十个人。看到敌人开始出发，老刘一声令下："打！"向对方猛烈地开火，敌人却好像预料到有埋伏，但想退回地窖已经来不及了，他们在前面的排成一排还击，后面的牵着马准备撤到对面去。

老刘看出了敌人的意图，决不能让把假币再带回去。敌人边撤边还击，眼看快到边界了，对面突然出现了比我们多几倍的敌人，他们的火力更加猛烈，想掩护已经到这边送货的人退回去，很明显早有准备。老刘立刻意识到，我们上当了！

就在这时，李拥军带的行动队赶到了，两拨人合到一起奋力还击。在老刘的掩护下，李拥军带人冲上去，抢到了几匹驮着箱子的马，立即就往回撤，但由于这是一片开阔平地，没有任何掩体，人员损失较大，几名战士中枪倒下，其余人拼命把箱子抢了回来。

双方打得难解难分。敌人看到我方已经抢回了驮假币的马，他们又不能越过边界来，也只能就此作罢，剩下的人一溜烟跑到对面去了。老刘看敌人早有预谋，心里很不踏实，他让人立刻打开马背上的箱子，大家一看，全傻眼了。

箱子里放的根本不是假币，而是马粪、羊粪。老刘受到了侮辱，他气得大骂："把田大金给我带来！"

战士们押着战战兢兢的田大金过来。老刘抬脚就踢过去，到了跟前又猛地收住了。他拔出枪对着田大金："田大金，说！谁让你干的？"田大金吓得磕头求饶："长官，同志，爷爷，你饶了我吧，是他让我干的，我不干就要杀我全家。"老刘愤怒地质问："他是谁？你说不说？"田大金哭着说："我不敢，我不敢说呀！"老刘把枪上膛："说！"田大金在黑暗中把队伍里所有人都认真看了一遍，这才颤抖着说："是，是……"他悄悄地给老刘说了那人的名字。

老刘咬着牙说："果然是他！藏得够深的！"

就在这时，远处传来一声巨响，在深夜的山沟里特别明显，加上沟壑中的回音，如同天塌地陷了一般，同时，天空中闪过一片红色的亮光。

老刘看了一下说："好像是状元沟方向。"李拥军回答："是状元沟。"老刘说："原来敌人这是声东击西，他们故意挖地道，借举行婚礼，通过地道做出运货的样子把我们引过来，实际上地道也是幌子，是为了从状元沟偷偷进入。"他立刻下命令："全体都有，集合！李队长，你带着行动队的同志，小张，你立刻通知埋伏在附近的边界巡逻队，你们分别从状元沟的左右两侧的梁上包围。同时，请状元沟西头的边境部队进沟。保安处的同志，跟我沿状元沟底从东往西追堵。大家立即出发！"

陈诗雨看着沈东方上了一个山崀，等她追过去，人却不见了，到处一片漆黑。凭着她的经验，她判断那边应该是东行政区的方向。如果像沈东方自己说的,他是清白的,以他的性格,一定会去抓住偷运假币的特务,来证明自己的清白。她决定朝东边走。

陈诗雨的判断是正确的。沈东方不是想逃跑,他是爱她的,不能让她对自己误解一辈子,他要用实际行动来证明。其实,沈东方在几天前去后沟的时候,已经发现了破绽,陕北的窑洞就是一个大地窖,那个叫田大金的何必要另外挖一个呢?在国共两个管辖区的边界,如果是为了逃脱地面上的关卡检查,这一片平整的黄土地,挖地道就是最好的方法。但是,在田大金家这样的位置,肯定是检查的重点,敌人是故意要误导我们的视线。巧合的是,田大金却中了头等奖,去他家检查也就很自然。而且田大金当时的表现完全是故露马脚,不过是想引起特别行动组的注意,其意图可想而知。但只知道敌人这条线是假的,具体从其他什么地方输入假币却不知道,所以,就不能打草惊蛇,他当时在田大金家阻止了陈诗雨的检查。

沈东方刚刚摆脱了陈诗雨的跟踪,却发现迎面过来两名战士,其中一个发现了他:"是沈东方,站住,跟我们回去。"沈东方假装举起了手,等两个战士过来,他飞身跃起,两只脚分别踹向他们,接着左右两下,将他们打晕过去。他从两个战士身上各取下一颗手榴弹,挂在自己身上。这种手榴弹,是专门为每个战士配的"光荣弹",在最后关键的时刻,可以与敌人同归于尽。

"后沟是敌人故意设的圈套,用来迷惑我们,冉家沟紧挨着后沟,一旦后沟的地道骗局被我们识破,部队从后沟赶到冉家沟的时间很快，但部队要调到状元沟，就需要一定时间，所以，敌人的另外一条输入线，应该会放在状元沟。对，肯定是状元沟，状元沟长二十多里，弯弯曲曲，一段窄，一段宽，一段是悬崖峭壁，一段是平缓坡地，敌人从状元沟如果能走出去，就会以最快的方式把假币分发下去，达到他们的目的。"沈东方想到这里，立即加快了步伐。

第 18 章
生死较量

月亮又从云隙中探出了头，比刚才更大更亮了一些，对走夜路的人来说，好像是老天给打着灯笼。

沈东方奋力地跑起来，他心里只有一个念头，一定要赶在特务运的假币分发下去之前到达，现场抓住他们。时间对他来说非常重要，一旦假币进入边区分发下去，要想再一次全部抓获就很难了。他把一切都抛在了脑后，他的无辜、陈诗雨对他的误解等等。只要能抓到运假币的，所有的误解都可以解除，陈诗雨对自己的情感会像以前一样的。快！再快一点！他边跑边给自己鼓劲。

状元沟歪歪扭扭拐来拐去，沈东方沿着沟上边的山梁，终于气喘吁吁地跑到了沟边沿。这一段沟口突然变窄，两边非常陡峭，要下到沟底，只能绕到半里地以外较平缓的一段坡才能下去。沈东方爬在沟沿上朝下面看去，月光暗淡，什么也看不到，偷运假币的特务可能还没有到，自己得赶快下去。他站起来，准备从缓坡那边尽快下去。

这时，他的背后响起一个熟悉的声音："沈东方！别动！没想到你这么快就到了！还真是个人才呀。"

沈东方慢慢地转过身，一看，是常有福举枪对着自己："常有福，我早就猜到是你。你才是真正的内鬼，伪装得天衣无缝，骗过了那么多人。你说，你为什么要陷害我？"

常有福冷笑道："你一个狗特务，'兔子行动'的负责人'老汉'，竟然敢狡辩。"沈东方气愤地说："你不要血口喷人！"常有福把手里的枪晃了晃说："你别忘了，我是特别行动组的组长，大家都知道你才是狗特务。不过，以你的才华，你的武艺，这么死去确实有点太可惜了。我知道，你在共产党、国民党和日本人之间纵横，看起来很风光，可谁能够为你作证，保证在哪个环节你没有叛变？就说前天发现的那张假币，我怀疑，一定是你勾结日本人伪造的。嘿，把他家的，竟然想和国民党分杯羹！"

沈东方越听越气："胡说！你没有证据！"常有福哈哈大笑："这里没有其他人，只有你、我和月亮。你看，天上的月亮在看着你，可以对月亮解释呀？把他家的，想跟我玩，你还不是对手。告诉你，你是钱币专家，边币从设计、印刷、防伪等等，每个环节只有你最清楚，如果有人要伪造，那个泄密者，会是谁呢？我现在打死你，也是组织对特务就地正法！"

"你不要拿组织来吓唬我，你是哪个组织，你心里清楚。"

沈东方毫不畏惧。

沈东方慢慢地转过身，一看，是常有福举枪对着自己："常有福，我早就猜到是你。你才是真正的内鬼，伪装得天衣无缝，骗过了那么多人。你说，你为什么要陷害我？"

常有福的话，突然一下子提醒了他，是呀，当边区政府决定发行货币的时候，自己被调到研发组，从边币的设计、印刷等都参与其中。那时候，特别行动组还没有成立，常有福以保安处的名义经常来找自己，他说是工作需要，向自己请教边币的事情，还虚心地用本子记下来。原来，是常有福把这些情报泄露出去的，难怪边币发行没有多久，就被敌人伪造出来。而且，敌人的假币也在不断改进，造假的数量逐步增加，一次比一次像真币。沈东方后悔自己太大意，干了这么多年特工，回到陕北却被人利用了。不行，不能背这个罪名，得赶快想办法逃离他的魔掌。

这时，月亮又躲到一块黑云后面，天暗了一些。常有福看出来沈东方想逃跑，他道："把枪扔过来，你跑不过我的子弹的。"看他咄咄逼人的样子，沈东方只好把枪扔过去。

沈东方说："常有福，你也是一个老党员了，为什么要背叛党和人民？"

常有福一听，气就不打一处来："呸！还老党员，革命这么多年，我他妈的还是个穷光蛋，实话告诉你吧，老子干这事就是为了钱。"他一下露出了真面目，对沈东方大吼："你都是要死的人了，我不妨告诉你，让你死个明白，其实，我才是'老汉'，吴昊他们都是小卒子，萧剑尘是我派人拉下水的，白亮也是我打死的，整个'兔子计划'由我负责执行，我才是党国真正的大功臣！"

旁边，陈诗雨早就赶过来了，她躲在一个土包后面，看他们要干什么，由于天色又暗下来，两人都没有发现她。听到常有福承认是他打死白亮时，陈诗雨紧紧地攥起拳头，恨不得一枪崩了他。

陈诗雨终于明白，原来，白亮临终前在她手上点三下，还有刘小婉最后想要告诉他谁是特务，也在她手上划三下，他们指的都是同一个人：常有福！"常"字上面正好是三点。而沈东方的"沈"也是三点，让她误以为那个人是沈东方。

此时的陈诗雨，愤怒的热血往上涌，面对常有福这样伪装成忠实革命者的伪君子，她觉得一阵恶心，想立即把他千刀万剐！可是，任务还没有完成，不能感情用事，她努力克制住自己，让自己的头脑清醒一些。

常有福要扣动扳机："老子不跟你废话了，早死早托生，到那边你照样可以多印点钱，照样可以研究货币。"

沈东方说："常有福，等等，我还有一个问题，你既然要置我于死地，就让我死个明白，你为什么要一次次挖出你们的自己人？为什么还要撮合我和诗雨结婚？"

常有福用枪继续对着他不耐烦地说："把他家的，你都快死的人了，问题咋这么多。不暴露那些小喽啰，我不就有危险了吗？而且，上级能信任我吗？我这个行动组组长还怎么建功立业，这叫'丢车保帅'。至于婚礼嘛，你难道真的看不出来？我估计你们已经开始怀疑我，你们俩提出结婚这事，看起来是随意的，其实是上面故意给我使的计，我就顺竿而上。你忘了吗？你们的结婚时间为什么要由我来定，我也只能将计就计。上面原以为让我定下你们结婚时间，会趁你们结婚时，偷偷派人把那批假币运进来。可是，上面没想到,我会用地道吸引你们的人全部过去,来个声东击西,这个计策被你沈东方识破了。你居然来到了状元沟!不过,话说回来,我还真喜欢诗雨那丫头,几次都没舍得杀她,等把你这个狗特务解决了,她就是我的人了!"

沈东方听到这里,气愤至极,说:"常有福!你别高兴得太早!你以为你们的阴谋能得逞吗?我手榴弹一响,周围埋伏的人马上会向这里包围过来。"说着一把举起了两颗捆绑在一起的手榴弹。

常有福没想到沈东方会使出同归于尽这一招,一下慌了神,竟朝沈东方开了枪。

沈东方站在深沟边,他本能地退了一下,子弹打在他肩上。没等常有福第二枪打过来,他迅速拉掉了手榴弹的引线,轰的一声巨响,两颗手榴弹在空中爆炸了,他也被冲击波掀落深沟。

常有福一看,完了!偷运假币的队伍这个时间应该是走到状元沟中间,进退都来不及了,他拔腿就朝缓坡的那边跑,准备下去增援。藏在土包后的陈诗雨忍不住大喊:"东方——"举枪朝常有福射击。

常有福没想到,陈诗雨这时会突然出现。

瞬间,天上又一大片黑云遮住月亮,天立刻变黑了。常有福不敢再耽搁时间,他在夜色的掩护下,拼命向沟底的方向跑。如果在自己手上丢了这批货,别说荣华富贵了,全家人的命都保不住。常有福知道后果的严重性,已经顾不了其他,保住货就是保命。

陈诗雨在他后面紧追不舍。

沈东方拉响手榴弹的那一声巨响，彻底暴露了特务们的位置。

东行政区整个区域，白天夜间都有八路军巡逻。今天晚上，虽然一些部队调到后沟，抓捕通过地道入境的特务，但其他巡逻也加强了。在宁静的夜间，两颗手榴弹的爆炸声，引着附近的八路军迅速向状元沟靠近。

天公作美，月亮又一次钻出了云层，比之前更亮了，把整个沟沟峁峁照得如同白昼。陈诗雨一边追一边开枪，常有福狗急跳墙。仓皇之中，他被脚下的石头绊了一下，一个翻滚，滚到了深沟边，他急忙一把抓住一棵酸枣树，两只脚吊在空中，下面是直直的崖壁，沟底深不可测，他的枪也掉了下去。

酸枣树的根一点点松动，听得见土块滑落的声音。常有福的双手被枣刺深深地扎进去，半个身子悬在空中，眼看要掉下去了，吓得大叫："诗雨，快救救我吧！我求求你了，快，我撑不住了！"

陈诗雨追过来，她稍犹豫一下，把枪别在腰间，就趴在沟沿上向常有福伸出手。两个人的手中间距离差一点，怎么也抓不到，陈诗雨往前面爬了一点，就在快要拉到常有福手的时候，常有福左手抓的那棵枣树突然连根拔起，他眼睛一闭，完了！

等他再睁开眼时，发现自己还没掉下去，右手抓的枣树还在，他一只手紧紧抓着这棵救命树。这是老天不让我死啊！我有福，有福！

"诗雨,你快救救我吧,我什么都向你们交代。"他露出一副可怜相,与平时的样子相比,完全变了一个人。

陈诗雨心想,你做了那么多坏事,这是你罪有应得!

另外一棵枣树离上面更远了,陈诗雨还是抓不到他。她急中生智,站起来解开系在腿上的绑腿,把一头递了下去。常有福如获救命稻草,他一把抓住,陈诗雨一点一点慢慢往上拉,有两次差点把她也带下去,好在常有福用脚抵在崖土上,才没把她拽下去。

常有福终于被救上来了,他躺在地上,满头大汗,喘着粗气。

陈诗雨想,沈东方刚才拉响了手榴弹,等于给我们的人报了信,马上就会有人来了。她用枪指着常有福说:"起来,跟我走,等待人民的审判!"常有福慢悠悠地起来,突然一个转身,扑向陈诗雨。陈诗雨猝不及防,立即开枪,被常有福一把向上推开,子弹打在了空中。两人你来我往,扭打在了一起。

陈诗雨经过专门的训练,她在苏联学习侦探的时候,擒拿格斗是必修课。常有福也毫不示弱,一开始占了上风。由于他惦记着运假币的事,想马上脱身,此刻狗急跳墙,一切都豁出去了,凭借自己力气大,一步一步都想置陈诗雨于死地。

几个回合下来,陈诗雨步步紧逼,就是不让他脱身,常有福的心乱了,他也无心恋战,慢慢地乱了阵脚。陈诗雨越战越勇,常有福根本不是对手。陈诗雨使出一个破绽,常有福猛地往前一扑,整个身体几乎收不住了。陈诗雨如幻影一般突然移到他身后,没等他回过头来,对着常有福的双腿后面"啪啪"连踹两脚,常有福疼得一咧嘴:"我的妈呀!"一下跪倒在地。

常有福又开始求饶:"诗雨,你听我说,我是爱你的,你没看出来吗?我一直都在保护你,要不,你早就……你跟我一起走吧,我有好多好多的钱,足够我们生活一辈子!"

陈诗雨气愤地说:"做梦!你杀害了我们那么多同志,帮国民党贩运假币,破坏边区金融,给我们造成了多大的损失,我恨不得把你千刀万剐!"

常有福辩解道:"那些事情都是沈东方干的,他才是潜伏最深的特务,他故意让王掌柜、萧剑尘、吴昊等人暴露,是为了保护其他人的下一步行动,把大量的假币运进来。"陈诗雨打断他:"够了!起来,走!"

陈诗雨刚才那两脚,让常有福半天站不起来,她过去想扶他一下,没料到常有福原来是故意的,他借陈诗雨弯腰准备扶自己时,一把从她身上抽走了枪,对准陈诗雨,冷笑着说:"陈诗雨,放我走,否则就打死你!"

"休想,你这个大特务!"陈诗雨迎着他的枪口,毫不畏惧。

此时,李拥军带人冲了过来。常有福一看急了,他一把扯过陈诗雨,挟持着她一边后退一边说:"你们别过来,过来我就打死她!都往后,再往后!"

李拥军只好让大家向后退。

常有福拿枪逼着陈诗雨,眼看走出了李拥军他们的射程,他朝陈诗雨扣动了扳机。可是,枪里没有子弹了,刚才,在他夺枪的一瞬间，陈诗雨把枪里的弹夹抠掉了。他只好扔掉枪，撒腿就跑。

陈诗雨飞身跳到他前面堵住他。李拥军和战士们扑过来一拥而上，将他擒获。

东边的天空开始泛白，月亮还挂在天上，启明星眨着眼睛。

在状元沟的沟底小路上，有许多化装成普通老百姓的人牵着马，急匆匆地走着，马背上驮着一大包一大包的伪造边币。

老刘和边界的驻军将偷运假币的队伍团团包围，从状元沟的东、西两头，同时往中间行进合围。沟里，提前赶过来的巡逻小组接到命令，没有和敌人正面交火，等着统一行动的命令。状元沟的两边山梁上，也埋伏着我们的人。

敌人在沟底像热锅上的蚂蚁，刚刚走到东头，发现有八路军巡逻，又掉头朝西，西边沟口也有八路军，再开始回头往东走，整整一个晚上，他们像无头的苍蝇在沟里游荡。这是老刘用的战术，晚上看不清楚，容易给敌人造成可乘之机，他要把敌人围堵起来，从身体和心理上先拖垮他们，等到天亮再全部消灭。

这是一个有二三百人的队伍，很明显是经过精心准备的，敌人下了很大的工夫，配备的武器和弹药都很充足。

在黑市兑换边币和法币刚开始时，只是一些黑心商人、地痞流氓和社会上的混混，最多也只是些小特务介入。后来的几次偷运假币，也是分散的、小规模的，不仅数量少，而且有的是和非必需物资混合偷运。这一次，是国民党蓄谋已久的，是"兔子计划"的核心内容，他们经过周密筹划，企图把大批假币闪电般地突然输入，以最快的速度分发下去，彻底搞乱边区金融，配合他们的经济封锁政策，加快困死共产党八路军。

敌人的如意算盘打错了，整个陕甘宁边区犹如铜墙铁壁，似有一道无形的围墙护卫着边区的经济秩序，除黑市兑换在一定阶段给汇率造成影响外，他们制造的假币，没有一张能够进入边区流通。这次敌人孤注一掷、绞尽脑汁策划的"兔子计划"还是被识破了。

天麻麻亮，我军的包围圈越来越小。根据所掌握的敌人行进位置，老刘研究了一下地形，决定在状元沟的三棵树打伏击。他让通讯员给周围各部队送去信息，这里两边的山梁不是太高，适合从上往下射击。三棵树的西边，沟底变得狭窄，只有十几米宽，方便"扎口袋"，而且这一带也没有树木，地势平坦，敌人没有办法躲藏。只要从东边把敌人赶过来，就可以消灭他们。

一切安排妥当，老刘带人从东边加快了行进速度。

很快，战斗打响了。果然不出所料，这群运假币的队伍是国民党的精锐部队，他们虽然都换上了老百姓的衣服，但打起仗来都是不怕死的主，加上武器配备到位，他们展开了疯狂的抵抗。

这场战斗异常激烈，由于敌人的拼死抵抗，一开始老刘的队伍推进缓慢。

这时，沟的左右两边梁上赶来的战士加入战团，对准敌人居高临下奋勇射击。一时间敌人三面受到夹击，但还是不肯丢掉运送的假币,他们死命地守着这批货,边打边朝西边撤退。李拥军、陈诗雨和行动队的同志,正好在西边的出口严阵以待。剩下的敌人慌慌张张跑过来,双方遭遇后,再次展开你死我活的战斗。行动队牢牢地扎住"口袋",给敌人以迎头痛击,打得他们屁滚尿流,一个也没有跑出去。

激烈的战斗持续了两个多小时,敌人渐渐支撑不住了,老刘带人发起了冲锋,喊杀声响成一片,剩下的敌人纷纷缴械投降。

这时,天已经大亮,太阳从东方升起,正好从沟顶斜着照下来,整个沟像一条金色的河流,镶嵌在厚重的高原上,战士们欢呼声响成一片。战斗大获全胜,经过清理战场,共缴获伪造的假币一百二十四箱,击毙敌人一百六十七人,俘虏一百二十人。老刘通过电台请示上级,决定对缴获的假币就地销毁,不给敌人留下任何念想,彻底粉碎敌人的"兔子计划"。

一箱箱假币被点燃,滚滚的浓烟自沟底冲天而起,在蓝天中渐渐地弥漫开来。它仿佛向世人宣告:中国共产党领导下的红色金融,是一条红色命脉,与中国共产党的发展一路相伴。陕甘宁边区银行是各抗日根据地银行的先导和模范,陕甘宁边区货币体系的建立,有力地支援了抗日战争。边区银行犹如陕北高原上空的一片红云,映射出边区革命和建设的熠熠光芒!

在陕北高原上的这群共产党人,是任何困难也无法战胜的,他们有着勇敢的胆识,有着大无畏的气概,有着钢铁般的意志。国民党用尽手段,企图扼杀新建立的边区货币信用的阴谋破产了,企图封锁经济困死共产党八路军的阴谋也彻底失败了!

太阳升起一竿头高了。陈诗雨派去寻找沈东方的战士陆续回来,大家找遍了状元沟周围所有的地方,都没有找到沈东方的尸体。

明明看见沈东方被手榴弹爆炸的气浪推下了沟底,那个地方,是整条沟里最陡最深的峭壁,人掉下去可能会被摔得粉身碎骨,但起码能寻到一点踪迹。陈诗雨不放心,亲自去了沈东方摔下去的那片山沟。她在地上仔细地查看,找到了一支钢笔,捡起来一看,是沈东方的,她发现钢笔上刻着两个字"等雨"。

陈诗雨清楚地记得,沈东方曾经给她说过,自从第一次见到她,就一直忘不了她,他每天都在想她、等她,他相信命运是会眷顾他的,终于他等到了,他们在陕北再次相见。可是,陈诗雨爱的是白亮,沈东方很痛苦,从感情方面来说,他羡慕白亮。白亮牺牲后,他对陈诗雨的爱更深。这一次,虽然陈诗雨答应和他结婚,如果不是为完成任务,陈诗雨不会这么快答应。沈东方也猜到了这一点,但他是认真的,在他心里,已经把这场婚礼当成真的,这也是他一生中最幸福的时刻,只要陈诗雨感到幸福,哪怕牺牲他的生命也是值得的,他不管以后会怎样。

然而,他却这样不明不白地消失了,只留下这支刻着字的钢笔。陈诗雨心里非常难过,虽然组织没有向她明确沈东方的身份,但他对自己的爱,让她时时都能感受得到,他就这样走了,连他的尸体也没有找到。陈诗雨把钢笔紧紧地握在手中,一滴滴眼泪掉在了"等雨"两个字上。

敌人下大工夫伪造的边区货币,被付之一炬。为了使"兔子计划"彻底破灭,剿灭其残余势力,根据上级指示,任命陈诗雨为特别行动组组长,老刘继续留在绥延协助她工作。行动组发动群众,对当天晚上外出的所有人进行摸底排查,又连续抓获了守在外围、准备分发假币的其他敌特分子近百人。

陈诗雨来到山坡上,她站在白亮、刘小婉等战士的墓碑前,眼泪顺着她的脸颊流下来。她可以告慰战友的是,任务光荣地完成了。"白亮、小婉,我们胜利了,杀害你们的人抓住了,你们可以安息了!"

她走到墓碑的旁边,拿出她为沈东方洗好的叠得整整齐齐的衣服,轻轻地在地上刨了一个坑,把他的衣服放进去,再填上土,用一块木板写上"沈东方之墓"。她低着头说:"东方,你也安心地去吧。谢谢你,你对我的照顾,我都记在心里,这支钢笔我留下了,我会永远把它带在身边。"

这时,老刘来到她的身后,他摘下帽子,说:"白亮、刘小婉都是我们的好同志。陈诗雨同志,其实,白亮在军统汉中特训班时,就已经是我们的卧底了。你们来延安时他被敌人抓,过了几天就逃了出来,在西安办事处待了一段时间,组织上给了他特殊的任务,安排他回去潜伏到汉训班。几个月后,他回到延安,受军委二局的安排,先去上了前线,跟踪查出了一批他认识的特务。为查出更多的国民党特务，我们实施了反间计，派他来到特别行动组。当时，常有福以沈东方的名义揭发白亮，故意干扰我们的视线，我们将计就计，对白亮进行组织审查，完全是为了迷惑敌人，让敌人放松警惕，当然，这也让白亮同志受到了很大的委屈。"

陈诗雨哭得更伤心了。

老刘继续说："还有刘小婉同志，她年龄虽小，却是我们保安处的优秀侦察员。你从晋察冀边区调到行动组后，组织上考虑到行动组工作危险，就在你来之前，提前安排刘小婉同志到绥延分行，监视特务们的一举一动，给特别行动组提供可靠的情报线索，主要任务是保护你的安全，不到万不得已不能暴露。还有许多同志，都是我们永远不能忘记的，他们由于工作的特殊性，不能给自己身边的人讲实话，哪怕自己被人冤枉，哪怕为此付出生命……"

陈诗雨、老刘面对着一排排墓碑，举手庄严地向英雄们敬礼……

第19章
菊花与刀

许多人都没有想到,真正的特务头目竟然是常有福。

特别行动组经过对常有福的突击审讯,挖出了一大批潜藏的敌特分子,"兔子"一个个地被揪出来,并捣毁了他们的"兔窝","兔子计划"彻底宣告失败。边区军民载歌载舞,共庆来之不易的胜利。

快过年了,"赶年集"是陕北黄土高原最具仪式感的活动之一。绥延地区自古以来就有"逢四遇九"赶大集,约定成俗的规矩,农历日期尾数为"四""九",便是绥延的集市日。

这天,是腊月二十四,又临近春节,黄土高原的风刀子似的刮着人们的脸,却挡不住赶集的人流。街道上挤满了挑担的、赶驴的、挎篮的、推独轮车的老乡,尘土在人群脚下打着旋儿升起。四面八方的人来到集市选购年货,集市上人头攒动,热闹非凡,各类摊贩吆喝叫卖声此起彼伏。

在供销社的柜台上日用百货琳琅满目,玻璃瓶里盛着边区自产的"红星牌"蛤蜊油、铁皮盒装的"木兰霜"、"丰足牌"火柴、食盐、土布、搪瓷制品……一群年轻人挤在柜台前,一个扎着马尾辫的姑娘正在买牙粉,瓷瓶上印着"抵制日货"的字样。"同志,这胭脂要多少钱?"一个梳着齐耳短发的姑娘指着粗陶罐里玫瑰色的膏体问,柜台内掌柜的用小竹片挑起一点儿,说:"三张边币,掺了凤仙花汁的。你闻,香得很!"有的看着边区被服厂缝制的针线包;有的手里拿着散发出淡淡草香味的土肥皂。

街角传来货郎担的铜铃声,担子上挂着延安自制的手工木梳,齿缝里还残留着新鲜的刨花。

一位老大娘坐在地上剪着窗花,她的跟前排着长队,剪刀在她手里神奇地变幻着,各种造型别致的窗花一张又一张地被剪了出来。

一块青石板上,人围得水泄不通。一个说书的盲人支起了他的三弦琴,那琴身上的油漆早已斑驳,琴弦却绷得铮亮。说书人"啪!"的一拍惊堂木,说:"各位父老乡亲,今日咱不说那《三国》《水浒》,单表一段《杨家将》中杨六郎镇守三关!"三弦琴"铮"地一响,他右脚踩着节拍,唱起来:"话说那辽兵压境,边关告急!杨六郎临危受命,率三千铁骑死守瓦桥关……"

晌午,在市场的中心广场,顾青和劝储巡演团的演员们进行最后一场演出。这次,他们推出了一个特别的节目,向百姓演唱陕甘宁边区银行的《农村贷款三大纪律八项注意》歌。边区银行在积累储蓄资金的同时,大量发放贷款,支援边区军民发展自给生产，各级银行推出了许多农村贷款工作的好方法，由总行专门总结农贷工作经验，并改编成歌曲进行传唱。顾青他们选唱的这首歌让大家感到非常新奇，街道上，他们被群众围得里三层外三层。

农村贷款大家要牢记，三大纪律八项得注意。

第一反对包办耍私情，民主讨论群众来决定。

第二贷款数字要公布，区乡负责不许打埋伏。

第三到期保证要收回，有借有还年年有贷款。

巡演团的演员们统一身着整齐得体的八路军军服，顾青打着拍子：

八项注意时时要牢记，贷借才能收到好成绩。

第一大家到处要宣传，银行贷款为发展生产。

第二归还一律要边币，谁用法币政令不允许。

第三放款要适合农时，过迟过早一律都不好。

第四放款数字要适宜，帮助解决群众的问题。

第五放款切记要检查，用途不当收回再另放。

第六放款手续要简单，太多麻达群众不喜欢。

第七账目切实弄清楚，一分一毫也不得漏掉。

第八依照农村的利息，十成咱们最多收四成。

陈诗雨特意赶来为顾青送行。巡演团的最后一个节目是大合唱，还是由顾青指挥，演员们集体演唱《抗日军政大学校歌》。

> 黄河之滨，
> 集合着一群中华民族优秀的子孙，
> 人类解放，
> 救国的责任，
> 全靠我们自己来担承……
> 像黄河之水，汹涌澎湃，
> 把日寇驱逐于国土之东，
> 向着新社会前进，前进，
> 我们是劳动者的先锋！

嘹亮的歌声，响彻高原的上空。

演出结束了，顾青拉着陈诗雨的手说："姐姐，我真有点舍不得你，不知道下次再见要到什么时候！"

陈诗雨为她正了正帽子说："你看你，都是八路军战士了，都是知名演员了，还这么孩子气。我们离乡弃家干革命，经常分手是正常的，没有分手就体会不到下次相见的喜悦。"

顾青一下抱住她说："姐姐，可我心里很难受，在这个世界上，你就像我的亲人，和你在一起，我感到特别亲切特别温暖。"

她说着就止不住哭了起来。这一刻,陈诗雨心里也很难过,她找不到更好的语言来安慰她,虽然她们见面的时间短,但陈诗雨觉得好像很早就认识她,可能是自己把她和黄丽丽当成同一个人了。在自己心中,她完全就是黄丽丽!过去的已经过去,不管她是不是黄丽丽,都是革命同志,虽然大家出生入死,但自己会每天祝福她,一定还会有机会再见的。

"再见,诗雨!"

"再见,顾青!"

在热闹的集市上,两人依依不舍,含泪告别。

陈诗雨的直觉后来得到了印证。但是等她们再次相见的时候,谁也没有料到,竟然会是那样的场面,那样一种方式。

巡演团的同志已经整理好东西出发了,顾青抹着眼泪转身跑开,她追上巡演团的同志后,不由自主回头又看了一眼,发现陈诗雨还站在人群中翘首踮脚看着她。她再也忍不住了,又一次拨开人群跑回来,紧紧地抱住陈诗雨。

送走了顾青,陈诗雨觉得心里空荡荡的,她独自在集市上漫无目的地转悠,一阵寒风刮来,她不由得打个冷战。时间过得真快,到特别行动组一年多了,发生的那些事情,经历的那些日子,遇到的那些人,都令她终生难忘。

虽然,在大家的共同努力下,特别行动组堵住了假币的流入,挫败了国民党的"兔子计划",但这只是取得的初步胜利。敌人并没有就此罢休，仍然在暗中虎视眈眈。前段时间在市场上发现的那张假币，到底是怎么进来的，它和截获的所有假币在伪造方法上完全不一样。能有第一张流入，就可能会有第二张、第三张……形势依然复杂，这场货币战远没有结束。虽然没有硝烟，但陈诗雨已经能闻到那浓浓的火药味，她感到肩上的担子更重了。

让她最担心的事还是发生了，又有假币出现。

当她回到行动组时，遇着几个老乡正在给老刘讲他们遭受假币欺骗的过程。其中一个头上缠着白羊肚手巾的后生，用浓厚的陕北方言说："我们几个老乡，听说有客商来高价收购玉米，为了能多赚点钱，过个好年，我们把几家的玉米集中到一起，卖给了前来收购的商人，谁知道咋就出了这事。"

老刘见陈诗雨回来了，就对她说："陈组长，老乡又发现假币了。"

陈诗雨给他们倒着水，安慰道："老乡，您别急，先喝口水，慢慢地说。"

那后生有些沮丧，接过水碗说："我能不急吗？这乡里乡亲的，你让我咋给大家交代呀！"其他人也说："是啊，我们回家后，怎么跟家里人说这事嘛！"陈诗雨问："你们一共卖了多少钱？"后生拿出一沓钱说："总共卖了一千元，我给大家分钱的时候才发现，里面三张和其他的钱不太一样，当时收钱的时候也没有看出来，唉——"

老刘有点生气地说："老乡，我还是要批评你，粮食是军需物资，你为什么要卖给商人？这个问题如果追究，会严肃处理你的！"

那后生一听，脸顿时红了："我知道我错了，但卖给他们可以多赚两百元。"陈诗雨说："你仔细地想想，那人长什么样？"后生叹了口气："唉，就是个一般经商的，听口音好像是那边过来的。"

案情分析会上，陈诗雨非常气愤，她说："敌人一直没有死心，我们付出了那么大的代价，好不容易把假币堵在外面，可是这次突然间就又出现了，而且是通过分散流通渗透进来的，这是敌人对我们的公然挑衅！一定要坚决肃清！"

会场里很静，面对风云突变，大家的神经再一次绷紧。陈诗雨接着讲："根据我们调查的情况，近期敌伪推行假币的方法又有了新变化，主要有以下几种：一是利用奸商在根据地边缘区，包括我们绥延地区，高价收购粮食，在每千元中混入三四百元的假钞；二是利用汉奸找关系，在根据地的粮食市、布市上使用，利用农民分辨不清真假，喜欢新钞的心理，大范围抛出，收购根据地的粮食、山货、布匹、土特产、药材等战略物资；三是利用假钞到乡村购买汇票，既可以大量推出假钞，又因为不是在市场上买卖，不易被发觉。除这三种方式外，还有性质更恶劣的，就是利用奸细伪装冒充我方工作人员，在市场上查禁假钞，实则专门查禁真币，推行假币。这些卑劣手段，比以前是有过之而无不及！"

一名通讯员进来走到陈诗雨跟前，将一份电报递给她。陈诗雨看后，脸色立刻变得很难看，她一拍桌子，大声地说："无耻！"

会场上所有人都瞪大了眼睛。

陈诗雨控制了一下情绪,说:"根据我地下工作人员提供最新的情报,经过边区银行研究比对,这次新出现的所有假币,和我们销毁的国民党那些假币不是同一种,但和上次发现的那一张是一批伪造的。它们都是同一个出处——日本人!上级要求我们,要尽快查到这批假币的源头,粉碎日本侵略者对我根据地发动货币战的阴谋!"

她提到是日本人伪造的假币,顿时激起了大家的愤怒,众人纷纷谴责。

其实,日本人发动货币战争蓄谋已久,他们不仅想在最短的时间内击败中国,同时也想通过货币战,为他们增加补给。

早在一九三八年年底,日本陆军大臣东条英机就亲自下达密令,在上海成立了一个特殊的机构"杉机关",命令日军造币专家山本宪藏专门负责研究制造中国法币。日本人企图大规模地制造伪钞,套购巨量军用物资,用中国人的钱买中国人的东西,再反过来侵略中国。这是一个极其阴险的"以战养战"策略。然而,国民政府发行的法币,其印刷技术主要来自英美印钞公司,采用的纸张原料和防伪技术大多源于西方,堪称一流。由于日本的造币技术有限,山本宪藏把日本印钞的专家都集中起来,也依然伪造不出像样的法币。

于是,山本宪藏把眼光盯在了中国技术人员的身上。根据日本间谍得到的情报,上海银行世家出身的货币专家沈东方由此进入他们的视线。

但山本宪藏不知道的是,国民党军统局副局长戴笠早就识破了他的阴谋,将计就计,使得日本人在货币战中败北,山本宪藏也被停了职。

在那次货币战争较量中,戴笠不仅意识到日本人的险恶用心,还认识到日本人这个法子不错,应该再给日本人来个斗转星移、乾坤挪移,以其人之道还治其人之身。于是,军统便成立了"对敌经济作战室",和美国人合作在重庆建了一座秘密印钞厂,专门印制日占区的货币。通过打入汪伪政权高层,他们搞到了中储券的印版,很快就印了出来。更让日本人没有想到的是,戴笠通过军统在银行的潜伏人员,通过银行渠道投放假币,加上较高的仿真度,搞得他们晕头转向。

新一轮货币战的惨败,迫使日军不得不再次启用山本宪藏。这次他吸取了教训,不是只印一种了,而是先确定市面上流通的币种,然后多批次、多版本印制。半年多时间,山本宪藏一共印制了数十亿元的法币假钞,这一次,假钞成功投入到了市面上。然而,此时国民政府早就开始大批量地印制钞票,导致国统区货币极速贬值,山本宪藏的假钞投放到市场上之后,如同石沉大海,泛不起一点浪花。日本人费尽心机打的货币战,又以失败而告终。

戴笠在和日本人的货币战中尝到了甜头,马上故伎重演,但这次他们掉转了方向，大批量地仿制陕甘宁边区货币和各根据地货币，企图用同样的手段搞垮共产党，这次他失算了，而且败得一塌糊涂。

同样，日本人也盯上了边区这块"肉"，日军在中国的战线越拉越长，原本的速战速决计划陷入了持久战，可打仗需要钱，钱从哪里来？日军在和国民党的货币战场上碰了壁，就把矛头转向了另外一个目标——各抗日根据地。日军为了掠夺根据地物资，尤其是粮食，破坏边币信用，又开始大批伪造根据地货币，涌向各抗日根据地。

特别行动组根据边区政府统一部署，配合各机关团体、学校一起，利用群众逢集、识字扫盲等场合，进行假币鉴别广泛宣传，让老百姓尽快识别假币，不再上当受骗。在宣传普及中，发现并抓捕贩假罪犯，严厉打击犯罪分子。

陈诗雨带人来到街上，几名战士将假币粘在布上在街边挂起来。陈诗雨按照政府发布的打假通令，向围过来的群众列举假币与真币的区别。

她指着上面的样钞对大家说："乡亲们，你们看，我们边区造的这种土纸钞，摸起来很粗糙，连续在一个地方折叠几下，就不能恢复原样。而日本人印的假币，纸张比较轻薄，这样晃一晃，还有清脆的响声。另外，这钱上的花纹、花边、字迹、图章等，仔细地看也能看出来和我们的边币完全不一样。"

行动组的几名战士也向人们比画讲解。一个穿着长棉袍、戴皮帽的人走过来，拿出一张十元的边币问："陈组长，听了您刚才的介绍，我发现我这张不对劲。"陈诗雨接过来，认真地辨别了一下，她指着钞票说："老乡，您这钱哪来的？您这张上面的花纹有点不一样。"老乡说："这是我前几天给人做衣服时收的，家里还有。"陈诗雨顿时警觉起来："您是裁缝，我们能去您家里看看吗？"老乡回答："可以，走吧，我的店就在前面不远。"

刘记裁缝铺，位于街道最南头，这里相对于热闹的中间地段来说，显得有点冷清。刘老板领着陈诗雨他们来到店里，他拿出了这段时间收的所有钱，陈诗雨一张张地查看，果然，在刘老板收的钱里，一连发现了几十张不同票面的假钞。

陈诗雨认为事情重大，他让刘老板回忆这几天来的客人。刘老板的店地理位置较偏，每天只有一两个顾客光顾，也收不了多少钱。大概就在十天前，突然一下子来了七八位客人，他们说领导看他们工作太辛苦，给他们发了奖金，就来到裁缝店铺，每人想做一身衣服。他们要的时间很紧，想赶在离开绥延前拿到衣服，刘老板每天加班赶时间，好不容易做好，他们付了钱后取走了衣服。

"您能回忆起他们是什么样的人吗？"陈诗雨问。刘老板说："这些人长得都比较年轻、漂亮，听口音应该是外地来的。"

陈诗雨马上联想到巡演团，绥延地区不小也不算大，来了这么多年轻人，还能住这么久，除了巡演团，再没有听说过有其他团队来过。她立即意识到问题的严重性，同时发现这么多的假币，如果是发的奖励金，那一定是有人预谋的。

陈诗雨立即向边区保安处发电，请求火速协同调查。

就在她调查刘记裁缝铺的时候，老刘、李拥军等人在不同的地方也发现了假币。这些地方，有的是卖凉粉的摊点，有的是卖化妆品的小铺，有的是卖南瓜子、花生等零食的地方。根据被调查人描述的情景，所有的嫌疑，都指向了同一群人——劝储巡演团。

难道是劝储巡演团吗？有可能是特务故意陷害，转嫁给他们，希望和他们没有关系。陈诗雨想到了顾青，想到了演出团那些活泼可爱的年轻演员。肯定不会是他们！在边区投放日本人的假币，那可是滔天大罪，是民族的罪人，他们不会不知道。其他的假币找不到来源，但刘老板一次收那么多假币，而且，还听到有人说是单位领导发的，那只能有一种解释。

陈诗雨在心里想着，顾青的影子浮现在她的脑海，一种不祥的预感笼罩着她。

当劝储巡演团的车到达延安城外时，守候在那里的边区保安处的人拦下了巡演团成员，所有人都被带回去询问。

保安处的同志对人员进行一一核对，发现劝储巡演团团长顾青不见了。

同行的人说："当时，顾团长坐在司机的旁边，大家一起从绥延出发,车走出不到半个小时,顾团长突然说她有一件重要的事忘记告诉特别行动组的陈诗雨同志。她让我们大家先回来,说她明天再赶回延安。"保安处对所有人进行了问话,每个人的口径都一样,没有发现任何问题。大家都夸顾青平时对自己很照顾,她能跳能唱,能文能武,是巡演团的台柱子。

保安处让大家把身上的钱都掏出来,经过仔细比对,发现中间确实有许多假币。

保安处立即启动应急预案,一方面请绥延地区各地方组织密切关注,特别强调,发现顾青立即逮捕,一方面紧急联系打入敌人内部的同志,密查顾青的真实身份。

陈诗雨接到命令后,马上带领特别行动组的人四处查找假币及顾青的下落。

他们终于在一个窑洞里发现了几十箱假币,和日本人伪造的那批一模一样。

再说顾青,她下了巡演团的车,往回走了一段路,一看路上没有人,就躲进了旁边山上的林子里。等她再出来的时候,完全变成了一个地地道道的陕北老太太,即使是再熟悉的人,和她面对面也不会认出来。其实,顾青是日本派来潜伏在陕北的特务,她的主要任务是深入潜伏,等需要的时候,她的上线会唤醒她。

日本人在占领区的货币主战场失利后,开始把各根据地作为新目标,在绥延地区,恰好国民党的"兔子计划"被捣毁,他们认为时机已到,借共产党刚刚肃清国民党的假币,思想麻痹的时候,把他们造的假币输入边区。顾青是这项计划的负责人，她借到处巡演的身份，已经顺利地完成了给各区县的散发任务，她连最后剩下的一点钱，也以奖金的形式发给巡演团了，她不再为带在身上而发愁。任务顺利完成，她要离开陕北，她学的化装易容术，现在终于派上了用场。

我地下党很快反馈回情报，证实了顾青的特务身份。虽然特别行动组、各地方组织以及边境各关卡严格检查，但还是让她溜之大吉。

为了尽快查禁日本特务输入到边区的假币，边区政府颁布了《边区禁止粮食出境条例》，规定"凡边区所有粮食，不问属于原料或制成品，一概严禁私运出境"，为保障边币的信用提供了重要的基础。边区银行在绥延设立了"假票识别所"，帮助群众识别假币。绥延地区针对日本人的假币，采取了一系列严打制造、贩卖、使用假币的反击措施，有力地配合了晋察冀、晋冀鲁豫、山东、华中等抗日根据地，维护了根据地货币信用的稳定。

令陈诗雨没想到的是，根据地下党提供的情报，顾青不仅是日本特务，而且就是真正的黄丽丽，黄丽丽就是顾青！

那天，陈诗雨和白亮等了整整一个晚上，也没有等到黄丽丽。他们猜测，黄丽丽可能已经被日本鬼子打死了，他们只好伤心地离开，一起奔赴延安。

黄丽丽被鬼子抓住后，在日本宪兵队受尽非人的折磨，鬼子以她来要挟沈东方，沈东方为了保她一条命，只好答应帮助鬼子。在

陈诗雨想一个人静一静。她来到一个高坡上,看着眼前的沟沟壑壑,突然觉得黄土高原是那么的亲切,放眼望去,整个高原让人有一种回归的感觉,好像小时候母亲的怀抱,充满着温暖的味道。

黄丽丽看来,自己已经没脸活在这个世上了,她宁肯死也不想让沈东方因为她而投靠日本人。沈东方却有他的想法,答应帮日本人,不正是戴笠想要的嘛。现在也没有别的路可走,正好顺水推舟,还可以救黄丽丽一命。他脑子里有着宏大的计划,但是,他不能把自己的想法告诉任何人。

后来,黄丽丽得知沈东方竟然帮鬼子伪造货币,而且干得很卖力,认为他已经死心塌地投靠了日本人,她想报复沈东方这个大汉奸。就在关键的时候,日本人给她带来一个人,这个人是她的父亲。原来,父亲没有死。

父亲告诉她,自己在海上遇到台风后,一船人被卷进了旋涡,是一艘日本轮船救了他。他跟那艘船到了日本,因为中日双方打仗,所以一直没有机会回来。黄丽丽向他哭诉母亲因为他而跳海,父女俩难过地抱头痛哭。日本人把她的父亲关起来,威胁黄丽丽只要按照他们说的做,就留她父亲一条命。为了能让父亲活着,黄丽丽只好忍着屈辱答应了。鬼子对她进行了十个月的特务强化训练,然后,把她巧妙地安插到延安。一九三九年,她刚到延安,就被安排上了中国女子大学,在延安的这两年,浓烈的革命气氛深深地感染着她,她万分后悔当了日本人的特务,多少次她想向组织坦白,但一想到被关押的父亲,就再没有勇气说出来,她只希望能够尽快完成任务救父亲出来。

到延安后,黄丽丽和沈东方一直没有见面。他们之间从最初的保护、同情,到后来认为对方是日本特务,又觉得对方很善良,在为抗日不惜牺牲地战斗，总之，有一种说不清道不明的东西。

陈诗雨说不出来自己究竟是高兴还是难受，那个曾经单纯善良的黄丽丽确实已经"死"了，她后悔她们没有能一起从上海逃出来，更后悔自己没能亲手抓住她。帮助日本人祸害自己的同胞，如果再碰到，自己绝对不会放过她！

陈诗雨想一个人静一静。她来到一个高坡上，看着眼前的沟沟壑壑，突然觉得黄土高原是那么的亲切。放眼望去，整个高原让人有一种回归的感觉，好像小时候母亲的怀抱，充满着温暖的味道。黄土高原是历史的年轮，是大自然的孩子。此刻，陈诗雨站在这片土地上，感受到无尽的力量，那力量从脚底升腾，顺着血液涌遍她的全身。

遥远的天空，有一大片乌云正在聚集，像是孕育着一场巨大的风暴！

北平
—
1945年

第20章
战争没有结束

七月的北平，骄阳似火。

街道两旁的树枝被晒得低着头，仿佛没精打采地想着心事。驮着货物的骆驼、毛驴等，在烈日下依旧不紧不慢地走着，好像在思考着什么难以决定的大事。一眼看去，人力车夫是最精神的，脖子上一律搭着条毛巾，可以用来擦汗，也表明自己拉车的身份。一旦有人上车，车夫便是一路小跑，强烈的阳光对他们来说，只不过是多出一身汗水的事。当客人到达目的地付费时，他们的脸上，便会绽放出像什刹海盛开的荷花般的笑容。

一辆人力三轮车跑过来，车铃响个不停。陈诗雨跷腿坐在车上，她烫着螺丝头，系着一条粉色的发带，穿一件合身的淡绿色旗袍，旗袍开衩很高，露出雪白的大腿。车夫按照她指的路线跑着，胭脂胡同，烟袋斜街，黑芝麻胡同，帽儿胡同，抄手胡同……她想，北平是个有文化的地方，地名怎么都叫得这么随便，还不如陕北的地名有讲究。

车子来到一个叫雨儿胡同的地方,陈诗雨下车付了钱,看着车夫离开了视线。她提着一只柳条箱,一边走一边观察周围的环境,高跟鞋款款地敲响着地面。按照上级指定的联络地址,她来到京城86号。

这是一个典型的北方四合院,门口的巷子很窄,可能由于天热的缘故吧,狭小的巷子里没有一个人。一只狗吐着舌头从她身边无精打采地跑过,热得都不愿意抬头看人一眼。有三头默默咀嚼草料的骆驼,它们在巷口立着,祖祖辈辈经过沙漠的炙烤,这点温度对它们算不了什么。地上被烤得好像要冒火,那几头骆驼用奇怪的眼神望着她,嘴里上牙齿和下牙齿交错咀嚼,安静地盯着她,如果不是它们张嘴在动,简直就是三尊雕像。

陈诗雨上前敲门,一位操着很浓重京腔的四十多岁的女人打开门一脸笑意,说:"哎呀,您是阎太太吧!快进来,阎先生说您今天要来,专门去车站接您了。你们应该是走岔道了吧?他一会儿就回来。我是这里的房东,您叫我李婶就好。"

李婶帮陈诗雨接过行李,领着她进了一间房子,边走边说:"阎先生呀,真是个好男人,您看他还给您买了花。您先休息一下,饭都给您准备好了。"她的热情让陈诗雨有点不好意思:"谢谢李婶,您先去忙吧。"陈诗雨一个人仔细地看着房间里的一切。组织上安排她这次来北平,是要执行一项非常特殊的任务,她和一个叫阎立本的同志,对外以夫妻的名义作为掩护。她是阎立本的上级,可以直接对他下达任务。

阎立本,到底是一个什么样的男人呢?陈诗雨在心里猜想着。火车一到北平,她的联系人只向她介绍了一些简单情况。阎立本是我党一位资深地下工作者,有着多年在秘密战线对敌斗争的经验,曾经深入敌营,屡建战功,现在他的身份是一位大学教授。这是陈诗雨所知道的关于他的全部情况。

就在她胡思乱想的时候,那人进来了。大热的天,穿着一件长衫,戴着一副金丝眼镜,打眼一看就是一位知识分子。

他一跨进房门,两个人同时愣住了。这个人竟是沈东方!"是你!"两人同时大感惊喜,没有想到对方竟然是接头人。

自从举行婚礼的那晚匆匆分开后,一晃就是几年过去了。陈诗雨以为沈东方被手榴弹炸死了,连个完整的尸体也没有留下,她只能用他的衣服给他堆了一个坟茔,经常去祭奠,毕竟是他引领自己走上革命道路的。沈东方更是激动无比,上线说给他派来一位女同志,说是他认识的,见面就知道了,原来是日夜想念的陈诗雨。

沈东方看见陈诗雨手上拿着一本莎士比亚的书,立即想到了组织纪律要求,便问道:"小姐,你也喜欢莎士比亚?"

"是的,我喜欢读他的剧本。"

"你最喜欢哪一部?"

"《罗密欧与朱丽叶》。"

"不要指着月亮起誓,它是变化无常的,每个月都有盈亏圆缺。"沈东方背起了剧本中的话。

陈诗雨接着他的台词:"你要是指着它起誓,也许你的爱情也会像它一样无常。"两人按照约定，对上了接头暗语。

沈东方一把握住陈诗雨的手，激动地说："诗雨，我们又能在一起了！"

陈诗雨深情地望着他说："是的，东方，我们又能在一起战斗了！"她转了一下话题，说："对不起，那时在陕北，我们都以为你是特务。"

沈东方笑了笑，满脸无奈地说："我们在隐蔽战线上工作，被人误解是正常的。有时候即使付出了生命，甚至还要被自己的同志、家人指责，我们已经习以为常了。"他说这句话的时候，显得很平静，感觉是在说别人。

陈诗雨一下子明白了，他以前有些行为原来是故意的，为了达到最后彻底粉碎敌特的阴谋，许多事是他不愿做的。当时上级指定成立的那个特别行动组，每个成员都是经过充分考量的，是为了让绥延这一股敌特充分地暴露出来，不仅要把他们一网打尽，还要堵住绥延这个假币运输通道，同时，把敌人制造的假币全部收缴，行动组没有辜负组织的期望，顺利完成了任务。

陈诗雨看着沈东方，突然想到了什么，她掏出那支刻有"等雨"的钢笔递给他。沈东方轻轻地接过来，拿在手上看了半天，疑惑地问："怎么会在你这里？"

"那天我在你掉下沟底的地方，只找到这支钢笔，以为你已经牺牲了，就留在身边，想做个纪念。"陈诗雨说。

沈东方抚摸着上面的"等雨"两个字，深情地说："那些年，每当我想你的时候,我就摸一下这两个字。本来想在婚礼那天送给你的,谁知没有机会,后来还把它弄丢了。也巧,我来北平后,专门租了这里,因为这里叫雨儿胡同,每次看见这个'雨'字就想到你。"沈东方有点激动,他说:"对了,我们这次的任务是什么?"

陈诗雨说:"看你急的,你先坐下。当时我眼睁睁地看着你拉响了手榴弹,你被爆炸的气浪推出去好远,那可是几十米的深沟呀。"

"算是我命大吧。"沈东方扶了扶眼镜,"我被推出去那一瞬间,想自己肯定是完了。可命不该绝,我不仅没受一点伤,反而被气流托住慢慢地下沉,可能是夜间沟里气温差的原因,后来竟轻轻地跌在沟底软软的一堆干草上。哈哈,奇怪吗?"

陈诗雨也笑了:"是老天在保护你。那后来呢?"

"我起来后,正好和敌人运假币的队伍撞见。状元沟上空的爆炸声,让他们惊慌失措,但毕竟是经过训练的正规军,领队的马上镇定了下来。我借着夜色,顺手抢了一个人的枪,对着其他人和驮假币的马就是几枪,嘴里喊着'有埋伏,大家快跑!'他们的队伍一下子就乱了。"

"真有你的。"

"我趁乱混在他们队伍里,晚上也看不清楚,一直等到和咱们的人交火,我找机会撤离了。其实,在举办婚礼前,上级就派人联系我,说另外有紧急任务。为了引那个'兔王'出窝,我坚持要配合完成最后一项任务,组织上同意了。由于时间紧迫,我不敢耽搁,就尽快返回,去完成下一个任务。"

陈诗雨和沈东方能在北平相遇,是他们一点儿也没想到的。沈东方迫不及待地向陈诗雨请示这次的任务。

原来,日本人在战场上节节败退,失败已成定局。上级安排他们的任务,是在日本正式签订投降协议前,一定要想办法把日本人伪造假币的印钞版搞到手,把他们的罪行暴露在光天化日之下。因为,伪造他国货币,是一项国际法禁止的行为,日本人伪造假币活动一直在极为隐秘的状态下进行,拿到他们造假币的证据,我们就可以掌握更大的主动权,从根本上打击日本帝国主义的嚣张气焰。

北平的局势依然很紧张,虽然日本失败已成定势,但日本天皇并未向武装部队发布停战命令,日军仍然在顽抗。而在中国军队中,个别军阀甚至比以前更加疯狂。另外,国民党在一些地区加紧抢城夺地,并与共产党在战场上正面相对,大肆杀戮我地下工作人员。

要想拿到日本人伪造中国货币的印钞版,并不是一件容易的事。日本高层下了死命令,把他们侵华的证据送回日本国内秘密收藏,如果不能带回,务必就地销毁!沈东方通过特殊渠道了解到,日本人前期在上海发动的货币战中吃了几次大亏,随着战事的逐步扩大,他们把伪造法币的主要阵地从上海迁到了北平。对各抗日根据地货币的伪造,主要由日伪政府实施,一般都设在各根据地的周边城市,形成了一个庞大的制造假币体系。

这天，沈东方根据得到的线索，只身潜入日本人在北平的一个印钞基地，想先打探清楚情况再动手。

基地隐藏在一条小巷里的一个教堂后面。教堂的门面不大，但后面却有很大的院子。沈东方走进教堂，透过教堂高大的拱窗，可以看到宽大的穹隆，湛蓝的天空，那一缕缕刺眼的阳光在窗棂里肆意射入，五光十色的花窗十分耀眼。这是一个宏伟的建筑，据说是百年前某意大利传教士修的。教堂里华丽堂皇，几个教徒正在虔诚地祷告。沈东方走到最里面，从旁边的侧门悄悄地探身进去。

里面的院子很大，四周长满了各种树木和一些不知名的花草。知了在树上叫着，几头骆驼在院子悠闲地转悠。沈东方环顾了一圈，两边有两排小房子，中间是一个大房。沈东方从树后慢慢地往里移动，穿过大房子旁边的小道，后面又出现许多房子。他想靠近那些房子看一下里面的情况，这时，突然有人喊："什么人？站住！"几个持枪的人把他团团围住。

沈东方立即赔着笑："对不起，先生，我肚子痛，想找厕所。"

其中一个人打了他一枪托，斥责道："找厕所，我看你找死！滚！"

沈东方装作害怕的样子，一边往外走，一边手在胸前比画祷告着，嘴里念念有词："主啊，愿你时时与我同在，赐我够用的恩典应付今天一切的需要吧！"凭着职业的敏感，他从那几个人的衣服上，闻到了油墨的味道。

沈东方走进教堂，透过教堂高大的拱窗，可以看到宽大的穹隆，湛蓝的天空，那一缕缕刺眼的阳光在窗棂里肆意射入，五光十色的花窗十分耀眼。

在里面的大房子里，有一双眼睛透过窗户的玻璃，早已经看到了外面的一切。沈东方的到来，令她很诧异，这是一种不祥的征兆。沈东方能够找到这里，肯定是冲着假币的印钞版来的，他是代表共产党还是国民党？不管什么党，他是针对日本人来的。日军在战场上节节败退，已经开始触发了战后审判的敏感神经，小小的假币印钞版，反倒成了各方争夺的香饽饽，日本人不得不派高手严加守护。

沈东方从教堂出来，又查看了一圈周围的地形。教堂两边是四合院，里面有居住的人家，教堂正后面没有围墙，是一个很大的湖泊，在古代是皇家园林的水域，这里的湖水直接连通周围的水系。他想，印钞机一定在最里边的房子里，他们以前生产出来的假币，就是从水上偷运出去的，从这里走水路偷运不容易被人发现。

屋子里，陈诗雨焦急地来回踱步，沈东方出去打探消息让她很担心，日本人狗急跳墙，什么事都能干得出来。特别是在目前混乱的形势下，整个北平城各方势力都显得异常躁动。

她打开收音机，广播里一个女播音员正在读毛泽东的文章《对日寇的最后一战》："中国人民的一切抗日力量应举行全国规模的反攻，密切而有效地配合苏联及其他同盟国作战。八路军、新四军及其他人民军队，应在一切可能的条件下，对于一切不愿投降的侵略者及其走狗实行广泛的进攻。"

这时，沈东方急匆匆地赶回来，陈诗雨急忙迎上去问："情况怎么样？"

沈东方还来不及喘口气，就说："根据提供的线索，三个地方我都去了。城外废弃工厂那个已经搬了，现在是个空场地。王家花园那边，确实安装有印刷设备，也有印钞的痕迹，但显然是故意摆的样子，我仔细查看了他们留下的东西，应该是曾经伪造印刷过山东抗日根据地的货币。目前，最有可能藏匿的地方是教堂，那里在闹市区，方便掩护，假币装船从后院湖里运出来，可以通过运河直接通往各地，最重要的是现在仍然把守很严。"

陈诗雨听着他的分析，想了一下说："这么说，东西在教堂的可能性很大。"

沈东方说："目前还不能确定，那些人衣服上的油墨味道很陈旧，不像是刚刚打开的那种味，可能好久没有开机了，不知道印钞版还在不在那里。白天不容易进去，这样，我晚上再去查看一次。"

陈诗雨不放心地说："我和你一起去。"

沈东方微笑一下："不用，人多反而容易被发现。"

到了夜间，沈东方换了一身短衫，再次悄悄地潜入教堂后院。他躲在一棵大树后，看到巡逻的人比白天多了，他断定印钞版一定还在这里，不然，不会有这么多人保护。他找了一个空隙，轻轻地试着推了其中一扇窗户，发现窗户是开的，他身子一跃，顺势一个翻滚就进到屋子里。果然，里面有两台印钞机和一台打号码机，他打开手电，找到印钞版的位置，把手电筒尾含在嘴里，刚要动手，灯却突然亮了,从门和窗户涌来了十几个人,显然他们早有埋伏。

其中一个蒙着脸的人说:"哈哈,原来你白天来踩点,就是为了这个,你这个小偷要的东西很高级。给我拿下!我倒要看看是谁指的!"几个持刀的人上来就要抓他,沈东方与他们打斗起来。敌人仗着人多势众,步步紧逼,终于,沈东方寡不敌众,被几人扭住。

蒙脸人用枪抵住他的头,问:"你是代表哪一派的?共产党还是国民党?"

沈东方还没来得及回答,只听"啪啪啪"连续几声枪响,屋里的灯被打灭了,立刻一片漆黑,也分不清敌我。

开枪的人在灯灭前已经看准了每个人的位置,她在黑暗中连续射击,敌人一个一个应声倒下。她跑进来一把拉住沈东方:"快走!"这时,大门已经被关上,他们又折回来朝里面跑。敌人看清楚了,疯狂地向他们开枪。两人在印钞机的后面被火力压得抬不起头。

沈东方看清楚来人:"诗雨?"

陈诗雨果断地说:"听着,我数一、二、三,我们一起从窗户跳出去。来,一、二、三,跳!"他们一跃而起,用身体撞开窗户跳进了湖里。

敌人举枪朝湖里一通乱打。

原来,沈东方走了以后,陈诗雨担心他的安全,就跟了过来,没想到还真的遭到了埋伏。陈诗雨觉得很奇怪，大热的天，那个人为什么要蒙着脸，既然是日本人，应该不怕我们认出来呀！沈东方也很纳闷，那人很小心，他和其他人穿着一样的衣服，说话的声音也是故意装出来的声调，难道他怕我认出他？

这次的行动已经打草惊蛇，为了防止敌人把印钞版转移，陈诗雨第一时间通知北平的地下党组织，在教堂周围派人严密监视，对有可疑行为的人进行跟踪。知道了假币印钞版的地方，已经是很大收获了，接下来就是尽快抢过来，一定不能让日本人销毁或者带出中国。

眼看日本鬼子的末日越来越近，上级党组织先后发出重要指示，要求北平地下党组织协助八路军占领一切可能占领的城市设施和交通要道，在条件成熟的情况下，可以组织武装起义，不失时机地配合八路军。北平城内地下党一面派人出城联络八路军，一面大量张贴、散发《告北平青年书》，把抗战即将胜利的消息传达给北平人民。

历经多年沦陷之苦，北平人民终于要重获新生了，希望就在眼前，整个北平沉浸在即将胜利的喜悦之中！

为了不给敌人以喘息的机会，陈诗雨决定，第二天就采取行动。沈东方向北平党组织汇报了情况，组织派了地下党和已进城的八路军战士组成的队伍，由陈诗雨统一指挥，抢夺印钞版。

教堂虽然门面开得很小，但整个占地面积非常大，为防止敌人从其他方向逃跑，陈诗雨让人把教堂包围起来，她和沈东方带人进去抢夺印钞版。敌人没有想到这么快他们又来了，守护印钞版是上面下的死命令，这些日伪人员全力抵抗，双方打得异常激烈。沈东方一看强攻不下，担心敌人还有援兵，或者是毁掉印钞版，他让陈诗雨他们从正面往进冲，自己带几个人从屋顶上面过去，直接先把印钞版抢到手。陈诗雨同意了。

沈东方带人跃到房屋上面，这是片一眼望不到边的屋顶世界。除了最前面高大尖顶的教堂外，其他全部是黄色瓦片组成的一个又一个卷棚屋顶，它们几乎连成一片，像起伏的小丘陵。沈东方联想到了陕北的"黄馒头"，在北平城里，原来也有这样的景象，只是一般人看不到而已。每个屋顶都没有明显的正脊，屋坡与脊部呈现弧形滚向后坡，这种卷棚顶形成了独有的曲线风景。从高处往下看，简直是另外一个北平。希望不要再打仗了，老祖宗留下的北平真美！他在心里想着。

沈东方他们在屋顶上跨过一层层圆弧，直接奔向教堂后面的大房间。他们从房间的窗户飞身跳进，突如其来的闯入，令里面的人来不及反应。沈东方他们向敌人开枪射击，而且很快就占了上风。

激烈时刻，外面又冲进来一群人，为首的就是昨天晚上那个蒙面人，他依旧用黑纱遮着脸。沈东方在其他同志的掩护下，快速地找到了印钞版，就在他准备拿起来的时候，突然发现印钞版上绑着一颗炸弹。他对大家大喊："小心，有炸弹！"

陈诗雨带人从大门外打进来，他们冲进了教堂。敌人退到教堂里面，以座椅等为掩体，继续顽抗，双方伤亡都很大。这时，沈东方他们在教堂后面和敌人交上了火，前面的敌人听到后院传来枪声，无心恋战，边打边退。出了教堂后门，是一片开阔的院子，陈诗雨命令大家散开，边打边冲，她以一棵大树作掩护，向敌人射击。

敌人看她在指挥战斗，认定她是头儿，于是，就把主要火力都对准她，压得她在树后不能出来。忽然，她发现旁边有两头骆驼，就地一个翻身，躲到了骆驼后面。一头骆驼中弹倒下，鲜血溅到她的身上，敌人以为她被打中了，慢慢地围过来。她突然站了起来，一边瞄准敌人射击，一边快步往前冲，敌人没有想到她会有这一手，一个个倒了下去。

剩下的几个敌人一直往后退，陈诗雨带人冲进了大房间。沈东方朝进来的同志大喊："都别过来，有炸弹！"

蒙面人看到自己的人被包围，知道大势已去，举枪喊道："沈东方，你这个没骨气的，原来，你又投靠了共产党！"听到对方喊出自己的名字，沈东方没想到对方竟然认识自己，难怪昨天晚上怕被自己认出来："你是谁？死到临头，揭开你的真面目！"那人缓缓取下蒙在脸上的黑纱，大家都愣住了。沈东方和陈诗雨异口同声道："顾青！"

顾青冷笑着，和她以前和蔼的表情完全判若两人："什么顾青，你们认错人了，实话告诉你们吧，其实，我就是黄丽丽！"

陈诗雨惊讶地说:"黄丽丽?你为什么要变成顾青?为什么不敢承认你就是黄丽丽?"

顾青发疯一样大喊:"黄丽丽死了!你们认识的黄丽丽死了!为了保护沈东方,我被日本人抓住,受尽了非人的折磨,你们知道吗?我生不如死,但如果用我的死能换回他沈东方的命,我值了。毕竟沈东方救过咱们三个人,你和白亮也可以去延安。"陈诗雨看她伤心的样子,说:"那你后来怎么又给日本人做事?"

黄丽丽愤怒地指着沈东方:"你问他!这个无耻的小人!那年,我被日本人侮辱、拷打,他这个软骨头却屈服了日本人,帮日本人仿造中国的货币,再来害中国人,我一气之下,不想死了,我要活着,让他死!"

沈东方说:"黄丽丽,对不起,有些事我也是被逼的。"

黄丽丽一挥手打断他的话:"别说了,你帮日本人做事,又和国民党的人来往,你以为我不知道你那些丑事。后来,你又打入延安,现在,你却成了共产党的人,你还有没有人格?有没有骨气?"

陈诗雨看到她脸上滑下来的泪水,问道:"黄丽丽,即使你怀疑沈东方,可是你呢,你怎么也变成了日本特务?"

黄丽丽抹一把眼泪,紧接着又哈哈大笑:"我是日本特务,不错,确实是,也杀过好多中国人,可我有什么办法呢?原以为我爸爸死了,我妈妈也死了,我活着也没什么意义,可是我爸爸他没有死,他在大海里被人救了,而且救他的是日本人。他们又以我爸爸的命来要挟我，如果不听他们的，他们就要杀了我在这个世界上唯一的亲人呀！"黄丽丽显出无奈的表情，停了一下说："他们对我进行了强化的魔鬼训练，答应我只要到时候按他们的安排到延安去潜伏，帮他们把假币成功输入进去，回来就放了我爸爸。"

黄丽丽苦笑一下，叹了口气继续说："日本人开始还是讲信用的，在陕北完成任务后，我回到上海，和我爸爸生活了一段时间。可就在几个月前，他们突然把我爸爸偷偷转运到了日本，我爸爸得了重病，也活不了多久。他们给我下了最后一个任务，让我来北平，负责把印钞版带回日本，不能留下把柄。谁知道，你们偏和我过不去，我连最后见我爸爸一面的机会都没有了。"

陈诗雨有点同情她，看她有些后悔就劝道："黄丽丽，你的遭遇我能理解，在民族大义和个人感情之间，我希望你能正确选择。"

黄丽丽流着眼泪说："像我这样的罪人，何谈什么民族大义，如果你能原谅我，我们下辈子再做朋友吧！"

说完，她毫不犹豫地就朝绑在印钞版上的炸弹开枪。周围的战士也一起向她开了枪。随着炸弹的爆炸，黄丽丽连中数枪，倒在血泊中。

印钞机上安装印钞版的位置被炸得面目全非，周围的几名战士也牺牲了。沈东方负了重伤，被紧急送往医院抢救。陈诗雨担心附近的敌人很快会过来增援，她命令大家迅速撤退。

黄丽丽的死，让陈诗雨有一种说不出的难受，毕竟她们俩从小一起长大，又是这个世界上最好的朋友，而为日本人做坏事也是被胁迫的。

上级交代给陈诗雨的任务没有完成，得不到印钞版，在日本人投降谈判的天平上，将失去一个有力的证据，她为自己的失职而悔恨。离开教堂，陈诗雨突然觉得好像什么地方不对劲。直觉告诉她，黄丽丽不会完全变的没有一点人性。陈诗雨了解她，她当时为自己的行为流泪，说明已经后悔，但她不能原谅自己。她骂沈东方没有人格，还当着这么多人揭露他一直在和国民党的人来往，是故意的挑拨，还是提醒着什么？难道她还知道沈东方的其他事情？陈诗雨一时觉得脑子里非常混乱。

沈东方经过了那么多次考验，立过那么多大功，而且，这次她来北平，组织上让他们假扮夫妻合作，如此重要的任务，组织上不可能没有考虑。

但是，陈诗雨想起刚才黄丽丽的行为，她在说最后一句话时，眼神很果断，已经能够看出来，她知道没有机会再见到父亲了，好像下定了决心。她说："如果你能原谅我，我们下辈子再做朋友吧！"陈诗雨感觉有点蹊跷："如果你能原谅我……"，她仔细地回忆从他们开始行动的每一个细节。

她突然想起来，刚才，她带人从教堂冲出来时，院子里有两头骆驼，一头被打死，还剩下一头。等他们杀到教堂后院的时候，院子里另外还有几头骆驼，但战斗结束后出来的时候，那几头骆驼好像不见了。她立即意识到：有问题！敌人都被消灭了，那几头骆驼去了什么地方？它们会自己跑了吗？她在教堂周围寻找。

生活在北平的人都知道，骆驼是主要的运输工具之一，街道上，常常会遇见三五头甚至十多头骆驼，它们排着长长的队伍，背上驮着煤炭、建材、干鲜果、米面杂粮等，北平人叫它"驮架子"。陈诗雨又返回来，她远远地看着教堂门口，她向街道上的行人打听，有没有看见几头骆驼，所有人都说不知道，什么都没看见。

刚才这里的枪声，已经引来了日伪军，他们把周围都围了起来。幸亏战士们撤退及时，才没有和赶来增援的敌人遇上。一个穿着旗袍、气质高雅的高个子女人，提着手提包优雅地走来，她主动和陈诗雨搭讪："小姐，别往前边走了，刚才教堂那里打枪，可怕人了，我看见有几头骆驼也受到惊吓，它们好像朝那边跑了。""骆驼！"这个女人提到骆驼。陈诗雨这才发现面前的女人长得很漂亮，眉心有一颗小小的美人痣，更增添了她的妩媚。特别是她那高挑的个子，与她的整个气质结合得恰到好处。陈诗雨感觉她有点面熟，好像在什么地方见过，但一时又想不起来。她说了声"谢谢！"就朝她指的骆驼的方向追去。

广安门大街上，有一队骆驼蹭着主人的衣袖，缓慢地行进，沉闷悠长的驼铃声不紧不慢地响着。它们高昂着头颅，对行人不屑一顾，行人对它们也如同对空气一样，彼此眼空无物，人和骆驼各自行路，各有其途，只是人走得比骆驼匆忙而已。

陈诗雨追到骆驼队的前面,她用枪抵住牵骆驼的人:"别出声,把东西交出来。"陈诗雨心里也没底,不知道东西是不是在他身上,自己只是猜测,故意想诈一下那人,看看他的反应再说。

这人是个西域的商人,一看有人拿枪对着他,立刻吓得用不太流畅的汉语求饶:"好汉饶命,大侠饶命,我只是个拉骆驼的,您要的东西在第三个骆驼的驼峰上挂着,您自己拿吧,其他我什么也不知道,求求你别杀我。"

"我要的东西?你知道我要什么?"陈诗雨觉得很奇怪,问他,"什么人让你拉骆驼的?"

那人说:"有个人我不认识,他给了我好处,把他的三头骆驼加在我的驼队里,让我拉骆驼朝西直门方向走,他说有个女人来,就把骆驼身上的东西交给她,我真的什么也不知道。"

陈诗雨看他确实什么都不知道,就从驼峰上取下袋子,打开一看,正是日本人的印钞版。她一阵激动。骆驼的记忆力很好,它们能记住走过的路,可能是刚才的交火,骆驼受到惊吓,跑出了教堂。又被人利用了,把东西放在了骆驼身上,让驼队继续往前走。

这个人到底是谁呢?他怎么预料到我会想到是骆驼?怎么会这么了解我?她继续在袋子里翻看,发现有一张纸条,上面写着:"这是你要的东西,绑在印钞机上毁掉的是假的。"陈诗雨更搞不明白了,到底是谁在帮我?沈东方是货币专家,他当时已经接近那个印钞版,发现有炸弹才停了下来,他没有看出来那是个假的吗?当然,他为此差点牺牲,现在还躺在医院里生死未卜。难道是遇见的那个漂亮女人？是她告诉我骆驼的方向。莫非，还是有其他同志在暗中帮我？

是她，小青。陈诗雨脑子里突然闪现出多年前在上海"永正裁缝店"的情景，橱窗里那个漂亮的女模特。她高挑的个头，还有她眉心那颗漂亮的美人痣，刚才她主动告诉我骆驼的方向，难道她也是我们的同志？

陈诗雨很清楚，在敌人的眼皮底下，有无数战斗在秘密战线上的同志，在默默地配合着自己的工作。刚才从黄丽丽的表情上能猜出来，一定是自己的同志提前给她做了工作，临到最后的时刻，黄丽丽醒悟了，趁交火的时候，把真正的印钞版让小青带走交给自己。

谢谢你，黄丽丽！

保重，小青！

陈诗雨一点不敢耽搁，她立即叫了一辆黄包车，快速地找到上级，把印钞版转交给了组织。经过组织鉴定，这个印钞版，确实是日本人伪造中国货币制作的。国民党同时也到处派人在找，想掌握这一证据，却被我们抢先了一步。

日本投降了！北平人民历经八年沦陷之苦，终于重获新生。

北平城内，家家张灯结彩，许多商店门前贴出"欢庆胜利"的标语，天安门前竖起"还我河山"大型标语木牌，整个北平沉浸在胜利的喜悦之中。

陈诗雨和沈东方来到湖边散步，远处隐隐约约可以看见西山，开始泛红的枫叶把整个山体染得格外漂亮，水墨风韵，朦朦胧胧，如梦幻一般。

一阵风吹过，一片树叶飘落下来。沈东方说："夏天过去，天又该冷了。"

陈诗雨望着西边起伏的山脉，感叹地说："是啊，该冷了，但离下一个春天又近了！"

沈东方沉思着，一语双关道："那应该是另外一个季节。"

2025年6月18日定稿于西安

后记 /

秋夜里最后的红枫

长篇小说《货币密战》终于完稿了，但小说中的人物却依然萦绕心头，我觉得有必要说点什么。

我有在公共交通工具上读书的习惯。许多时候，我的旅行往往都有一本书陪伴，特别是在长途的旅行中，书是我旅行中最诚实的"旅伴"。从走出家门那一刻，我便开始聊天式的阅读，无论是等候、途中，还是在住宿的酒店里，一有空隙，我就会和书"聊"上一会儿。每一次出行，我最大的收获就是读了一本书。在我读过的书中，大多都夹有一张与众不同的书签，火车票或者登机牌。假如若干年后，我可爱的读者在废旧的书摊上，发现里面夹有车票或登机牌的书，那可能是我读过的。

在旅途中读书，有许多意想不到的乐趣。当我放下火车上的活动小桌板，轻轻地摊开一本书，再泡上一杯淡淡的茉莉花茶，不同行色的人都静静地陪着我，这时候，什么都可以想，什么都可以不想，打开书卷，低头读几页，再抬头看着窗外那移动的风景，山川、河流、田园、农舍和那些叫不上名字的绿草和鲜花,如果凑巧的话,书里的内容正好会和车窗外景色融到一起,那么,书中的文字一定会永久停留在记忆深处。当然,如果遇到那种故事很牵动人心的好书,不见得就是幸运的事。那年,我从西安出发去渭南参加一个朋友的婚礼,临走时随手从书架上拿了一本购买多年、一直没有时间阅读的书。这是一部特别好看的外国探案小说,我一上车就沉浸在故事里,渭南是一个小站,停车时间很短,等我感觉车到站了,从书上抬起头时,列车已到三门峡站。立即下车再买票,等车返回渭南时,婚礼早已经结束,由此引起了朋友的不悦。

其实,在火车上读书,已成为我一种改不掉的习惯,好像有人很难戒烟一样,而且我喜欢长途,这样才能过足瘾。那些年,我出差的机会较多,几乎每次外出,都会放弃乘坐高铁、动车这样的速度较快的交通工具,而是选择绿皮火车出行,读书的乐趣早已冲刷掉旅途的疲劳。那种阅读体验,像在田间劳作了一天的农人,饱饱地享受了一顿自己爱吃的美餐,有种神仙般的满足感。

那年冬天,我在一次旅途中突然产生了强烈的写作欲望。当我刚刚合上书想休息一下时,灵感顿时袭来。这种情况以前也出现过,包括我的那部描写西安半坡原始人故事的《埙娃传奇》,也是在这样的情境下爆发灵感的。记得有位外国作家说过,写作欲望这事不能强求,它是很灵异的事,当你堕入写作的冲动,你的思维会一下子打开,提起笔就有如神助,是任何事情也难以阻挡的。

这次的创作冲动,便是关于这部小说《货币密战》。列车在山洞里穿行，我放下手中的书，缓解一下视觉疲劳，一股强烈的写作欲就冒了出来。何不写一部谍战小说？我对文学的喜爱是从侦探小说开始的。很小的时候，一部《日本推理小说选》使我播下了爱阅读的种子，其中的小说都是以案件发生和推理侦破过程为描写对象，我从一开始就爱上了这种文学类型。书中的故事大多已经不记得了，但却从此迷上了东野圭吾、岛田庄司等日本作家。再后来，对我影响巨大的是英国作家柯南·道尔的《福尔摩斯探案集》。这部被称为侦探小说中的"圣经"的伟大作品，也正是这部作品，萌发了我创作小说的念头。书中的故事结构严谨，环环紧扣，故事情节惊险离奇，引人入胜，此后的多年，它一直是我的案头书，以至于翻破了两套。当然，中国古代的《大唐狄公案》《洗冤集录》《酉阳杂俎》也曾萌发过我的创作激情。

我曾经在金融行业工作，已经和金融事、金融人生息相融，如果有人问起我对金融圈最深的印象，除过那些过往的人和事以外，留存最深刻的便是货币。货币从诞生以来，就承载着时代的发展印迹，延续着人类的文明智慧，折射着政治、经济、军事、文化的大背景。货币与每个人的生活息息相关，无论从事何种职业，也无论过去、现在和将来，都离不开它。围绕货币，人们每时每刻都在上演着传奇的故事。在滔滔的历史长河中，货币如同浩瀚宇宙中的星云，五彩斑斓，林林总总。关于古代货币，我在《大汉钱潮》《大宋钱殇》这两部小说中已演绎了相关故事，这次，是写一部现代货币小说，用现实题材体现现实主义思想。

于是，我停下了手头正在写的一部民国探案小说，决定先写这部以货币为背景的故事。明确了写什么，但怎么写呢？以推理为故事骨架，在具体的表达上仍然需要推敲，选择出最能表现故事的核心。如果把红色故事通过货币谍战的形式反映出来，肯定会非常好看。明确了写作方向，接下来就是对历史的研究。战争从来不是简单的武器比拼，而是整个体系的较量。中国共产党在延安时期，经历了一场没有硝烟的货币战争。抗战初期，根据同国民党达成的协议，边区使用国民政府的法定货币，简称"法币"。由于国民政府发放的八路军军饷是元以上的整币，市面上辅币短缺。为了找零的需要，陕甘宁边区银行以"延安光华商店代价券"的名义，发行元以下的辅币，与法币同时在边区境内流通。一九四一年年初"皖南事变"后，国民政府停发了八路军和新四军的军饷，陕甘宁边区政府授权边区银行发行边区银行货币，简称"边币"，边币在市场上取代了"代价券"，但边币与法币的暗战也由此拉开序幕。国民党顽固派为了破坏边区经济秩序，一面派遣奸商、特务潜入边区，以法币或非必需品抛入边区吸收边币；一面又以高价收买法币，蛊惑人心，扰乱市场。与此同时，国民党和日伪为了掠夺边区根据地的物资，破坏边币信用，制造大批假币，大量涌向边区，对边区经济造成极大的威胁，由此，引发了一场货币之战。

《货币密战》以红色谍战小说的形式，讲述了当时发生的惊心动魄的故事。小说主要表现了抗日战争时期，国民政府为扼杀陕甘宁边区刚刚建立起来的货币信用，派出大批敌特人员，并收买不法商人和土匪，暗地里破坏边区金融。边区政府针锋相对，成立了"特别行动组"，与敌特展开了一场殊死较量。《货币密战》全书共分为21章，第0章是开篇，地点是上海，交代了故事的背景和人物。潜伏在国民党军统的中共秘密组织成员沈东方来到上海，接受一项特殊任务。在被日军追捕中，他遇到了青年学生陈诗雨和白亮等人，并介绍他们奔赴延安。中间19章是全书的主体，故事地点是陕北，以突发案件引入，讲述了特别行动组与国民党特务斗智斗勇的故事。最后一章地点则在北平，主人公因为执行特殊任务再次相遇，整个故事有了高潮和结局，同时又埋伏下新的悬念，危机依然存在，党的地下工作者陈诗雨等人将迎来新的挑战。

时代在发展，互联网把小说和剧本无形地粘连在一起，虽然它们是两种不同类型的文体，但是在本质上是一致的，小说是文学，剧本需要一定的文学性，小说和剧本"你中有我、我中有你"，曾经一度呈现的"小说家的傲慢与编剧的偏见"越来越淡化。对于长期从事编剧和小说创作的我来说，将影视文学中的文学性有机地融入小说，正是这部小说的与众不同之处。

一方面，把有没有人看放在首位。时下，写抗战时期发生在延安的故事的作品汗牛充栋，有战争就会涉及经济，打仗需要钱，钱从哪里来？《货币密战》首次将笔触对准抗战时期国共两党的货币战争，以小说的叙事对红色金融史进行全新角度展现。另一方面，坚持故事为王。小说借助影视的手法，强情节推进，故事结构设置精巧，案情扑朔迷离，矛盾跌宕起伏，敌我特工人员真假难辨，一层一层抽丝剥茧,直到水落石出,严密的逻辑推理吸引读者一气呵成。特别是在人物的塑造上,充分展示战争年代人物的多面性,准确把握人性的真实性,让"扁平人物"成为"圆形人物",突破了传统的脸谱化特征。福斯特的《小说面面观》中提道:"故事是小说这种非常复杂的机体中的最高要素。"简单来说,小说就是故事,谁不喜欢听故事呢?任何写作技巧,在好的故事面前都显得苍白无力。

前面讲了这么多关于这部小说的萌发、写什么、怎么写的问题,其实,更重要的一点是为什么要写。在小说的结尾,陈诗雨和沈东方到湖边散步,远处的西山上,枫叶把整个山体染红,沈东方感叹道:"天又该冷了。"陈诗雨说:"该冷了,但离下一个春天又近了!"沈东方一语双关:"那应该是另外一个季节。"只有经历过隐蔽战线酸甜苦辣的沈东方才能发出如此的喟叹,而且对自己未来的命运无法把控。沈东方出身银行世家,曾经在国外留学多年,他放弃了舒适的生活,毅然投身党的事业。作为中国共产党的秘密组织中的一员,他从重庆到上海再到延安、北平,从打入国民党内部,到被国民党派遣打入日军总部,再秘密返回延安,又以被怀疑的身份潜入北平,被所有的人误解,却不能给人解释。最令人揪心的是,为了揪出真正的特务,自己要违心地去诬陷身边的好同志,成为众矢之的。大部分谍战作品都是地下党潜伏在敌方,起码会得到地下组织上线的认可。《货币密战》却是反潜伏在自己人中间。在小说的第一稿结尾中,沈东方的上级被特务暗杀,对他一直非常感激的陈诗雨牺牲，他的身份从此成为一个谜，故事极为虐心，他自己简直到了不能忍受的程度，但他始终坚守组织纪律，最终也没有暴露。在小说后来的几次修改中，我实在不能说服自己，只好修改了原来的故事结尾，给读者留下一个美好的想象空间。这样的处理结果，使小说的文字量大减，故事的收尾也受到一定影响。但作为作者来说，我认为是比较恰当的，也满足了我的创作初衷。

其实，在那个特殊的年代，现实远比小说要惨烈得多。有一大批战斗在隐蔽战线的同志，默默无闻，忍辱负重，有的甚至到最后牺牲，也没有被自己的同志理解，但他们始终无怨无悔。就像秋夜里最后的红枫，虽然没能看到天亮，却用生命换来满山的风景。

写书不易，出书更难。这部书虽然文字量不大，却是我出版最难的一部。最后，感谢陕西人民出版社不弃，感谢责任编辑许晓光先生多次不厌其烦指导拙作，并给予鼓励。感谢陕西省作协的主题创作扶持。感谢西安交通大学黎荔教授为小著作序。感谢关心支持《货币密战》的所有朋友。

在此一并谢忱！

杨　军